新潮文庫

おとうと

幸田文著

新潮社版

1815

おとうと

太い川がながれている。川に沿って葉桜の土手が長く道をのべている。こまかい雨が川面《かわも》にも桜の葉にも土手の砂利にも音なく降りかかっている。ときどき川のほうから微《かす》かに風を吹きあげてくるので、雨と葉っぱは煽《あお》られて斜になるが、すぐ又まっすぐになる。ずっと見通す土手には点々と傘《からかさ》・洋傘《こうもり》が続いて、みな向うむきに行く。朝はまだ早く、通学の学生と勤め人が村から町へ向けて出かけて行くのである。

げんは割に重い蛇《じゃ》の目《め》をかたげ、歯のへった歩きにくい足駄《あしだ》で、駈《か》けるように砂利道を行く。片側は大きな川、片側は土手下の低い屋根がならんでい、桜並木よりほかに物のない土手の朝である。のろのろと歩いているものなど一人もない中だけれど、その足達者な人たちを追いぬき追いぬき、げんは急いでいる。一町ほど先に、ことし中学一年にあがったばかりの弟が紺の制服の背中を見せて、これも早足にとっとと行く。新入生の少し長すぎる上著《うわぎ》へ、まだ手垢《てあか》ずれていない白ズックの鞄吊《かばんつ》りがはすにかかって、弟は傘《かさ》なしで濡《ぬ》れている。腰のポケットへ手をつっこみ、上体をいくらか倒して、がむしゃらに歩いて行くのだが、その後ろ姿には、ねえさんに追いつかれちゃやりきれないと書いてある。げんはそれがなぜだか承知している。弟は腹を立てているし癇癪《かんしゃく》を納めかねているし、そして情なさを我慢して濡れて歩いているのだ。だからそんなみじめったらしい気もちや恰好《かっこう》を、いっそほっといてもらいたいのだ。なまじっか姉になど優しくしてもらいたくないのだ。腹立ちっぽいものはかならずきかん気屋なのだ、きかん気のくせに弱虫にきまっている。——碧郎《へきろう》のばかめ、おこらずになみに歩いて行け、と云《い》いたいのだが、まさか大声を出すわけにも行かないから、その分を大股《おおまた》にしてせっせと追いつこうとするのだが、弟はそれを知っていて、やけにぐいと長ずぼんの脚をのばしている。げんも傘なしにひとしく濡れていた。だってそんなに急げば、たとえ傘はさしていても、まるでこちらから雨へつきあたって行くようなものだからだ。左手に持った教科書の包みも木綿《もめん》の合羽《かっぱ》の袖《そで》も、合羽からはみ出した袴《はかま》の裾《すそ》も、こまかい雨にじっとりと濡れていた。追いついて蛇の目を半分かけてやりたかった。かわいそうにと思う気もちが強かった。

土手は十八町あった。姉と弟は三ツ違っていた。十七の姉はもう誰《だれ》が見てもおとなのからだだが、合羽に足駄の砂利道では、靴《くつ》ばきの一年坊主《ぼうず》に追いつくことはできない。とうとう十八町を一定の間隔で逃げきって、弟は橋のたもとへかかっている。橋を越えれば町で、町も町、東京のうちでも指に数えられる盛んな場処である。その雑《ざっ》沓《とう》の中へはいってしまえば、小さい弟の姿など影もわからず呑《の》まれてしまう。かわいそうにと思うだけで何一ト言云いかけてやれなかったけれど、きっとあの濡れたままで、あれは満員の電車に揺られて学校へ行きつくだろう、学校へさえ着《つ》けば友だちがいてなんとか気が晴れるだろう、そのうち雨も、――雨はあいにく一日じゅう降り続きそうな空あいである。帰るときどうするだろう。「おまえ傘ないのか」と云われるにきまっている。そうすると又あれは、けさの癇癪とみじめったらしさに落ちるだろうが、くだらない憎まれ口なんか利《き》かなければいいが、たちの悪いからかわれかたをされたらあわれだ、と思う。げんはせめて自分の持っている手拭《てぬぐい》を渡してやりたい、手や顔や肩を拭《ふ》くようにと。しかし橋は、向う岸の町ほどなくてもこちら側の方々の道から絞れて来るかなりの人数を渡して込んでいる。所詮《しょせん》追いつけないとあきらめて、げんは歩度を緩める。碧郎は橋へかかった。そして白い顔でふりむき、後れて来る姉へへんにまじめな顔で手を掉《ふ》った。げんも思わずさしている蛇の目をあげさげした。にこにこっと碧郎が笑った。笑ったなりくるっと向きなおると、またさっきの通りの追いつかれまいとする足どりになって、とっとと行ってしまった。しおしおと雨が降っていて、傘なしのか細い弟なのである。もう機嫌《きげん》はなおりかけていると察し、かえって寂しく、げんはもう橋の人ごみのなかに弟を追おうとしなかった。

不和な両親を戴《いただ》いていることは、子供たちにとって随分な負担である。ことにそれが夫にとっては二度目の妻であり、子たちにとっては継母であり、その継母はまた痼《こ》疾《しつ》の病気もちであり、さらに経済状態がおもしろくないとこう悪条件が揃《そろ》っていては、二進《にっち》も三進《さっち》も行きはしない。それでもその四人の家族のうち誰か一人が優しく譲る気象であったら、すべてはその一ヶ処が抜け道になって、あるいはきりぬけられたかもしれないが、まずいことに四人が四人ともそれぞれに我《が》の強い気象だった。親は親同士、子は子同士の二タ組になって離れることもあったし、父親と男の子、母親と女の子に別れることもあったし、母親へ二人の子、父親へ二人の子というように一対三になることもあったし、四人が四人めいめいに籠《こも》っていることもあって、家の中はつねに強さと強さがこすれあって暗鬱《あんうつ》だった。が、子供たちがまだ小学生のうちは当人にも親たちにも凌《しの》ぎよさがあった。女学生になり中学生になり、いちどに背のびをしておとなの世界へ入りかけると、父母のあいだの不和は覿面《てきめん》に響いた。円満な家庭が後《うし》ろ楯《だて》になっている子には何でもないようなことが、不和な家庭にいる子にはぎくりと利《き》く。たとえば、「土曜日曜にはお父さんお母さんと談笑する時間がありますか」とか、「両親と一緒に遊びに行きますか」などと訊《き》かれると、円満なうちの子は、ありますもありませんも何でもなく答えられる。が、不和なうちの子は訊かれたとたんに第一に、迷惑な質問をされたと感じ、その場の空気で小さい嘘《うそ》をついてしまうことが少くない。時によれば一ツの嘘からやむを得ず又もう一ツの余計な嘘をつくことから、当然あとでは気が病める。それから、クラスで揃って上履《うわばき》なり学用品なりを買うときめて費用を集めるとき、円満なうちの子は、「お母さんに云ったらお母さんがないからってお父さんに相談したんです、そしたらお父さんがあしたって云いました」などと平気であるが、うまく行ってないうちの子は自分が忘れたのでもないのに取繕って、「ぼく忘れちゃった」と云ったりしがちなのである。平生《へいぜい》の負担がへんなかたちの咄《とっ》嗟《さ》の嘘になって現われるのである。小さな事がらではあるが、こんないやな思いは新入学の一学期のときにことに強く感じさせられるものだった。それをげんは三年まえに身にしみて感じて知っているし、そこを自分の力量なりになんとかうまくやってきて三年たったこのごろは、どうやら一々ぎくりとしないでも済ませるようになっているのだが、今度は弟のことを思いやって心配する番だった。身に覚えがあるだけに、自分よりもう一段きかん気でそのくせ弱虫の弟にあわれがかけられた。大勢の元気な新入生のまえで返辞にとまどって困っている姿や、つい心にもない出まかせをしゃべってごまかしているときのあの罪の意識や、そんないやなことのほうが余計想《おも》い描かれるのだった。悪い想像はしばしばあたっている場合がある形跡なのだ、四月に入学してまだ入梅まえだというのに。

けさも母は持病に悩まされて床を出て来なかった。このごろはほとんど毎朝げんが御飯をたいて、弟にもたべさせ自分もたべ、手早く跡かたづけをして弁当を詰める、そして大慌《おおあわ》てで出て来る順序にきまっていた。げんも碧郎も学校までは一時間以上かかるのだから、よほど早く家を出なくては遅刻する。いつも大概すれすれの滑りこみなのである。雨の降りだしたのはお弁当を詰めていて気がついた。そこへしたくをした弟が出て来て、「あ、雨か、いやだなあ。洋傘《こうもり》なおしてあるだろうなあ」と納戸《なんど》へ取りに行った。その傘は質のいい洋傘だったが多少古かった。だから、中学生になっておとなものの洋傘をさせるとなって碧郎専用にしたのだが、弱っていた骨がたちまち折れた。修繕した。そして又折れた。碧郎が母に骨直し屋へ出してくれと云って頼んでいるのを、げんはそばで聞いて知っていた。が、そのつぎの雨のとき、それはほうりっ放しになっていた。しかたがなくて彼は骨の折れたままさして行ったが、帰りには折れていた骨の隣をもう一本折って来た。母は男の子の乱暴な扱いかたを批難したが、碧郎は口返答をして、「川から吹きあげられると折れた処《ところ》がぱくぱくするから、力学的にその隣も折れちまうんだ。ぼくのせいじゃない」と不平を云った。気まずい空気だった。そしてけさ、まだ二本の折れはそのままになっていた。碧郎は玄関の上《あが》り框《がまち》に腰をかけて弁当を鞄に入れてのろのろしている。「ねえさん、きょうのおかず何？」「よくないのよ、また鰹節《かつおぶし》しかないの。」「……なんとなくつまんないな、傘もだめだし弁当も鰹節だし。」げんは、母が昼間傘屋へ行く時間がなかったのか、忘れたのか、それともこのあいだの碧郎の口返答が気に障ったのか、あるいは修繕費も苦しいのかと考えたり、そういう間にも今ここへ起きて来てくれれば、まさか知らん顔もしていまい、しまってある父の洋傘を出してくれるだろうと思ったりして、自分の弁当を詰めていた。こまかい優しい雨であっても、歩くところが十八町あれば、制服を透《とお》す濡れかたをしてしまう。傘は是非必要なのだ。母が起きて来なければそこいらを捜すばかりだった。どこへしまってあるのか見つからないうちに、玄関から弟が云う。「いいよ、ねえさん。傘なんかいらないよ、捜してくれなくたっていいよ。うっかりおとうさんのなんか持ちだしてあとでうるさくなるといやだもの。いるもんか、濡れて行くよ。」「じゃ、あたしの蛇の目どう？あたし番傘さして行く。」「いやだあ女の傘なんか。模様がついてるもの、笑われるよ。……傘のないやつなんか一人もいないんだ。でもいいよ、傘なんかどぶへたたっこんじゃったって云うから。」――止めるひまがなくてもう裏門の鈴が鳴った。強がりを云っても、雨のなかを前かがみに飛びだしたが、すでに大ぶ開きができていた。げんはすぐ自分も包みを抱えて飛び行く後ろ姿はみじめだった。ちっとも強そうには見えなかった。濡れてみて、きっとなお腹が立ってきたろうし、もしかしたら泣きべそを掻《か》いて虚勢を張っているのではないかと思う。

げんは昼にお弁当をあけた。傘のせいでけさは鰹節さえ自分の分はたっぷり掻いているひまがなく、醤油《しょうゆ》のまだらな御飯はまずかった。貧乏ゆえにおかずが悪いのだというより、明らかにそれは心の遣ってなさから生じる不親切なまずさだった。やりてんぼうな、ぞんざいな弁当だった。しかしそれもしかたがないのである。げんは放課後うちへ帰るとすぐ、夕がたの炊事にかかる。材料は母がおおかた見計らって御用聞へ云いつけておいてくれるからそれでいいが、晩酌《ばんしゃく》をする父に向くようなものと家族のお惣菜《そうざい》をつくる。跡かたづけを済ませば九時になる。母が翌朝の弁当のお菜を考えに入れ忘れればそれまでなのだ。九時から買いものに行く勇気はないし、宿題をするのさえ九時からでは睡《ねむ》くなっている。通学距離が遠すぎるのと、家事をひきうけていることが苦しかった。いまに始まったことではないから自分だけなら海苔《のり》弁当も鰹節弁当も気にしないが、この春から碧郎の分が殖えると気が疲れた。わけの通らない気がねや申しわけないような感じがあって、まずいお菜の日は弟に対していい気もちでなかった。その上にけさの傘のようなことがあると、昼食の箸《はし》を持ってちらっと、無事にたべているかな、と思いやらないわけには行かない。

弟は下著まで濡れとおって、しみをこしらえていた。「いつまで傘修繕してくれないか、黙って見ているんだ」と云う。笑えないでげんは聴いている。けれどもたった十七歳である。若いからぐっとしみついてくる感傷もあるが、また若いからこそそんなに執念深く思いつめてもいない、次から次の事がらへと軽く移って行くこだわりのなさがある。傘も弁当もきょうの場合を心配してはらはらもするけれど、そのきょうのことが無事に済んでしまえば、ほっとしてあすのことには思い及ぼさないのんきなところがあった。げんはそこが利口なようでばかな娘なのだと云われていた。

翌日は上天気だった。きょうだいは中よく連れだって出かける。雨に洗われた桜若葉はほのかにかぐわしい。げんは、きのうにひきかえてきょうはいいことがありそうに思えて嬉《うれ》しい。いいことになりそうな種なんてなんにもなくても、天気がよくて空気が爽やかなら、それだけでもう十分に、きょうのいいことを期待するのである。

「きのうあんた橋のところでふりかえって笑ったわね、あれどういうわけなの、機嫌がなおった知らせなの？」

弟はちょっとてれた様子で云う。「そうじゃないよ。ねえさんがかわいそうだったんだよ。」

「なぜ？」

「なぜって、とぼとぼしてるみたいだったからさ。」

「あら、あたしとぼとぼしていた？」

「うん、そう思ったんだけど、後ろ向いてみたら汽車みたいにごおって云ってた。」

ちょこざいなことを云う碧郎である。汽車のようだったとは何事か。第一ねえさんがかわいそうとか、とぼとぼしているとか、よくも云えたものだ。とは云うものの姉は弟を、弟は姉をよく了解していることがこれで証明されたにひとしいのである。げんはその日一日、学校にいて弟を思いださなかった。

けれどもうちへ帰ってみると変事が起きていた。もうさきへ帰っているはずの弟がいず、出不精の母が外出してい、父親だけが一人で留守をしていた。碧郎の学校から電話があって、碧郎が同級の子の腕を折ったからと、母に呼びだしが来たのだという。

「腕を折ったって喧嘩《けんか》でもしたのかしら？」

「よくわからないんだ。教師もあわてているらしかったそうで、とにかく行って見なくてははっきりしないからね。まあおよそは、ものの弾みでそんなことになったと思うのだが、故意のことのように云ったというんだ。なあに、かあさんの聴きちがえかもしれないんだ。」いつも通り机に坐《すわ》ってしごとはしていても、父は案じておちつけないらしい。煙草《たばこ》ばかりふかして報告を待っていた。

「過失でも故意でも、どうなるのかしら？ 罪になるの？」

父はときどき沈んで、「そんなことはないとおもう。しかし故意と云われれば、そしてそれが間違いなくそうなら、正しく考えなくてはなるまいが、――取越し苦労は益のないことだ。それより私やおまえの今することは、対手《あいて》の子の怪我《けが》がどうか軽くて済むようにと祈ることだ。誰のどうした怪我であろうと軽くて済むなら、……」

そうなのだ。その子の怪我が何でもない軽いものであって、大騒ぎをしたというだけで済めば、したがって弟の問われかたも軽く済むことなのだと思える。と思ってきて、げんはぎょっとした。つい今、故意と聴いたとき咄嗟《とっさ》には、あんなにきつくそんなばかなことあるか、碧郎が人に故意の怪我をさせるような恐ろしいことをするものかと、心《しん》から思いが噴きこぼれるほど反撥《はんぱつ》したのに、いつの間になのか、父と話しているうちに、「故意にした」に傾いたような思いかたをしているのである。父は故意を信じたくない話しぶりを見せていた。あたりまえである。そして自分も故意だなんて思いたくないのである。だのになぜ故意めかしく受取りそうに気が動くのだろう。対手の怪我が軽ければ弟も軽く許されるだろうと思う心は、なんとなく後ろめたく故意を呑みこんだようなところがある。故意ということばには、おかしく惑わす力がある。碧郎はおそらく教員室、あるいは人気のない講堂の片隅《かたすみ》などというところに留めておかれているのだろう。あるいは怪我した子の両親が駈けつけて来て面罵《めんば》したかもしれないし、訊問《じんもん》されているかもしれない。それにうちの母はどう碧郎を庇《かば》ってくれているだろうか。母もげんのように故意に惑わされていはしないか。色白な皮膚、細い頸《くび》、紺の制服をだぶだぶと著て、見るからにきゃしゃな新入生である。云い負かされていはしないかという不安が感じられる。孤立している困難な立場を思う。腹立ちっぽくて強情っぱりで、か細い神経なのだ。けさ並んで歩いて行ったとき、「ねえさんがかわいそうだった」と云ったことが、きゅうと熱く思いだされる。

「おとうさん、あたし心配だから、学校へ電話かけて様子訊きたいけど、いけないかしら?」

「まあもう少し待ってみよう。面倒なことになってるならかあさんから一ト言云って寄こすだろう、長引くとか何とか。」

犬が夕食を催促してげんのあとしりついて廻《まわ》るが、人の心を見ぬく利口な動物は頸を抱きよせられると、じっと素直にいつまでも抱かれていて哀《かな》しい。

暮れきって母は疲れた顔つきで、弟を連れて帰って来た。いつもならもうしごとを切りあげて茶の間へ来ている父なのに、きょうは机の前から起たずに碧郎を待っていた。母はそのまま父のところへ行ったが、碧郎は促されても父の前へ行くのを無言で拒んだ。

「どうしたの？」

ちょっと眼《め》をあげて姉のほうを見、すうっと涙が眼頭《めがしら》と眼尻《めじり》へ盛りあがってこぼれた。「知らねえや。」

瞬間を置かず哀しさが姉へのりうつってきた。そうだろうと思ったのはあたっていた、とげんは判断した。「でもね碧郎さん、おとうさんはあんたのこと心配していたのよ。心配ないからおとうさんにあんたの言いぶん話しなさいよ。考えてくださるわ。」

「嘘だい。先生の前でさんざかあさんに云われたぞ。主人はこの子をかわいがりすぎてわがまま放題にしたので、いまでは手に負えなくなって時々は困っていますなんて。きつく叱《しか》ってもらいますなんて、父親も嘆いておりましたなんて。――どっちがほんとなんだ！　どうせぼく、ぼく……」と云うと、いきなり起って納戸へ行き、納戸の壁へ蜘蛛《くも》のようにへばりついてしまった。

父が報告を一ト通り聴いてから納戸へ行った。哀しいのを隠した口調で、「おい、出て来いよ。おとうさんと話さないか。おまえもくたびれただろ。こっちへ来て飯でもたべようじゃないか、ねえさんが何かこしらえているよ。」

げんは父を、いいなあと思って胸がつまった。でも父は泣いている碧郎をほうり出したなり、茶の間へ来てしまった。それ以上は優しくしないらしかった。げんも台処《だいどころ》から炊事から動いてはいけないというような、妙な意地を自分でこしらえて、耳だけをそっちへやりながら刻んだり煮たり、頑固《がんこ》にやっていた。母は外出著を脱いだり畳んだり、それからしんと静まった。

見に行かなくてもわかっている。母は聖書を読み祈るひとだった。聖書を読み祈ることに善意以外のものがあるはずはない。それにもかかわらず、こうしたときに、家族のなかで一人だけ血の繋《つな》がらない母が自分の部屋へしりぞき障子をたてきって、聖書と祈禱《きとう》の別世界へはいってしまうことは寂しく、そして拒絶的に見えて不愉快だった。げんは学校の出来も上《じょう》の部ではなかったから、その母の口添えでキリスト教の女学校へあげてもらってい、弟も母のおかげでキリスト教の中学へこの春から通いだして、子は二人とも聖書と祈禱の時間が一人の孤独な時間であっても不思議はないことを、よく承知しているのだ。そういう習慣は許せるのだった。ことにそれがこんな場合、まず神に語り神に聴き神に願うのは、キリスト信者にとって第一のなすべきことなのはよくわかっている。キリスト教徒でない父親も決してそれを妨げるようなことはないのだ。にもかかわらず、ご飯じたくは娘に任せっきり、夫も事件の子もほうっておいて、ひとり自室に籠って二十分も三十分も出て来ない母親は、冷たいものにしか思えなかった。子のために夫のために善意で祈っているという温かさは感じられず、「この忌《いま》わしい家族とのつながりをどうしたら脱けだせるか、主よ救いたまえ」と祈っているのではないかと邪推されるのである。げんにしてみれば母に祈ってもらうより、茶の間に出て来ていてもらうほうがどんなに助かるかしれないのである。痛いところのある病気なのだから炊事などしてくれなくてもいい、自分が一人でする、そこにいてうまくとりなしてくれればありがたいのだが、これまでの経験でそれが無慚《むざん》にしりぞけられる願いであることは、よくよく承知させられている。「あたしはこんなむずかしいうちをうまくやって行く大きな力のあるものじゃない。それだからこそ神の力を願うのよ。それに、一大事のあるとき、たべること著ることがなんなのよ。そんなこといちばん後廻しでいいんでしょ？　思慮乏しきものは第一に祈らなければ」と、あるときは投げやりに、あるときは反抗するように、あるときは哀しげに云《い》い、そのどの感情も激しい強さをげんにしっかりと押しつけて云うのだ。母には母の思いがあることがわかる。そうとわかっていながら、今また云いだすことは愚《ぐ》である。云えば云っただけに、云わないまえよりもっと気まずくなるのは知れていた。そして母の言いぶんもキリスト教の雰囲気《ふんいき》のなかにいるときは、至極もっともなあたりまえに聞える言いぶんなのだった。ただ、もともとキリスト教でないこの家のなかでは、なにか冷《ひや》っこい自分だけの勝手なことに考えられるのは是非もなかった。

やっとげんが碧郎を納戸から連れだして、茶の間の燈《ひ》の下へ来たとき、一《ト》眼その子を見て父は、「うむ」とうつむいた。碧郎は泣きはらした赤い瞼《まぶた》の奥から、闘いを挑《いど》んでひけはとらないぞというような、ぎらぎらした眼をしていた。敵のなかへ引きすえられたように。

何が気まずいといって、家族のめいめいがたがいに憚《はばか》りあう不愉快な気もちでいながら、いっしょに御飯をたべなくてはならないという場合ぐらい、やりきれないものはない。別々にたべるほうがまだましだとさえ思う。けれども、そんなら別々にできるかというとそうは行かない。不断いつも一緒のものを、その日その時にかぎって別にすると云いだすことは、心で思うほどたやすくはない。当てつけのようになるからである。しかも、そういう不断と違うことをやったあとの状態がどうなるかということも考えれば、これがまたなかなか面倒である。一人が不愉快な気もちを爆発させれば、一人の爆発だけで事が済むとはかぎらない。爆発はも一ツ、またも一ツと誘発されるかもしれないし、黙殺されてもっといやな心もちになってしまうこともある。だからめいめいが不愉快なときは、だれもが不愉快をこらえてじっと無言でいるということで、危く一ツの平静が保たれるのである。たがいに不愉快の持ちあいっこをするわけである。その晩はそんな味気ない晩食だった。げんはお茶碗《ちゃわん》を下に置く音にさえ気を遣いながら、自分のこしらえたお惣菜のまずさを持てあまして無言だった。碧郎は米に恨みがあるかのように、やたらと大口にほうり込んではぎしぎしと嚙《か》みあわせているし、母は機械的に箸を動かして伏眼な眼をあげない。父親がひとり晩酌の杯を含んで事件に触れない話をしむける。そしてそれは父親のひとり話になって、はかばかしく合槌《あいづち》を打つものがなかった。

それでも父親は不機嫌《ふきげん》でなく、「とにかくきょうは緊張して疲れたろうから、早く横になって休むことにしたらどうだ」とすすめて碧郎をさがらせた。げんがよごれものを洗ってかたづける間、父と母はいずれ事の跡始末について話したのだろう。げんが台処をしまって行ってみると、碧郎は蒲団《ふとん》に腹這《はらば》って、帳面も本も開いたなりの上へ俯伏《うつぶ》しに寐《ね》こけていた。薄よごれた手のさきにぽろりと鉛筆がころがっている。げんはほかの掛蒲団を持って来てそのままの上へ著せかけると、電気を消してやった。

「故意にしたってほんとかしら?」げんはどうしても母に話をよく聴いておきたかった。

「よくわからないの。」母は明らかに気をつけてものを云っていた。「自分じゃ故意だなんてことないって云い張っているんだけれど、学校のほうじゃそうだろうと思うって云うのよ。対手の子もたしかに足をひっぱられたんだって云うし、――だけど私にはどうもよくわからない。」

「学校のほうって、学校の誰《だれ》がそう云うの？」

「担任の先生よ。」

「先生そこに見ていたの？」

「いいえ、そうじゃないらしくてよ。」

「それじゃなぜ故意だと云うの？　故意にしたって云うだけの根拠になるようなことがあったの？」

「よくわからないのよ。なにしろ碧郎さんときたら何を訊《き》いてもだめなのよ、ろくに口も利《き》かないんですもの。まあ興奮していたんだろうからしかたがないと思うけれど、私が駈《か》けつけて行っても、まるでつんけんしていてね、とりなしてあげようと思ってもかえって一々私に食ってかかるのよ。先生もそばにいてあっけにとられちまうし、私も情なかったわ。……きっと碧郎さんはおとうさんに来てもらいたかったのね。それを私なんかが出かけて行ったんで、気に入らなかったのかもしれないわ。……うちの中ならまだしも、学校なんてところでああして子によそよそしくされると、まったく後からきた母親、二度目の母親なんてものは面目まるつぶれだ。つくづくいやなもんだと思った。」

こうした不平と悲嘆といやみは聴きなれているけれど、やはり新しく聴かされるたびに、げんは気もちがわるい。嘆きよりさきに事の次第をきちんと聴かせてもらいたいのだ。むろん母の云っていることはよく理解できた。それだけ聴けば、碧郎がこんな眼つきで母を見、こんなふうな身のこなしでこんな声でものを云ったろう、そして母はそれに対してどう感じ、どういう態度をしたか、両方のしかた言いかたをほぼ間違いなく察することができた。きょうこのことばかりではない、それはいつもいつもくりかえされていることだったから、推察に難《かた》くなかったのである。歯痒《がゆ》い。碧郎もいけないのだし、母もいけない。どっちも悪い人でないのに、一ツ間《ま》拍子《びょうし》が合わないとたちまち憎らしいほどの感情になってしまう。たまたま拍子のうまく行ってるときは、母は碧郎をさっぱりしているいい子だと云う。でも、そういうときは大概げんにいけなくて、「あなたは底意地がわるい」というようなことを云っている場合なのだった。なぜ二人の子がいちどに一緒に快く思われることがないのか不思議だとげんは思う。母のほうから云えば、子供たちはなぜ二人一緒にいい子にならなくて、ときどき片方ずついい子になるのだかわからないと云うだろう。

とにかく、げんが母の嘆きや愚痴のなかから聴いたいきさつは、きょうの昼休み中に、一人の子が鉄棒にぶらさがってい、そのまわりに何人かの一年生がそれぞれ何かして遊んでいた。そこへ碧郎がこちらからも一人と前後して駈けて行った。鉄棒へかかるつもりだったのだ。と、鉄棒の子と碧郎と二人が折り重なって倒れころがった。そのとき、「あっ、ああっ！」というような声をそばのみんなが聴いている。碧郎はすぐ起きて立ったが、その子は片手をついて立とうとして立てず、「痛い痛い」と叫んでいた。碧郎が手を貸したが、「痛い」と云って受けつけなかった。みんなが寄って抱き起そうとしたけれどだめだった。先生に知らせ、先生が抱いて連れて行った。校医が骨折と診《み》、その子の宅へ電話して母親に話し、学校の近処の外科へ先生つきそいで連れて行った。碧郎は午後の授業を受けていたが、医者から先生が帰って来ると同時に図書室で調べられた。そしてうちへ電話で知らせが来、母が出かけて行ったという順序なのだ。故意ということが出てきたのはその子が、碧郎が自分の足をひっぱって鉄棒から落した、と云いきったからだという。

「それなら故意というのではなくて、過失じゃないの？　ふざけて駈けだして来て、鉄棒の子にぶつかったはずみというのじゃないの？　故意だなんて大袈裟《おおげさ》だわ。」げんは考え考え云った。

「と、そうあんたは云いたいでしょうね。」へんな口調で母が云うな、とげんは思った。「ところがね、動機があるのよ。いえ、あるって先生がおっしゃるのよ。そこが困るところなのよ。あのね、その子は優秀な子なのよ、担任ばかりが認めるのではなくてどの先生にも褒《ほ》められる子なのよ。それでね、きょう午前中の国語の時間に碧郎さん指されて答えたんだけど、うまい答でなくてその子に揚足とられたのね。その揚足が上手にやられたもんだから、みんながわあっと笑った。だからあの人、しょげてたところへも一度、――なあんだ、おやじに訊いて来なかったのか、とやられたっていうの。それでかあっとして、教室ってこと忘れちまって、黙れってどなったっていうのよ。それが根にあったかもしれないって話なの。」

げんは聴いているうちに膝《ひざ》がぎりぎり固くなった。碧郎の気もちは手に取るようにわかる、自分だってどなるだろう。だが、それで故意に鉄棒にぶらさがっている対手の足をひっぱって落し、腕を折るようなことを、――いや、腕が折れたことは偶然かもしれないとしても、そんなことをやるだろうか。やらない。碧郎はそんな子じゃない。絶対にやりはしない。そんなしんねりと意地の強い子でもなし、それが肝《きも》に銘じるくらいならむしろ頼もしいのである。碧郎はがっと怒るけれど、そのときだけのことが多い子なのだ。いつまでも立腹をおぼえていることもあるが、それは思いだしたとき一時《いっとき》立腹がたちかえってくるだけで、すぐまた何でもない性格なのだ。人に怪我《けが》をさせる魂胆があるほどしっかりものではないのだ。それかと云って、思いつきで悪意が閃《ひらめ》くような鋭い才があるのでもない。そんなことはしない、と云うよりし得ない碧郎だった。「それが動機だなんて、あんまりひどいわ、こじつけみたいだわ。」

気がつくとげんは、母と学校の言い分を一緒くたにしてなじっている語気だった。

はたして母はちらりと微笑して云う。「あんたたちきょうだいはよく似ているわね、身贔屓《みびいき》が強いのよ。誤解のないように聴いておいて頂戴《ちょうだい》。クラスの子たちが云うんですって、碧郎さん、できないからひがんだんだって。」

「だっておかあさん、故意だなんてことは、故意だなんて——」

「いやあね、ほんとに困るわ。一人はじきにむかっ腹たてて事件を起すし、一人はじきにぽろぽろ泣くし、私、話してくれって云うから話したまでで、あんたに泣かれちゃ困るじゃないの？」それはそうだった。碧郎は学校で腹を立て、そのいきさつをうちで聴いているげんが泣きだすのでは母は困るにちがいない。でも、げんは涙がこぼれていた。

しかし気をなおしてもっと訊いた。「その子の怪我どんななの？　腕、一生だめになっちゃったの？」

「そんなことはない。腕っていうもの、折れても療治さえよければなおるらしいの。ただ弱くはなるだろうけれどね。」――でも、恢復《かいふく》はしても怪我をさせられたことは別問題であって、恢復するから怪我をさせたことはなんでもないというわけには行かないだろうと云う。それは碧郎のしたことを故意の如何《いかん》にかかわらず、罪あるものとして考えているもののようだった。

「碧郎さん、罰せられるの?」

「まだわからない。」

父はもう奥の八畳へひきとっていて、茶の間にはげんの勉強机が持ちだされているのに、げんはそんな話をしては考えこむばかりである。てんで宿題などできはしない。母もただなんということなしに長火鉢《ながひばち》の前にすわっている。げんを対手《あいて》に心のなかを相談なんかしているのではない、訊かれるから要慎《ようじん》しながら受答えしているのである。話しかけられるのは迷惑でないこともないけれど、かと云っていつものようにさっさと自分きりの読書の時間にしたり、早寝の床に入ってしまうことも、なにかできにくいらしい。問題の碧郎を除いて夫と娘と二人のうちのどちらへより気楽かと云えば、十七歳の娘のほうが気楽なのである。どこか気楽なところへ頼りたい、しっとりした頼りたさが見えていた。あちらに頼りたさが見えていればこちらは嬉《うれ》しい。頼られればこちらからも頼りたいのだ。げんにしてみれば、つねに話対手・相談対手——頼りがほしいのだった。けれども母という人は、おおむね頼りのいらない、ちゃんとした人と見えていて、だからげんは自分の頼りたさを母に軽蔑《けいべつ》されやしないか、嗤《わら》われやしないかと頼りたさを隠して、無理にもきつくしっかりとごまかしている習慣がついた。夜はふけているらしかったが、母と娘は違う意見を抱いてその点では気まずくていながら、無言のうちにわびしく通じる寂《さみ》しさでは、それとなく庇《かば》いあってすわっていた。

げんにいちばん辛《つら》く来ているのは、さんざ友だちや先生にあれこれと、おそらく思いがけないことを云いかけられて癇癪《かんしゃく》を立てきっていた弟が、母を見るなり、先生や友だちには発しきれなかった忿懣《ふんまん》を投げだしてしまったので、母を不愉快にしたことだった。それは弱虫の碧郎が母をまさしく母としているからこそ、自由にふてくされても見せたのにきまっている。心《しん》からふてくされられる強い根性なら、先生やほかの人たちのまえでも十分ふてくされたはずである。決して素直な現われかたではないけれど、母が来た、自分の母が来たという緩みからで、結局は碧郎が完全に母を母としていることの証拠なのだと云える。ねじけて出て来る、しかし親子の情なのだ。そういう習慣がついてしまっているここのうちだった。……そして母はそういう碧郎をいつも誤解し続けてい、碧郎は碧郎で、決して「おかあさん！」とはもう云えなくなってしまっている。彼は「おかあさん！」ということを恥しがっていて云えないのだ。小さいときから彼自身も云いそびれたのだし、やっとそう云ってみたときは運悪く母の虫のいどころにそぐわなくて、ひょいとひっぱずされたりしているのだ。彼は「おかあさん！」と云わない。そして、げんもそう云おうとするときは、いつもちょいと勇気がいった。げんと碧郎はそれだけ違っていた。げんは云おうとすれば抵抗を感じながらも云えるだけに心を柔らげることを知っていたが、碧郎の心には、云えない哀《かな》しさだけしかなかった。げんは、だから自分の心の状態から推察して、もしかしたら母のほうもこちらと似たような頑《かたくな》さなのではないかなどとかんぐったことがある。が、おとなの心のなかはわからないのである。一体こんな不愉快な感情はだれのせいだ？　というこになると、げんには答が出ない。碧郎が悪いばかりではない、彼もかわいそうだった。母がいやなばかりの人でもない、気の毒さももち頼りたさも持つ母なのである。茶の間は二人ともだんだんに話もなく、どちらから云うともなく寝ましょうということになって、結論のないままだった。

翌朝も晴れていた。予習をしかけて寝込んでしまった弟と、勉強机を持ちだして宿題をしなかった姉とは、毎日の通りに大急ぎで御飯を掻《か》きこみ弁当を持ちして、堤の葉桜の下を歩いて行った。弟はわりあいに元気でのんきだった。姉も弟のようすに吊《つ》られてそう気重くもなかった。それが橋の見える処《ところ》まで来ると、どさっと不安になった。――このまま碧郎はいつもの通り登校していいのだろうか。母の口うらから考えれば学校は碧郎をよくなく思っているし、クラスにも同情者は少いと見るほうがよさそうである。対手の子の母という人がまたえらく権高《けんだか》に出ているようすである。そのなかへ弟を出してやっていいのだろうか。父も母も、問題の子へ心構えというものを聴かせてやってはいないのだ。とすれば、碧郎はいまこうして歩いていてのんきだけれど、あちらへ著《つ》けば無防禦《むぼうぎょ》無策で、きのうと同じにまた我慢するだけの目にあうのではあるまいか。第一、自分はもう事件が済んでしまったように考えているらしいけれど、事の終りはついていない、これからなのである。

いちどに気が急《せ》いてげんは訊く。「あんた、きのう足ひっぱったって誰に云われたの？」

「あいつにさ。」

「ひっぱったんじゃないんでしょ？」碧郎は姉を見た。げんはその眼《め》を受けることを知っていたからたじろがない。

「ひっぱらないさ。」小石を蹴飛《けと》ばし蹴飛ばし弟は行く。「あいつら嘘《うそ》っぱちばかり上手なんだよ。いつひっぱったって云うんだ！　ぼくがあんまり悔やしかったから、はっきり云え、いつひっぱった？　って云ったら、ひっぱられたような気がした、なんてごまかすんだ。でもそういうことにされちゃったんだ。」

「ほんとはどうなの？」

「ほんとは、ぼくとも一人と駈けだして鉄棒のところへ行ったんだけど、行きついたときぼくのほうが一ト足さきだった。だから飛びつこうとしてちょっと屈《かが》んだんだけど、そのときたしかに背中どんと突かれたんだ。それで、ぶらさがっていたあいつに触ったことは触ったんだけど、足なんかひっぱりはしないよ。ほんとなんだよ。第一、あいつのこと別になんとも思ってやしなかったんだ。足ひっぱるなんて下等だ。」

げんはそれを信じる。「で、どっちがどうなってころんだの？」

「ぼくが下になってやつが上からどさっと来たよ。だから変なんだ、腕が折れるならぼくのほうが折れるはずなんだがな。そうだろ、屈んで両手伸ばしてるところを上から重なられちゃ、どうしてもぼくのほうがだめになるわけなんだが、ぼくなんともないんだ。」

「あんたが起きるとき、その子痛い痛いって云ったんじゃない？」

「だってぼく、あいつおっぺして起きたっておぼえないよ。どんと背中を突かれて、ふわっとあいつに触って、どさっと重くのっかかられた感じはおぼえてるんだけど、起きるときのことなんぞ特別なんにもおぼえてないんだよ。起きるときあいつの腕折ったっていうの？」

「いえ、そうじゃないけど、そういう順序もあるからなのよ。もしそうだとすると、足ひっぱったってこと、つまり故意のしわざじゃないという証明になるでしょ？」

「そんなことよくわからないんだよ。でもねえさん、ぼくなんだか腑《ふ》に落ちないのは、なぜあいつ、ぼくに足ひっぱられたなんて思ってるんだろ、……全くそこんとこ変だな。あいつばかりじゃないらしいんだ、みんなが足ひっぱったって思ってるらしいんだけど、ねえさんおかしいと思わないかい？」

げんは碧郎がばからしくてたまらない。そんなくだらないことを云《い》ってるからだめなのだ。

「見ていたものがあるじゃないの、そこに大勢いたんでしょ？」

「いたって、あいつが痛い痛いって泣きだしてから寄って来たんだ。」

「じゃ、あんたと二人で駈けて来た子がいるでしょ、背なか押した子が！」

「そいつ、自分は押さなかったって云うんだ！」

「じゃ、あんたの味方一人もいないの？」

「……それがあんまり評判のよくない二年生なんだ。先生が出て行ったあと図書室へはいって来て、こっそり云ってってたんだけど、――勉強のできないやつやうちのよくないやつは、こんなときにきっとけちをつけられて悪いことにきめられちゃうんだ、おまえんち、うちはいいけど、この学校じゃ文士のうちはいけないってことになってるんだ、はじめからマークされてたんだぞって、さ。ぼく宿題嫌《きら》いでやって行かないしね、そんならこりゃだめなんだろうと思っちゃったよ。あいつのうち、入学のときうんと献金したんだって。うちじゅうクリスチャンなんだって。」はっとしてげんは負《まけ》を直感した。

「二年生のやつね、ぼくのことをおまえはあっぱれらしいからしっかりやれって。でも、見ていろ、きっとおやじかおふくろさんが呼ばれて来て、親たちからさきへ降参させられちまうぞって云ったんだ。その通りさ。おふくろさんが来ていきなり、なんてことしてくれたんだって。」

弟が母のことをおふくろさんと云って呼ぶのをげんははじめて聴いた。ゆうべ納戸へへばりついて泣いていた弟、蒲団の上へ教科書を散らかしたなり寝《ね》ていた弟と、けさの弟は、まるで格段のおとなびかたである。しかも、いまこの話になったら弟はとたんにによきによきと気味悪く大きくなった感じなのである。碧郎の調子はげんに飲みこめないようでもあった。

きょうだいは電車の乗り場で別れる。弟は込んだ電車へ無理に押しこんで乗ることが好きだった。片手でぶらさがって、あぶなっかしく片足かけて揺られて行くようなのが好きだった。姉は袴《はかま》も袖《そで》もくしゃくしゃにされる超満員の電車はやり過したかった。それで別々になる。通学ということの惰力みたいな押されかたでけりのつかない別れかたをして、げんはげんの電車を選んだ。不安だった。宿題のできていないことなど、もうどうでもよかった。二年生の入れ智慧《ぢえ》、献金、家内じゅうクリスチャン、できのいい子とわるい子、父親の目方、――なんかが払っても払ってもかぶさってきた。人の集まるところにきっと附いてくる、そういういやなもの、それが弟を挫《くじ》こうとしている。弟は一人で防げるはずがない。ああ、父と母と中よくしている家庭ならもっと安心していられるけど。――げんはのぼせていた。

その日弟は登校して出席をとられるとすぐ別室へ呼びだされ、話の済むまでは欠席しているようにとかえされて来た。入れかわりに母がまた出向いて行った。どうしたのか一夜のうちに事件は警察へ行っていた。対手の母親にも会って、子供同士のふざけっこというようにしてもらったのにと驚くのであるが、しかたもない。あちらは巡査の手を借りたおぼえはない、自然に耳へはいったのだろうと云っているけれど、態度に解《げ》せないものもある。母は警察へも出て行って、そこで言外の含みをうけとらされ、いよいよせつなくなったそうである。弟は十四歳なのである。そこに含みがあるということで、それに夫の名をうんぬんされて、さんざ痛く聞えることも云われたらしい。その足で対手の家へ手みやげをさげて詫《わび》に行き、校長・担任とどこへも頭のさげっぱなしさげ、云われるだけ云われて来たと話していた。そしてその上また、あすも弟を連れてその子を見舞うのだと云う。

「あきんどさんだというけれど、車寄せのあるようなうちなのよ」と話すのを、げんはじっと聴いた。

「さすがに警察では丁寧で、むちゃくちゃは云わなかったの。——故意は認めません、過失傷害というのでしょうが、なにも子供のことでそんな名さえ厳《いかめ》しすぎます、当方としてはおかあさんがたの話しあいで終るようにって云ってくれたけど。」どうやらそこまでやられると、母にも母のさまざまな感情が入り乱れて中心が立たなくなっているのである。

「それで碧郎さんどうなるの、そんなにへんてこなこと云われて？」

「だって学校よさせられたりしちゃいちばん困るでしょ。私、それで何でもかでも我慢しちまった」と云う母は、強い母だか弱い母だか見当がつかないのである。げんは心のなかでだけ承服していず、黙っている父へはげしく批難を向けていた。碧郎は万事うやむやのうちに、故意の匂《にお》いのする過失を押しつけられてしまった。重大なのは過失と故意のうけいれられかたであり、そこは変りはないのである。なぜなら過失にせよ故意にせよ、傷害ということばが下についていてそう続いて云われると、それは人を傷《きずつ》けた、大それたことをしでかしたやつといった感じをもたされるからだった。

表むき学校のほうは停学を命じたという処置に出たのではない。しかし碧郎は登校してかえされて来たのである。そして何日か自発的に遠慮をさせられた。それは停学処分とひとしいものだった。一般の生徒はそう取っているにちがいない。評判のわるいという二年生の云ったことを碧郎は信じないわけには行かないと云う。けれども彼は学校へ行かなければ行かないで結構退屈をしないで、犬を連れて遊びに行くし、釣《つり》竿《ざお》を出してみみずを掘るのである。それは母をいよいよ嘆かせたし、父に微笑をさせたし、姉をとまどわせた。げんは、なぜ？　なぜ？　となぜばかりが考えから離れない。そうまでされるわけがわからないのである。碧郎の勉学状態・言語・動作・性格が悪いからだと云われもしたと母は話すが、げんは、それならそれでなぜよく導かないか、一方的に罰ばかり課したのはなんとしても片手落ちだと悔やしい。

うちも外ももたもたと不分明にこぐらかったまま、日が暮れ朝があける。母は電話口に立って我慢しながら、対手の家へ毎日見舞を云う。その子の腕から添木《そえぎ》がはずされて登校する日、碧郎も学校へ行くことを許されるのだ。その一週間ばかりのあいだにクラスでも変化が起っていた。碧郎にはこれも思いがけない肩書が用意されていた。「不良」のレッテルである。そして彼は自分が待たれていることを知らないで出かけて行ったのだった。

*

久しぶりな感じで登校してみると、教室の空気は表面何事もなかったかに見えて、実は大分変っていた。碧郎は教室をなつかしがって出て行ったのに、そして友だちはみな「やあどうしたい」と云っているのに、それはなにか以前と違って、そらせている外《はず》しているといったようすがあった。敏感な碧郎は不愉快だった。対手の腕を折った子はどうかと見ると、こちらははっきりわかる受入れられかたをしている。その子は友だちを大勢引き出したようなかたちで、気もちよさそうにちょろちょろしている。急に教室というものがよそよそしく色褪《あ》せて見え、碧郎の心はぐいっと捻《ねじ》れてきた。――なんだっていうんだ？という反抗と、自分はみんなにいやがられている、ばかにされているという寂しさがあった。

二度目の休み時間に、誰《だれ》もにさりげなく逃げられている碧郎のところへ、あの二年生が仲間といっしょにやって来た。「おう、どうしたい、大ぶ長く来なかったな。なんともないものが骨折のつきあいで休ませられちゃかなわないやな、退屈したろ？」

碧郎の頬《ほお》に人なつこい微笑が浮いた。「うん、退屈でもしようがないや、ぼくが加害者だから。」

みんなが声をあげて笑った。「いいやつだな、おまえは。自分で加害者だなんて云ってるところは頼もしい。」

他《ほか》の一人も云った。「ときにどうだい。ちょっとよそよそしいようだな」と、友だちに囲まれている怪我《けが》の子のほうへ顎《あご》をしゃくる。碧郎は痛いところへ触《さわ》られて、かっと薄い皮膚へ血を透《すか》す。級友に冷たくされていることを指摘されるのは恥かしい。
「大概そうだろうと思ってたんだよ。おれたちはそうじゃないんだ、ああいうやつらの態度に反対なんだ。おれたちは待っていたんだよ、おまえが出席するのをさ。」

迎えてくれているのだ。しかし碧郎は勘でその快い迎えを受けるのは危険だと承知していた。不良と云われる仲間へ引入れられるのは恐ろしかった。彼等《かれら》は他意なく思える顔つきで不穏な影は少しもない。とかくの返辞をためらうところへベルが鳴った。ほっとして行きかけると、のがさない調子で、「あとでまた会おう」と一方的に押しつけてきた。碧郎は慌《あわ》てて、ぞろぞろ蟻《あり》のように入口へ吸われて行く制服の群の中へもぐった。

教室は先生が来るまではがやがやである。行儀よく席に著いて帳面を出しているものもいれば、運動場のなごりで立ったまま独りでいるのもいる。そのなかで碧郎は隣の子に、「君、中田と一緒にいたね」と云われた。

「うん、あっちから来たんだ、ぼく行ったんじゃない。」

「ふうん、どっちが来たにしろ行ったにしろ、やっぱり噂《うわさ》どおりなんだね。」

「噂ってなんの噂だい？」

「あれ、しらばっくれてらあ、きまってるじゃないか。」

「不良だってか？」

「あれ、まだしらばっくれてらあ、そんなことなんか今更じゃないか。よせよ、ごまかすの。おかしいや、君が中田の仲間だってことは誰でももうみんながそう云ってることだもの、今更そんなあたりまえみたいなこと訊《き》いてるんじゃないよ。」

はっきりと自分が不良視されていると知った。だが、それ以外の噂とは何を指すのだかわからない。不良仲間になるのがいやさに、たった今も何の返辞も躊躇《ちゅうちょ》して、うまくベルの鳴ったのに乗ってのがれて来たくらいだのに、すでに不良ときめられているらしいのである。混乱して碧郎は、不良以外にもっと何を噂されているのか、訊きたさより腹の立つほうが大きくて云いまどった。隣の子は立腹を抑えている碧郎を興味ある薄笑いでじいっと眺《なが》めていた。見つめられているやりきれなさで、なんということなしにふりかえると、後ろの席もそのまた後ろの席も、隣の子同様に薄笑いで興味ありげにこちらを平然と見迎えていた。ぞっと気味悪くなって思わず著席し、なにか敗《ま》けた気がした。背なかに彼等のにやにや笑いが頷《うなず》きあうけはいを感じた。学校は息苦しい場処になっていた。その時間が済むと、侮辱感や腹だたしさはずっと潮が退《ひ》いて、何もしないのにへんな後ろめたさがくっついていて、これだけ沢山いる生徒たちからどうやって眼を避けたらいいかなどということに心を占領される状態になっていた。

学校じゅうでチャペルはいちばん人のいない処《ところ》である。ことに晴れた昼休みに礼拝堂にいるものなどない。そこを考えつくほど碧郎はしょんぼりとしている。けれども礼拝堂へ行くところを見られればまた何か云われるだろう。すばしこくあちこちと横眼に探りながらそちらへ行けば、一《ト》棟《むね》別建てになっているチャペルは、ぐるりの芝生ばかりが生々《いきいき》と青くて、なまじ人影のないだけによそのうちへ忍びこむみたいである。やっと誰にも逢《あ》わず廻廊《かいろう》の横へ隠れ、目的の入口へはいるとたんに、思いがけず中から外国人の牧師さんが出て来た。出会いがしらのようなかたちになった。牧師さ

ん と云っても旧教ではないからただ黒い背広を著ているだけだが、やはり牧師は牧師でどことなく坊さんくさい人である。まだそんなに齢《とし》をとっていず日本へ来ての年数も長いとは云えないのに、日本語は流暢《りゅうちょう》なのである。薄鳶色《うすとびいろ》の眼は平生おちついているときはまぬけな柔和に見えるが、なにかの拍子にきょときょとすると信用できないような薄っぺらなものになる。碧郎はそのきょときょとしたときの眼を好まなかった。きょときょとしたときでなくても、きょときょとしたときの眼のようすを考えると、――だから全体的にあまり牧師を好かないのである。でも牧師のほうは大勢の子を扱って経験があるから、きっと自分を好まない子の顔色を読むことなど朝飯まえだろうが、職業がら誰にもいつもあいそがいい。碧郎がそこにいたことはあちらでも意外だったに相違ないけれど、咄嗟《とっさ》ににこにことした。そして聖書を持っていないほうの手をさっと拡《ひろ》げて、さあおはいりなさいというかたちをして見せた。碧郎は促されてそぼそぼっと中へはいってしまった。はいってしまってから、しまったと気がついた。チャペルのあたりに行こうとは思ったが、中へはいろうとは思っていなかったのに、牧師が手を拡げたからはいってしまったのだ。

牧師のほうもへんな顔をして、自分のすぐ脇《わき》のところに二ヶ足ほどはいって来て立ちどまった生徒を眺めている。碧郎も牧師を見あげてひっこみがつかない。薄鳶色の眼《め》がきょときょと動いて、こちらの眼を左の眼右の眼というふうに追いかけ、自分は急に笑《え》み崩《くず》れだしてうなずいた。

「わたくし、うれしく、おもいます。いっしょに祈りますなら、それよろしいことです。」

「いえ、ぼく……」

「いえいえ、かまいません、心配いりません。ひとり祈る？　それかまいません。わたくしあちらまいります。どうぞどうぞ。」

　碧郎はへどもどして木の椅子《いす》にかけた。椅子の切っ立った背板が男の子の背なかを突っぱった。牧師は靴音《くつおと》を聞かせて廻廊をまわって遠のいた。耳を澄ましていて碧郎は逃げだした。今を盛りと咲いている浪花《なにわ》ばらの袖垣《そでがき》を楯《たて》にとって芝生に腰を落して、口のなかで、畜生！　と云った。——あいつ、骨折事件のこと聞いて知ってるにちがいない、でなければあんな顔つきするはずがない、そしてぼくを不良と思ってきめてるんだろう。何が、いっしょに祈りますなら、それよろしいことです、なんだ。何が、いえいえかまいません、ひとり祈る？　かまいません、なんだ。何かに当りつけたくてしかも何も当れるものがない。そばには友だち一人いるでなし、犬一匹いるでなし、空は上機嫌《じょうきげん》に晴れていて、見ているとその青い空から銀砂子《ぎんすなご》がもやもやと降りて来る。

芝生にはかげろうがゆらゆらしているし、聞えてくるざわめきは弾んでいる。祈る！祈るって何だろう？　頼りないことにしか思えない。好きでもないあの薄鳶色の眼が覗《のぞ》いているような錯覚が起きた。——ぼくはあのひと好きじゃないんだ！

ものうく午後の授業は終った。いつも解放感で聞く放課のベルは、きょうは物々しい響きだけに聞えた。うちへ帰る——と思うとうちで聞かれるに違いないきょうの学校のようすを、何と云って説明していいか困るのである。どうせ両親はよくなく受けとるにきまってるようなものである。またごとか！　そんな面倒なおもしろくもない処へ帰りたくない、でもそこが自分のうちなのだ、帰るよりほかないうちなのである。しようがないからそっちへ向けて習慣的に帰る足を出す。

「君、君。」呼ばれたように思った。「こっち、こっちだよ。」

大勢ぞろぞろと電車の停留所へ行く一方交通のような群から誰が呼んでいるのか。立ちどまったら、こっちだよと云うのだからたしかに自分を目ざしてどこかから呼んだものだろう。制服の襟章《えりしょう》に二の字をつけた見知らない学生が寄って来た。二年生なのだ。「ちょっとつきあってくれない？　話がしたいんだ。」

何の話だろうとついて行った。学校はかなり広くて外囲いの塀《へい》は長い。塀に沿ってチャペルの裏手あたりまで行くと、うしろは浅いけれど雑木のもさもさした小高い地形になっていると聞いていた。見知らない二年生はそこへでも行くというのか、黙ってポケットへ手を入れて塀に沿った小路を先立っている。やくざに肩から吊《つ》った鞄《かばん》には実にたんねんなイニシアルが書いてある。Ａという字だった。

「何の話ですか。」無邪気と云いたいほど単純な碧郎であった。

「うん、もうすぐそこ。」対手《あいて》は返辞にならない返辞をしてよこす。そちら方面へ行く学生もあって道は賑《にぎ》やかだから話はできないのかもしれなかった。

　はたして聞いていた雑木山へ出た。そちらへ入る小路をひょっと曲ると奇妙なほど誰もいない。なだらかに高くなっている傾斜面には隈笹《くまざさ》がまだらに生えて、細い雑木はみな若々しい葉を伸ばしている。立木の深さはない、なぜなら木の幹の間にあちらの空が見えているからだが、こちらからはその空に町家の屋根は見えない。そのくらいの高さはあるらしいが、向う側がどうなっているのかあてはつかない。小学校の遠足で行った武蔵野《むさしの》の畑のなかにある小さい丘に似ている、なつかしい静けさである。いいことがありそうな気がして、碧郎は若い葉を透す青空を見あげた。重なりあった葉のぎざぎざがはっきり見えた。

「おう！」と中田と中田の仲間のいつも見る顔の二三が現われた。この細い木の蔭《かげ》からでも出て来たというように突然あちらへ現われた。彼等の立っているそこは高みの頂上である。逆光線のなかのずぼんの脚は、さっきの鞄のAという字に似ていて黒かった。

碧郎はすべてを一時に暁《さと》った。これは何かかならず好まないことを云われるにきまっていた。肩に斜にかけた鞄がぐっと重い気がする。ちょっと肩をすぼめた。実際の肩幅よりずっとたっぷりにこしらえてある新入生の服なのだから、なかみのからだをすくめれば鞄はずるりと落ちる。自然に手が吊紐《つりひも》にかかって鞄は外された。いやなことを云われるだろうという予感で鞄の重さを感じ、無意識に外したのだったがそれはいけなかった。

「おう、おまえ何を考えてるんだ、別に何をどうしようって云うんじゃないんだよ。……だけどさ、相当なまいきなやつだな鞄なんぞ外しやがって、覚悟があるってわけなのか。勘ちがいするなよ。」運動場で話していたときとは打って変って、急に思いもかけない調子である。話にだけ聞いている不良の本性を見せびらかされたのである。

中田が笑って、「まあいいよ、知っててやってるんじゃないよ」ととりなした。

いま息巻いたそれと、迎えに来ていた新しいのと、あと二人と中田と五人である。逃げられもしなければ反抗もできそうもない。しかも彼等はおどすかと見れば忽《たちま》ちとりなすし、腹が読めないのである。こわいような、なんでもないような定めかねる気分で、碧郎はぐるりを囲まれて道の細いなかを連れて行かれた。あちら側へ少しくだると、そこはいきなりの崖《がけ》になって切れていた。そこも隈笹がまだらで木はない。中田は、「よいしょ」とかけ声をして崖へ向いて腰をおろす。すわれと云《い》う。碧郎を間に挟《はさ》んで、息巻いたのと連出し役が脚を投げだす。他の二人はうしろにぶらりぶらりと立っている。

晩春の午後の陽《ひ》がまぶしい。太陽は遠い屋根の上にある。中田も仲間もたった一年の年長だけなのに、からだつきはすっかりおとなに見え、申しあわせたようにずぼんのプレスが利《き》いている。それをさも大切そうに膝《ひざ》のあたりで摘《つま》みながら穏やかに話す。時々、立てた膝小僧を両手でかかえて、その手の指を組みあわせたり、また腕を突っかい棒にからだを後ろへ倒してみたり、きどったポーズである。碧郎は見とれていて話などよくわからなかった。なんでも学生は一度しくじると、当人はその気でなくても周囲から不良にされてしまう。しくじりと云ったってほんとうにそうかどうかわかりはしないけれど、何でもかでも事件が一ツあれば、きっと一人は不良にきめられるのが習慣で、しかたがない。碧郎もそれで、多分もはや学校じゅうの誰も彼もに不良と極《きわ》めをつけられているだろう。不良は事毎《ごと》に軽蔑《けいべつ》され、なみな待遇を受けることはない。だから不良は不良同士で仲間をつくるよりほかない、——といった意味の話なのだが、碧郎は別に少しも仲間入りをしたいという気は持っていなかった。そんな話ならなあんだ、大したことじゃなかったんだと思う。それより彼等のおつにすました恰好《かっこう》が気に入った。

それで中田のたらたらと話す話には頷くだけで、はじめに感じた緊張も恐れも全然消えてしまっていた。「仲間って結局は友だちっていうことなんでしょ?」

「まあそうだな。」

「そんなら特別こんな人に隠れた処で話なんかしなくても平気だ。学校じゅう誰でもみんな友だちで、誰でもみんなイエスの兄弟だって云うんじゃないか。ぼく、みんな友だちだと思ってたから、なんとなく、仲間だなんて云うと別のなんかいやな仲間みたいな気がするんだ。」気楽で、ことばまで新入生らしくない友達づきあいにかわっていた。彼等は眼まぜをしたようだった。

「おまえ、いやだって云うのか、ことわるのか。」中田はにやにやしていて片頬に紅《あか》い陽の色を染めている。はじめに息巻いていたのが一人だけ突っかかってきた。滑稽《こっけい》だった。ふふふとおかしさがこみあげてきて、つい洩《も》れた。

迎えに来たのが、やおらこちら向きになった。「笑ったね。」

「あんまりおこるんだもの、おかしいよ。」

「なに！」びっくりするような高声だった。そして中田を除いた四人は起《た》ちあがってしまっていた。ほんとうに手出しをしかねない気勢があって、碧郎は起てなかった。本能的に崖に対《むか》っている地理のこわさを考えた。腰を据《す》えたまま見あげるとまったく囲まれていて、のがれ道は崖よりない。崖までは二間ばかり、ぞろりと下って地肌《じはだ》は黒いぼか土にぷつぷつと笹の根がもちあがっている。

「なまいきな口は利くけど、腰は立たないって云うのか。」

「なぜ来ないんだよ。おまえのほうじゃ来なくっても、こっちは行くからな。」囲みは一歩ぐっと詰められた。思わず、投げだしたまま動けなくなっていた脚が縮んで腰が浮いた。心臓がどきっどきっとしていた。

「よせよ、おどかすの、まだ子供だからよしてやれよ。」中田が笑って起ちあがり、ずぼんの尻《しり》をはたいた。

「おい、起てよ、驚かなくったっていいんだよ。」そばまで来て手を出した。胸のボタンに陽がきらめいている。碧郎はも一度おろしていた腰を浮かせて中田の手に縋《すが》って起った。

が、中田の手は碧郎を援《たす》け起すだけでなかった。碧郎はぐいっと引っ張りこまれすぎて、たたたと弾みをつけて前へのめった。後ろからとんとはたかれ、さっき中田のすわっていた後ろの笹のもさもさへ突っこんで膝を突いた。その上へどさっと重量のあるからだがかぶさって伸《の》された。顔が笹っぱをこすって笹の根っこへぶつかった。両手がやはり笹のなかへ引っ張られ、指を拡げて無理に押えつけられた。そして押えつけ押えつけられたまま、みなが黙って荒々しく息を吐いていた。「君!」背なかにいるのが中田だと声でわかった。

碧郎は悔やしさいっぱいでふてぶてしくなっていた。「なんだ!」「静かにして、よく見ろよ。ほら頭あげて見てみろ、手のさきを見るんだ。」二人の子分に片手ずつ押えられている掌《てのひら》の、開いた親指と人さし指の股《また》に、触れるばかりに刃を向けてジャックナイフが土に突きさされていた。ナイフの柄《え》は子分の手に握られていて、まさにこちらへ倒されるばかりである。碧郎は刃を感じた。「いやだということは、君、できないんだよ。」

「いやだ!」

「いやでもだめなんだ。親指の根を切られると一生すたりもんだぜ。……これ、おどしじゃないぜ。いったん云いだしたんだから是非云うとおりになってもらわないと、顔にかかわるからな。是非そうしてもらいたい……ナイフは倒れたこともあるんだよ。」

「いやだい。やってみろ。」がっと頬骨《ほおぼね》が鳴った。「ばかやろ、やってみろ！」がっがっと今度は隈笹の根へ押しつけられた。じゃりじゃりと砂が歯へ触った。鼻血が出てしおからかった。もう一発耳のあたりへやられて、彼はぐるっと我を失った。

＊

日がすっかり落ちていた。小さい喫茶店のわびしい燈《あかり》の下に腰かけていた。あのとき引き起され支えられてから気がついた。服のあちこちを払ってくれていたし、中田が右腕を取っていてくれた。誰のハンケチか、白さを赤くして鼻血も拭《ふ》かれていた。顔じゅうひりひりとするのは隈笹の擦り傷なのだろう、指はなんともなかった。碧郎は自分が勝ったのか敗《ま》けたのかわからない。たしかなのは、子分になるとか仲間になるとかを誓わなかったことだけである。でも、——それはもうどっちでも同じだった。そうなっては疲労の度の多いほうが敗けたにひとしい。精神の萎《な》えているほうが下につくようになるのは当然なのだ。それも、しかもこんな喫茶店などに連れこまれてしまえば、喫茶店の雰囲気《ふんいき》にかなっているもののほうが分《ぶ》がいいにきまっていた。ずぼんのプレスが利いた脚を意識して、かたちよく重ねているほうがお茶を飲むにふさわしく、泥《どろ》のついただぶだぶずぼんに膨れあがった顔、みみず腫《ば》れの頬、頭には徽章《きしょう》ばかりぴかぴかする帽子をちょんと載せていれば、みずから身を卑《ひく》くしないでも人がそう見て、それできまってしまう。碧郎の色の白さが弱々しかった。彼がうつろに案じているのは、両親へどう云おうかということだけになっていた。

碧郎は姉や母親の質問には無言で通すことができても、父親に問いつめられて黙っていることはできない。はじめから父親を無言で拒みきることができないとは承知していたのだが、なるべくはと思っていたと見えて、もちこたえていられるだけ強情に押しだまっていた。父はだんだん癇癪《かんしゃく》を起して、ついにおこりだす一歩手前のところまで行ってから、実は二年生にやられたと話した。ぽつりとそれだけである。父は疑わしそうに聴いてあとを追及しない。その晩一ト寝《ね》入《い》りすると、碧郎は耳の奥が痛くて覚めた。げんは水枕《みずまくら》をこしらえてやった。二三日すると碧郎は、耳の湿布をして大仰に三角布をまかれたまま学校へ出かけた。

そのあいだに母親はまたいやな思いをして学校へ行き様子を聞いて来たが、学校では、放課後のことでよくわからないし、学校側に責任もない、けれどもほぼ二年の不良組のことだとは察していると云ったという。放課後であったかないかで取扱いはまるで違った。碧郎が事件を起したときには、電話で親を呼びだす、なんとなしの登校停止もさせるという騒ぎなのに、結局はそこから源《もと》を発しているこの事件では、単に放課後ということだけで済ませるのである。一方は腕の骨折だが、骨折のほうが耳を傷《いた》めて片耳難聴になったのより重大だというのだろうか。片手落ちのそんな扱いを受けて、母は辛《つら》い思いをさせられていた。生《な》さぬ中の息子のことだから、どうかして軍配をあげてやりたいのだが、入学の当初から碧郎は担任教師の白い眼を浴びているように思え、このうえ押して談判してはかえって心証を悪くしそうな心配があった。学業が出来のわるいことも一ツのひけめになっていたし、信仰のある家庭が無信仰の家庭よりはるかによく迎えられているのは、宗教学校にありがちのことだった。けれども信仰を持っている母には、それがひどく癇《かん》に障ることのようである。すでに信仰を持ったものも大切なら、信仰がなくても何等《ら》かの神の摂理によってここへ集まって来た子等およびその家庭は、より大切により丁寧に導いてよき神の信者にするのが順当ではないか。すでにあるものだけをちやほやして、新しく集まったものを疎略《そりゃく》にする法はないと云うのだが、それはたしかに通る理窟《りくつ》であっても、行われなければ現在どうにもならないのである。「だからキリスト教は誤解を受けるようになる」と立腹は横のほうへ逸《そ》れてしまう。

　が、それより何より母親にとっていちばんこたえているのは、第一にはこの子を好くことができないこと、第二には好く好かないにかかわらずこの子の性格は、生さぬ中の自分が心身かけてどんなに打ちこんでやっても、それだけに応《こた》える大丈夫なものがあるとは信じられない、この二ツのことだった。母は好く好かないの点からは、同じひとの子でも碧郎よりげんを好いていると思えた。それもここへ後妻に来た最初は、もう物のわかりかけているげんの機嫌はとりにくくて、いわゆる「いやな子」であり、碧郎のほうはまだ何もよくわからずすぐ懐《なつ》いたので扱いやすく思っていた。それが大きくなるにしたがって、げんには女の子としての服従が出てきたのにひきかえ、碧郎のほうには男の子として、それから年齢的な反抗が現われだしてきて、形勢は逆転した。そのことを先妻の時代から出入りしている商人のかみさんや奉公人からずけずけ云われ、気の毒なほどまいったことさえあるのだった。「だめですよ。子供なんてものは、そうちょいちょいあっちがかわいいの、こっちが云うことを聴くのって、そのたんびに自由に取りかえっこするみたいなことしちゃだめなんですよ。奥さんは産まないからそんなふうに云うんですけど、ほんとの子だっていい子の時もあればいやな子の時もあるんで、いやな子だと思っていやなときは思わずひっぱたきもするけど、そのひっぱたいたあとのかわいそうさったらないもんですよ。好いたり嫌《きら》ったりするより、まあひっぱたいて御覧なさい。なあに、ひとの子だって、それは昔の話でさ、今はあんたの子なんだもの、構うことありはしない。」――そんなふうに碧郎のことで助言をしている近処の人もあるのを、げんは知っている。碧郎は碧郎で、母に疎《うと》まれていることを必要以上に敏感に感じていた。いやがられている、さげすまれている、だから自分もあっちが嫌うのに何の憚《はばか》りがいるものかといった態度なのだった。実際、好くことができないのは情ないしようがなさである。母は祈っても聖書を読んでも碧郎が好きになれなかった。そしてそのことを負目《おいめ》に感じ、負目の感じはさらに勇気をなくさせた。

第二のことは、これもしようがないことらしく思われた。碧郎の人がらが変るか、母の心のめどの寄せどころが変るかしなければ、問題は解決しないことだからである。「踏みこんで世話はすべきである。しかし踏みこんで世話をしても所詮《しょせん》背かれそうな危険を感じて、不安で足が進まない。碧郎とのつながりは現在以上にでき得ない」というのでは、やりようがない。無理にやらせることなど誰《だれ》にもできはしない。そしてそれで母は悩んでいた。母も辛い苦しみかたをしているが、碧郎だって、「してくれなくなったって、いいやい」と憎まれ口を利く心のなかは、悲しさと憤慨でいっぱいになっていないはずはないのだった。まだたった明けて十四の少年なのである。

だから姉が学校へ出かけてしまい、父親は自分のしごとに没頭してしまい、何かと気がねの多い母と二人で長い昼間の時間をくよくよするのはやりきれない。多少のことは大目にして学校へ行ってしまいたいのである。学校にもこんな状態でいいことばかりはないにきまっているが、それでも同年輩の子がどっさりいて騒いでいるということだけでも、そこには若い興奮が盛りあがっているのである。活気は魅力であった。しかし母親は碧郎に、痛い耳のままでさっと学校へ脱けだしてしまわれると、それでまたおもしろくなかった。こういううちでは家族一人一人が何か一ツ云ったりしたりするたびに、それがみなお互いっこに不和の土台を積みかさねて行くことになるのである。碧郎の耳は三角巾《さんかくきん》が外されてもとうとう障害が残って、聴きにくい耳になった。父親は嘆いた。そして、「かえって聴えないものに心耳は響くかもしれない。片耳疎くなったことが開けるもとになってくれるといいが」と、自分が耳半分を失ったような情ない顔つきをした。当の碧郎は曇りもなく笑っている。

げんと碧郎はよく、土手を通う道すがらできょうだいに必要な話をする習慣がついていた。げんはどんなふうにして碧郎が、あの日学校の裏山で二年グループにやられたかを、聴いて知った。そして碧郎がうちの気づまりな空気がいやさに学校へは休まず通うものの、うちと比較してまだしもだから行くので、それとて日がたつにつれてだんだん行きたくなくなっているのを認めないわけには行かなかった。碧郎が幾台も幾台も乗るべき電車が来ても乗らずに停留所に立っているらしいのを察したし、あるときはずっと先へ行ったはずなのに乗換場でうろうろしているのを、おやと思って電車の中から気づいたこともある。学生にとって学校はそんなものじゃない。たとえいやなことがあっても、かならずいいこともあって、万事が万事いや一方になるなどということはない。よくせき悪い何かがあるのではあるまいかと思う。そんなことがしばらく続いて、碧郎はまた元気をとりもどして行った。母や父に云おうか云おうかと思いながら、改まることの気ぶっせいさについ云いそびれていたげんはほっとした。弟さえ元気に登校すればそれでいいからである。

ところがそれが浅はかだった。元気に戻《もど》った弟は日に日に態度が崩れて行った。ことばが荒れて行った。急にいままで見も知らなかった図太さがついてきて、動作がへんに敏捷《びんしょう》かつ粗暴になった。

いちばんさきに気づいたのは父だった。「おまえ、おかしな言いかたするね。そんな語気というものは正道でないものの語気だよ、よしてもらいたい。」

父は中学坊主《ぼうず》の一種の流行的なもの、伝染性のことばの荒れだと見ていた。が、碧郎はそういう父の解釈を聞くと横を向いて、「へん」とも「ふん」ともつかない薄笑いをした。とたんに父が、「おや? おまえ今の何だ! も一度してみてくれ。おれにはちょいと気当りのする笑いかただった」としっかりした物言いをした。すると弟は崩していた膝《ひざ》を坐《すわ》り直して、膝の上へ両手を突っかかった。肩が聳《そび》えた。子供っぽい薄っぺらな肩が聳えて滑稽だったので、げんはくすりと笑った。父はげんをぎろっと睨《にら》んでおいて、碧郎を許さない、追及して行った。父に追及されて子はへなへなとした。「ことばはへたでも許されるけれど、語気はへたも上手もない、心がそこへ出るのだから嘘のつきようはない」と諭され、子は父にあやまってその場が済んだ。父は沈んでいた。

げんは追々《おいおい》に、碧郎が不良グループに完全に仲間入りさせられてしまったことを、通学の道中で知らされて行った。土手を歩く間じゅう碧郎のしゃべることは、人が変ったような凄《すご》い下等なことばつきである。父の云ったことなど全然影も形も覚えていないようすで、ぼくという自分を呼ぶことばなどまるでどこかへなくしてしまっていた。おれが、おれは、である。教師はすべて来やあがる、しやあがるで云われ、敬語はみな軽蔑《けいべつ》とからかいのときに用いられるもののようだった。げんは困惑から来るへんな負けん気で、その弟の下司《げす》ことばへ同様な下司ことばでおっかぶさって行った。いいえ、おっかぶせて行く反抗的な、そしてまた心配な気もちもたしかにあるにはあるのだが、少しはその下司っぽさに挑発《ちょうはつ》されもしたのである。「なにをう?」とか「何を云いやがる!」などという調子はいとも簡単に云えるものなのである。そして一廉《いっかど》凄いらしく聞え、凄いらしいことはある快さがあった。

「黙れ、弟野郎の分際で。足が太いから歩くのがのろいなんて、ばか云《い》いやがって。さあ来い、競争だぞ。」――そんなことを云う。すると弟はすっかりてれて、てれながら大喜びをし、「うめえもんだ、そういう調子だ。お父上はおれにばかりおこるけれど、姉公《ねえこう》がよそじゃこの調子でしゃべるんだから、聞いたら御驚愕《ごきょうがく》御憤慨のあまり眼え廻しやあがるだろう」というように云う。

楽しげに不安なげに、そうして笑っていれば、一本だけ永久歯に抜け変らない糸切歯がとんがっていてあどけなく、たった三ツしか違わなくても姉には姉の憐《あわ》れみが湧《わ》くのである。無条件でかわいそうに、げんは思わされてしまうのだった。でも、そのかわいそうに思うことはいいことだったろうか、悪いことだったろうか。いいも悪いもげんはそんなこと考えてみる気になったことはない。ただ自然がげんに弟をかわいそうがらせたのであり、げんは自分の気もちに遠慮するなどということを知ってはいないのだ。とにかく、げんは弟の不良化を知っていて、案じながら迂闊《うかつ》に一日一日を過していた。不良というのは控えた言いかたで、学生よたもの、――町のよたものでなく学生よたもの化である。

中等学校へ入って第一の夏休みは妙な夏休みだった。小学校は地域的にかたまっているから、夏休みになっても教室と校庭の交際がないというだけのことで、隣にも一町さきにも二町さきにも同級生はいる。遊び対手《あいて》に事欠かない。それが中学となると地域はまちまちになる。碧郎の小学校のときの友だちもみなばらばらに別れて、それぞれ志す学校へ散った。宗教学校へ行ったのは碧郎一人である。四月から約四ヶ月、新入生たちは新しい学校の新しい校風にめまぐるしく暮してきて昔の友だちなど他人のように疎《うと》くなっていたが、さて長い夏休みに入って毎日の通学がなくなってみると、遠くに散在している新しい仲間もさることながら、近い一地域にかたまっている古い友だちが懐《なつ》かしく想われ、友情のよりが戻る。碧郎のところへも古い友だちがさかんに訪ねて来、それがみんな急に一足飛びに大人っぽい体裁になって取澄してやって来た。夏休みだというのに新調の小倉《こくら》の霜降を著て、まだ新しくてきらきら光っているボタンを暑苦しく嵌《は》め、靴《くつ》まで穿《は》いているのもあれば、さっぱりした白絣《しろがすり》の、袖《そで》はまだ筒っぽでももう腰あげなんかよして大人じたてにした著物《きもの》に、父親のお古だろう錦紗《きんしゃ》の絞りの帯なんかしているのもある。みんな四月《よつき》まえの純子供型でなくなっている。それは子供の姿ではなくていながらやはり子供であった。大人の姿でもなくて、どこかたしかに大人になっていた。が、どう見ても子供から大人へは一足飛びに飛びきれない間隔があるようだった。多分正確に云えば、彼等《かれら》は子供から青年に伸びようとしているのに、青年を意識することなく、青年は即《すなわ》ち大人だという実にぞんざいな思いかたをしながら、霜降の長ずぼんを穿き、腰あげなしの白絣に誇りをもっているもののように見える。そしてげんにする挨拶《あいさつ》もきどって、両手を垂直に脇《わき》へさげ上体を折り、「御無沙汰《ごぶさた》しました。碧郎君おいでですか」などと、ひどいよそ行きになっている。これが一学期まえには裏口を明けっ放しで駈けこんで来、「ねえ、いる?」と云い、それも面倒くさいと思うときには塀《へい》の外から、「おおい、鮒釣《ふなつり》に行かないかよう」と節穴からどなっていた子である。

そこへ出て来る碧郎は四月まえのままの碧郎である。夏だからあのときの袷《あわせ》は単衣《ひとえ》に代っているけれど、去年のものであるから子供の腰あげがついている、襟幅《えりはば》の狭い単衣である。帯も子供そのものである、めりんすの浅葱色《あさぎいろ》なのである。男の子は女の子と違って著るものには大きな関心を持たないが、それでもこんな過渡期には、自分自身に持つ関心の分量だけは他人の上にも関心を向けるものらしい。そんな昔のままな子供すがたの碧郎は、対手からじろりと一ト薙《なぎ》検査された。対手は一ト薙で済ませるけれど、碧郎のほうはそうあっさりと行かなくて、ちょろりちょろりと対手の青年的威容に眼を持って行かれていた。

げんは碧郎たちにたった三ツ年上の姉である。若い娘なのだから、碧郎の遊び仲間がいやに若い衆《しゅ》づくって改まって出て来れば一ト眼で笑ってしまったが、そこへ出て来た弟と比較して見ると、笑ってなどいられなかった。こりゃあいけない、碧郎も腰あげのない大人じたてにしてやらなければ、と思う。腰あげの子供の著物は、中学生に昇進したものには適当でなくなっているのである。それはげんに思いがけないことだった。あのままの弟であり、あのままの著物でいいもの、制服さえできてしまえばそれで済んだものとしていたのである。けれどもそう気がつけば、自分だって女学校へあがって間もなく、腰あげのものはよして長著にしたのである。それは母のほうからそうしてくれたのだが、なぜ碧郎にはそうしてやらないのか、なぜほうりっ放しにしているのか。かわいそうじゃないか。母親が面倒を見てやらなければほかの誰が見てやるだろう。げんにはしてくれたのだから、当然気はついているはずのことである。うっかり忘れていたと云うのだろうか。そうも云えまい。服は入学当時の冬ものも、いま著ている夏の霜降もちゃんとこしらえたのだから、服だけ承知でうちのなかで著る著物を忘れているとは云えないのである。では、げんがさっさと気づいて縫い直すのが当然と云うのだろうか。違う。それははっきり母親のしごとである、母親がすべきことである。私のしごとじゃない！　かわいそうに碧郎は表面なんでもなくしているが、あんなにちょろちょろと友だちを窺《うかが》っていたじゃないか。著物なんか男の子だもの、なんでもないけど、やっぱり気もちよくないにきまっている。どこのおかあさんだって、みんなちゃんとしてやってるじゃないか。碧郎ひとりかわいそうに！　なぜうちのかあさんは碧郎をかまってやらないんだ。――不満足であった。おこりたい気もちである。

と思いはするものの、げんは実はあわてていた。自分の手おちとして自分に責められていたからである。なぜなら、げんは通学のかたわらほとんど家事一切を担当していたからであり、衣類のことは家事のうちに含まれている大きな、しかも見のがせない部分だからである。制服のようなものの新調は金嵩《かねがさ》がかかり、そしてうちで縫えるものではない。つまり家事担当人のするしごとの範囲を超えたものである。だから母が予算を調べて父に請求し、父が金を出して母に托《たく》し、母が註文《ちゅうもん》して滞りなくできたのである。が、浴衣《ゆかた》や絣《かすり》の著物となると、しかも改造縫直しとなると、それは明らかに家事のうちへ含まれていることだった。げんのすべきことである。しなくてはならないことである。碧郎をかわいそうにもじもじさせたのは、げんのうっかりもののせいである。それがちくちくする。ちくちくするから、ずるがしこくげんは母に責任を押しつけたがっている。――だいたい通学しながら家事なんてやってるものありはしない。私だけだ。みんなは学生であるだけで、家事なんかしていはしない。自分の著物だって母親に揃《そろ》えてもらっている。だのに私は、弟の絣をどうして気をつけなくっちゃならないのだろう。できないほうがあたりまえだ。なぜかあさんが、……そこへ映ってくるのは母親の指である。かがまって膨れている手の指、足の指。じいっと抱えているよりほかしようがない痛み。母はリョーマチを病んでいた。リョーマチの進行につれて、家事はいつとなく母の手から娘の手に移り、いったん移った家事雑用というものは、もう梃《てこ》でも動かずげんの肩の上へくいついてしまっているのである。それが、げんはいやだった。でもいやの上には母の痛みが載っかっているという気がしているのだ。だから邪慳《じゃけん》に振りおとすことはできない家事なのである。我慢はかなしい。我慢からはみ出そうとする心が、碧郎の著物の責任を母に押しつけようとするし、我慢のなかで突っ張ろうとする心が、その責任をみずから取るべきだとちくちく痛むし、――けれども、げん以外の誰がそんなことを云って責めているのでもなければ腹を立てているのでもないのである。これは何でもない小さい一ツの日常事なのである。げんは誰も知らない、そんなくだらない小さいことで思いまどうことが多い。しかもそんなくだらない些事《さじ》が、げんの若さを少しずつ少しずつ削り取って、つまらなく費しているのだとは気づかない。

とうとうげんは、えいとばかり元気を出した。「碧郎さん、その著物脱いでよ。」

「どうして？　まだよごれていないよ。」

「いいから脱ぎなさい。」そういう時のげんに碧郎はいつも負けるにきまっていた。げんはその手心を心得ていた。

弟は他のもっと子供々した浴衣を著せられた。「いやだなあこんなの、ばかに短っかいじゃないか。もう中学だもの、こんなまいまいつぶろの柄《がら》なんかついてるの、著てるやついないよ。」

「だからなのよ！　黙って二三日辛抱してなさいってば。」げんは八ッ当りに当る。かわいそうだと思ってやっている当人が、いちばん当りいい。洗って、ほどいて、張って、蚊帳《かや》のなかへへら台ごと持ちこんで、夜なべをかけて拙速のしごとをしているのを見て、碧郎は、「なぜそんなに急いで縫うんだか、どうしてなんだい。おれ著物なんかかまわないよ。出かけるときは服著て行くもの、いいんだよ」と云う。そして、「わるいなあ、じゃあおれも起きてる。つきあいしなくっちゃ悪いや」と云った。そのくせつきあいはたった一時間くらいで寝入《ねい》ってしまう。がりがり坊主が枕《まくら》から外れて、頸《くび》は細い。襟幅の広い著物を著て、友だちのおかあさんなどに「御無沙汰しました、春雄君おいでですか」などと云っていたら、さぞ滑稽《こっけい》だろうと思う。げんは裁縫上手ではない。学科のなかでは中以下の点しか取れない科目である。しかし教室とうちとは違う。実用は拙速で事足りるのである。大針でぶつぶつと形にして行くのである。

碧郎が翌朝起きたとき、著物はもうできあがっていて、きちんと畳んで枕もとに置いてあった。

「ねえさん、ゆうべ寝なかったの？」もちろん寝ていればそれができているはずはないのである。

「仕立賃に何か手伝うよ、水汲《く》んでやろうか。」

水はポンプ井戸なのである。それも深くてしかも水量が少いので、水汲みはげんの受持のしごとのなかでも易しい労働ではなかった。それを碧郎は手伝うと云うが、いつだって水瓶《みずがめ》一杯にし果したことがない。彼はげんと違って骨細なきゃしゃなからだで、じきにへたばってしまうのだが、それだけにまた水汲みはたいへん厄介《やっかい》なしごとだと思いこんでいて、何か姉に感謝の意を表したいときにはきっと水汲みをしようと云いだす。げんはそんなことを対手にはしていない。碧郎ができもしないことを平気で恥かしげもなく云いだすのなど、おかしくて構っていられるものではない。それより著物は一枚だけ大人の寸法に縫い直してもはじまらないから、あと二枚も三枚も仕立直しの可能なだけはしなければならないことを胸算用しているのである。そしてその胸算用の通りに縫直しはてきぱきと順々にかたづいて行った。時間に嵌《は》めこんだ、その代りえらくぞんざいなしごとができあがって行った。

碧郎は、「そんなにどんどんしあげちゃだめだよ。ねえさんのほうは坐ってるしごとだからいいけど、水汲みはそうそう追いつけないからな」と、さも一日じゅう水汲みをしているようなことを云う。

けれどもさすがに姉に済まないものだから、彼としてはよほど大奮発のつもりで、げんにハモニカをくれると云った。さんざ自分が使って、もう息穴《いきあな》が擦れて白っ茶けたようになっているきたならしいのを、臆面《おくめん》もなく捧呈《ほうてい》するというのである。捧呈しながらも惜しくてしようがないものだから、いかにいいハモニカだかという一席をいろいろ弁じている。げんは彼が夏休みになって中学の友だちから遠のいて、子供返りしているなと感じた。それはほっとする思いだった。同時に、ハモニカの古いのなどくれられてもちっとも嬉《うれ》しくも何ともない自分が、ずんと大人になっているのだなと思わせられることでもあった。弟の子供っぽさは滑稽であり哀れであり、自分の大人っぽさはなんだか寂しかった。弟が素直できょうだい中のいいとき、姉というものは寂しいものという感じを味わせられた。げんは碧郎の骨折事件や不良組事件が近処の小学校の友達仲間に伝わっていないようすなので、よかったとほっとしているのである。

げんと碧郎はわりあい上機嫌《じょうきげん》に夏休みの一日一日を過していたが、母はずっと憂鬱《ゆううつ》にあまりいい顔はしていなかった。一ツにはリョーマチの悪化もあったが、碧郎への態度の執りかたについて父と意見の合わないことも、憂鬱の大きな原因らしく察せられた。だから、ときに碧郎が屈託《くったく》なくはしゃいで大笑いしたりすると、げんは母を憚《はばか》ってびくりとする。その点碧郎は何の心遣いもないのんき坊主だった。

＊

そんなある日、母へ訪問客があった。御信仰の友だちで、古くからの交際である。母がこの家へ後妻に来る以前からのつきあいがずっと続いているのだが、金のある家庭に円満な生活をしている、いわゆる「いい奥様」である。美貌《びぼう》で身なりがよくて、強い意見というものを持たず、優しい人なのだが、交際が好きである。年輩は母とほぼ同年齢だった。そういう見た眼《め》にも明るい人が訪ねて来てくれたことは、家の中じゅうへ光がはいって来たようなもので、憂鬱な母もいそいそと迎え、げんも嬉しかった。母は久しぶりに楽しげであり、客はやや長く話しこんでいて、帰りにげんにも愛《あい》敬《きょう》よく挨拶して行った。げんは何一ツ不愉快を予想していなかった。

それが、客を門まで送りだして座敷へあがると、母の顔はこわらしいものに引っ吊《つ》れていた。そして、「ちょっと話したいことがあってよ」と呼ばれた。

弟のことだと思った。が、意外だった。「あなたいつか、銀座で田沼さんの奥様に逢《あ》ったって云ったわね。」

「ええ」と答えるものの何事だか見当はつかない。

「そのとき、いい加減長々とお話していたんでしょ？　私、ただ逢ったという単純なことだとばかり思いこんでいたけど、そういうの、私のばかかしらん。私はあなたが嘘をつくとは思ってもいなかったんだけど、私みたいにばか正直なのもつくづくよしあしね。」母は余程おこっているらしく、眼つきが許すまじという色を見せて、言いかたがいやにねじれていた。圧《お》されつつ、げんはわからない。そんなことを云われる覚えはなかった。

「そのときのこと覚えている？」

「ええ。」

「それならよく考えて、どういう会話をしたか、ありのままに私にも一度云って御覧なさい。」

げんは素早くそのときのことを思いうかべて検《しら》べるけれど、合点が行かない。「私なんかいけないこと云ったんですか？」

「素直に云って御覧って云えば！　云ったんですかなんて訊《き》かれたって、私が訊いていた当人じゃないもの。」

げんは恐れて黙っていた。母が待ちきれずに云いだした。「あのとき、私が万年筆の具合が悪くなったから丸善へ持って行って修繕して来て頂戴《ちょうだい》って頼んだんだったわね。」

「ええ、そうだったわ。」

「田沼さんの奥様にあんた、おとうさんの万年筆でなくてかあさんのだ、かあさんのだと幾度も云ったんじゃない！　かあさんのでわざわざ学校の帰りにお使いにやらされるんだって云ったでしょ！　こんなお使いしていれば、通学距離が遠いところへ持って来て手間が取れるから、うちへ帰るの日が暮れるって嘆かなかった？」

これはだめだ、とても云い解くことはできないと思われた。なぜなら、母に云われていることは全部見当違いなことなのだけれど、しかしそのなかに使われていることばは一ツ一ツ思いあたる影をもっていた。たしかに会話のなかに母の万年筆ということばもあり、帰りが遅くなる云々《うんぬん》もあった。が、大切なことが間違われていた。会話は二人のするものであって、一人でするものじゃない。問われて答えたことが一緒くたにされて悪意な解釈をされてしまっている場合は、はなはだ云い解きにくいだろう。母は云うだけ云うとじっとげんを見つめて、意識して無言になった。云い解こうとする気を起させないほど母の怒りが現われていた。絶望の空気が漂った。だが、げんは一しょう懸命にそれからそれと考えた。第一に、なぜあの奥様はそんなへんなことを母へ云うのだろうということだった。第二に、母があの奥様の話を悪く取ってしまったのではないかという疑いである。第三に、あの夫人の微笑である。美貌の微笑が憎らしく思えた。あのときも他意なく親しく優しく、げんのお使いをすることを犒《ねぎら》い、ほほえんでさよならをした、たった今も門のところでげんに笑いかけて別れて行った、――あの微笑の優しさのどこにげんを誣《し》いるものが隠されているんだろう。ふしぎであった。

母は無言くらべをしているようなげんにたまらなくなる。「どうして何も云わないの？　云えないんじゃない？……私はね、あんたがまさか蔭《かげ》でそんないやなこと云ってると信じたくないのよ。だけど、あんたがそんなふうにへんな蔭口きかないじゃいられないなら、それもそれでしかたがないと思うの。正直に云って頂戴。田沼さんの奥様に訴えるくらいなら、なぜ私にじかに云わないの？　私あんたにいい加減に扱われていたと思うと、情ないし腹が立ってたまらない。どうなのよ、返辞なさいよ。」

母は涙をはらはらとこぼした。げんは母は悪くないと感じた。気の毒な気がした。

「かあさん、あのおばさまにだまされてるんじゃない？　何て聞かされたのか知らないけど、あのおばさまがへんなんじゃないかしら？」

それはほんとうにげんの思ったままを云ったことばだった。が、母はあっけにとられたというようすをし、云うべきことばがないといった表情でげんを見た。「まあ、あんたって人はまあ、……よくもそんな。田沼さんの奥様はそんなかたじゃないわ、そんなだますなんて、――だまして一体誰《だれ》が何の得《とく》になるのよ？」

「じゃあ、かあさんはあのおばさまの云うこと全部信用してるのね？」

母はぐっと詰った。眼だけが躍気になっていて、口は黙って返辞をしなかった。げんはそれを見ていて、むかむかっとむちゃくちゃになった。「かあさんはあたしを信用していないのね、いいわ。田沼さんのおばさまはそんな人じゃないってかあさんは私に云うけど、田沼さんのおばさまにもげんはそんな子じゃないって云ってもらいたいわ。あたし、かあさんにある程度は信用してもらってると思ってた！」

おしまいのほうは涙声になった。母は眼ばかりの顔をつと横へそらした。「あたし、云わない。云わなかったわ。田沼さんのおばさまはあのとき、どこへ行くの？　おとうさんの万年筆ですかと訊いたわ。あたし、返辞しただけだわ。これから丸善へ行って帰るんじゃ遅くなるだろうとか、いつもお使いするのか、よく云うこと聴くのね、うちの栄子はしてくれたことないとか云ったわ。……かあさんが何と思ったって、あの人とあのとき話したのあたしなんですもの。あたしはあのおばさま、なんて意地の悪い嘘つきなんだろうとはっきりわかったわ。」げんは興奮でがたがた顫《ふる》えていた。

「ああ、後悔してくれるかと思えば逆に嚙《か》みつくのね、あんたは。」母は田沼夫人の云《い》うことをまったく信じこんでい、げんにちっとも信用を持っていないのである。げんは母へぐうっと不快を募らせた。

「あんたもそんなふうに私を睨《にら》んでどうするの？　碧郎さんといいあんたといい、……私もうどうしていいかわからない！」

どうしていいかわからないと悲しげに云われて、げんはふわっと母の悲嘆のなかへ惹《ひ》きいれられた。母とやりあうとき、いつでもげんは母を疎《うと》ましく憎らしく思う感情と、気の毒に申しわけなく思う感情と、相反する二ツの感情の両方へあちこち引っ張りまわされて、しまいにはもうどうでもいいから、とにかく早くその場が済むようにと思うのである。母もげんもどちらからともなく立ってしまった。いずれ母は例によって自室で祈りがはじまるのだろう、げんは台処《だいどころ》よりほか居どころはない。

碧郎は立聞きをしていたと云った。思わず弟に、自分が母に信用されていないことを愚痴ったけれど、げんは母もだが母より田沼夫人の卑劣に癇《かん》を立てていた。まったく何の必要のためにそんな歪《ゆが》めかたをするのか、美貌の微笑は許せないものだった。

「でもねえさんのほうがおれよりまだいいんだよ。予言されなかったからな。」

「予言ってなあに？」

「予言だよ。これから先のことをきめて云いわたされるんだよ。このあいだ母さんおれに、――あんたみたいな児《こ》、気をつけないといまに悪魔の弟子入りしちまうもんだ、そのときには親子きょうだいといえども如何《いかん》とも救い得る手段はないだろうって予言したんだ。随分いい気もちじゃなかった」と云う。どう聴くかはその人の耳のつきかた次第だが、予言としてうけとるとされることは、碧郎の母へもつ一種の怖《おそ》れを語っていた。田沼事件ははっきりしたけりがつかないままうやむやに終った。

すると、それからしばらくして、またも一ツげんに事件が起った。今度はも少し大きなことだった。母は買いものを皆げんにさせていた。自分は手足が不自由だから、人ごみのなかで荷物を持って歩くなど真平《まっぴら》なのだった。それに若いげんのほうがたしかに抜目ない利口な買いかたをして来た。母は数々の買う品物を便箋《びんせん》にこくめいに書いて渡し、げんはそれに従って歩きまわって調えるのだった。それも相当な気骨の折れるしごとである。その日は暑い日で、行かないさきからげんなりするような気分をひきたてて、げんは出て行った。

　便箋の最初にならんでいる買いものは薬屋の買いものだった。母は綿密で道順に書いておくのである。リョーマチの薬、胃の薬、歯磨《はみがき》、石鹸《せっけん》の類《たぐい》、それに白髪染《しらがぞめ》などである。ようよう母は白髪が眼立ちだして気にしているが、染めた髪は決していいものではないのに、自分は大層いいように思っていた。げんは染薬を買うとき、いつもちょっと恥かしい。買いものの正確を期するためどこでも受取を取って来るげんの習慣である。薬屋から下駄《げた》屋へ行き、駄菓子《だがし》屋へいき、買いものはおおむね家庭用の雑貨である。最後がデパートで、そこではおもに実用布地と台処の器具を買うように命令されていた。そのころのデパートはまだ、下駄を脱いで下足札を取ってあがる日本家屋式であった。縞銘仙《しまめいせん》にめりんすの帯を締めたげんは、あまり平凡で質素ななりで、雑閙《ざっとう》のなかに埋もれていた。便箋に書かれた註文《ちゅうもん》の品はあと一ツですべて済む。カーテンのロットを買えばおしまいだった。さすがにくたびれていた。買いものが包まれている間、げんはそこへ大きな風呂敷《ふろしき》包みを置いて、ぼんやり休んでいた。

「ありがとう存じます」と、男の店員からおつりと品物が手渡された。

ものうくそれを財布と風呂敷包みに納めて、さて行こうとすると、すぐうしろで、

「ねえさん、ちょっと来てくれないか」と云った。へんな男がきびしい顔をして云っているのだ。

「どなたですか？」

「どなたじゃない、署のものです。」

「しょ?」

「いいから来な、すぐ済むんだ。ちょいとその荷物調べりゃいいんだ。」

そこまで聴くと、どういう事態なのかが呑《の》みこめてぎくりとした。身に暗いことがないのに胸はどきどきしてくる。「あたしを疑ってるんですか?」

「うるさいこと云うんじゃない。余計しゃべればしゃべるだけ、人だかりがしてくるよ。とにかく素直にするんだ。」人だかりがすると云いながら、人を寄せるような大声を出して云う。抗《あらが》うげんと男はたちまち見物人に囲まれる。さっき買いものを渡した若い男店員が胡散臭《うさんくさ》げにそこに突っ立っている。形勢はげんの味方になるものが何もない。

「節穴でない眼で睨んだんだよ、強情張らないで来な。」——来なとは何ということばづかいだ。頰《ほお》が破裂しそうにかっとほてった。誰かが、女の万引だと云った。つかまったつかまったと云った。げんの両足がくなくなと力をなくした。店員に腕が取られて引きたてられた。署の男がもう片側の腕をだか荷物をだか取ろうとした。

「いやっ、いやよっ! あたしいやっ!」正気なのか夢中なのか、げんは腕を振りもぎって、荷物をしっかり抱えて立つ。人々がひるんだ。ひるんだ人々の頭の上から、勇気がげんへすうっと集まって来たような錯覚が起った。錯覚ではない、ほんとに勇気が出たのだ。

「調べるなら、ここのみんなの見ているまえで調べなさい。あなたはどこの人です?」そうは云うものの歯がちがちぶつかる。

署だと云う男は、なんでもかでも裏部屋へ行けと云う。げんは自分の足で歩いて行ったが、それはやはり残念にも引っ立てられているかたちであった。お客たちも物見高くついて来るし、さきへ立って走って行く店員もいる。ひどく細長い、がらんとした部屋へ連れて行かれた。入口に近く事務机が二ツ対《むか》い合せに置いてあって、そこへ腰かけさせられた。男は手帳を出してげんの住所姓名を訊いた。「親は何をしているね?」

げんははじめて自分の置かれている位置が自分一人の名誉のためのものでなく、むしろ父の上へ大きく被《かぶ》さってくるものだということに気がついた。おとうさん! と叫びたい懐《なつ》かしさと心細さがどっと襲った。

「よし、云わないな。云わないならあとでいい。まずその風呂敷を貸してみな。」

「いいえ、これはあたしのです。」

彼はさもおかしげにはっはと笑う。「おまえのなら、なかに何がはいってるか云ってみな。申しひらきのできないものもはいってるはずだ。」

彼は風呂敷へ手をのばしたが、彼より先にげんは包みをひったくった。「もし何もなかったら、あなたどうします？　それを聴いてからでなくてはいやです！」

「強情だな！」

「強情です。」

「ちょっ——」彼はゆっくり起《た》つと、机のひきだしを明けて紐《ひも》みたいなものを引き出した。その部屋へはいって包囲して見ているのは大部分が店員で、客はおおかた整理員に追いだされていた。その店員たちに、男が机を明けたとき動揺があった。げんは一層緊張して男の動作を見ていたが、取り出したのは紐だけだった。とたんに眼のまえの机がびしっとなぐられて、思わずげんは腰が浮いた。紐は革のしなやかな鞭《むち》で、机二ツのあちらからびゅっと伸びて来て、すぐ眼のまえの甲板《こういた》を打つのだった。威嚇《いかく》だった。頰を打たれたと同じ恥があった。

げんは絶叫した。「ぶつなら机でなく、あたしをぶってみなさい！」

「おとなしく、さっさと何を買ったか云っちまえよ。」

上《うわ》ずった神経にもこれは道理に聞えた。何時にうちを出て薬屋で何と何、下駄屋で何、菓子屋で何、それから電車へ乗ってここへ来て何と何と、受取はみな財布に入れて持っているとならべたてる。が、包みは押えて放さない。「これでも明けて見ますか？」

言いようのない悔やしさがこみあげた。けれども、その悔やしさのなかを重大なおびえがよぎった。もしほんとに何かをすりとったか盗んだかした悪人がいて、盗品をこの風呂敷のなかへ一時凌《しの》ぎに入れておいたとしたら？　という不吉な取越し苦労がさっと過ぎたのだった。いばっていた単純さがぐらついて、げんは元気を落した。が、対手《あいて》の男もへんに弱りを見せていた。「おれはね、あんたを何の廉《かど》で疑ったなんてこと、一《ト》言も云わなかったはずだよ。別に品物ちょろまかしたって云うつもりなどないんだ。ね、いいか、いなかから駈落《かけおち》して来たと届のあった娘と、おんなし著物をあんたが著ているんだよ。だから念のため調べたんだ。独り合点しておこっちゃいけない。」

見物人に笑声が伝わった。「駈落だけあって気が強いや、男はどうしたんだ？」

も一度げんは屈辱を感じた。——そんならなぜ風呂敷のなかを調べたがったんだ、人をばかにして！　万引の疑いは風呂敷の内容を調べないうちにすでに晴れていることを察しると、勝った、よかったという安心と一緒に、はじめて眼のなかがうるんだ。

「念のために明けてみます。」

包みからはころころと白髪染がころがり出した。さっとげんは赧《あか》くなって下を向いた。

「誰が染めるのかね。」男は与《くみ》しやすいと見てそんなむだ言を云った。母の、紫のようにさえ見える染めた前髪がかなしく眼の底に映る。母をこんなところで庇《かば》っているのに気づくのである。

形勢があきらかな男の敗北であり、男は万引を駈落にごまかして敗北を取繕おうとして苦心しているのだ。見物はおもに店員であるから、そこは心得たものである。店員が一人でも余計に署の男の敗北を認める生《いき》証人になっていてはまずいのである。潮の退《ひ》くように人が散って行った。げんは卑怯《ひきょう》なやつらだと思った。もちまえの負けない気が盛りあがってきて、残って見ているものたちに何とかいばって見せて溜飲《りゅういん》がさげたかった。「万引でも駈落でもどっちでも、お気に入った疑いで結構です。ただ私、その鞭の音、一生覚えているつもりです。それに私、両親や学校へ報告しないわけに行きませんから、お名刺いただきたいんです。」

当惑していた。店のほうのそういう係員らしい慇懃《いんぎん》な人が出て来て、「お手間を取らせまして」とか、「御迷惑おかけしまして」とか云った。そのくせ失礼の詫《わび》は云わない。罪はすべて署の男に一任してあるのだから、当店は関《あずか》り知らないというようすでしきっている。いくらのぼせていてもげんは、そこの店のなかで見物人を前にして行われたことであり、それは当然その店の責任になるべきものだくらいの判断はできている。いま自分はまったく勝っていて安全なのだと思う誇りがあり、身の安全さえ確保できた上なら、父の名をぶちまけることはより効果的である。店は一人の女に不名誉な疑いをかけたことに責任を取るまいとし、署の男は自分の敗北を明らかにしたくないために、そして小娘一人だからと見縊《みくび》ったゆえのごまかしをしようとしている、その憎らしさ忌々《いまいま》しさが、げんにはこらえられなかった。と云うより、しゃっと切札を投げて彼等《かれら》に止《とど》めを刺してやりたい誘惑がこらえきれなかった。「どなたも名刺をくださらないなら、それでよございます。ここで買った買いものと受取がありますから、これが証拠になると思います。こういう細長い部屋で、革の鞭のことも父に申します。父は何と申しますか。」

　男たちはこの高慢ちきな強情娘を早くかえしたがって、「お出口はこちらの裏口から」と云った。むかっと来て、「ああ、やっぱり罪人みたいですのね」と皮肉り、「履《はき》物揃《ものそろ》えてくださいませんか」と帯の間に下足札のあることを意識しながら、そらとぼけて頼んだ。十分彼等がまごまごするのを見ながら、げんは帯へ手をやった。が、手に触れたものは下足札ではなかった。時計の鎖のさきに下げてある十字架だった。長さ五分しかない十字架は、かきっと指の腹から脳へ沁《し》みとおった。げんの得意になって勝ち誇った心はみしっと音を立てた。何をどう考えていいか一時にわからなくなりだして、ただ、しまった！　と思うばかりだった。

げんはこの二ツのこと、万年筆事件と万引事件は自分の出遭ったことであるとばかり思っていた。碧郎《へきろう》につながるものとは夢にも思っていなかった。が、碧郎はこの話にげん以上に刺戟《しげき》されていた。

＊

九月。げんも碧郎も新学期がはじまって無事に通学している。地理的な関係で夏休み中は疎遠《そえん》になっていた、碧郎の例の二年生の不良仲間との交際は、新学期といっしょに復活しているものらしい。毎朝、姉と弟は長い土手を歩きながらいろんなことを話すのが習慣だが、碧郎はその話のなかでしきりに彼等《かれら》のことをしゃべって聞かせる。彼等の不良ぶりは、碧郎のこれまでの生活にはまるで想像もしなかったことなのだから、新鮮で強烈でぐいと心を惹《ひ》かれているにちがいない。

新鮮で強烈で興奮させられるのは、事の善悪によらないのである。むしろいけないと思っていることを教えられるのだから、よけい興味はかきたてられる。そんな興味を持つのはあぶないと彼自身よく承知していながら、いったん持ってしまった関心はもはや到底棄《す》てられず引きずられる。引きずられる興味とちくちくする反省とを彼は隠しておくことができない。それだから姉の反応を窺《うかが》い窺い少しずつ小出しにしゃべる。聞かされる姉は中途半端《はんぱ》な態度で聞いている。頭ごなし、「そんな話聞かない、碧郎さんのしていること間違っているでしょ」とは云《い》わない。しかし賛成していないことは確かだ。つまり碧郎と同様なのだ。難色を示しながら聴いてい、びっくりしながら興味を持っているのだ。そういう聴き手のあることは、彼にはまた別のおもしろさだった。彼が二年生にされる通りに、彼は姉にためしているのだ。ふんふんと聴いている姉は、彼から見れば与《くみ》しやすいものであり、一種の特別な親密感があった。そういう意味で、きょうだいが中よくやっているというケースはいくらもあるのだ。碧郎の話すことはおもに、不良仲間がいかにして同志を殖やして行くか、グループを大きくして行くかという話である。碧郎がやられたように暴力でかかって行くこともあり、慇懃《いんぎん》な口説《くぜつ》で行くこともあり、事がらを仕組んでひっかけてしまうときもあり、やりかたはいろいろのようなのだが目的は一ツである。どうやっても結局は、有無を云わせず仲間へ入れてしまう、それである。なぜそんな面倒なことに頭をつかい時間をつかうのか。第一が、仲間が多くなくては周囲から圧《お》しつぶされてしまうからである。手も足も出ないように圧しつぶされ、不良と云っていやしめられ、埒《らち》の外へ追いおとされ、ままっ子みたいに扱われるのはたまったものではないのだ。第二には、そうして人を口説にかけ、事がらでひっかけ、嚇《おど》して屈服させるのは、そのこと自体がおもしろいからである。碧郎はついこのあいだ自分にされたことを裏返しにして、今度はひとの上に試みるように唆《そそのか》されているらしかった。

げんは弟の話が物珍らしくもあり、心配でもあり、また、いくら仲間が誘ったにしてもそう易々《やすやす》とそんな誘いに乗るはずがないという信用を弟の上へ置いてもいた。父母に事実を話して考えてもらうということをしなかったのである。この春、入学以来たちまちいろんな問題を起して両親をくたびれさしている上に、余計な告げ口などする気になれなかったのだが、話して親の配慮を乞《こ》うのと黙って知らさずにおくのと、どちらが碧郎のためにほんとうの道か、実際はしっかりした判定などできていての上なのではない。げんだって碧郎といくつも違う年齢ではなし、決して世故にたけているとは云えないのだ。

それでも表面は別にこれという目立つこともなくて年の暮になった。宗教学校はどこでもクリスマスの行事をする。それがよその学校とは違う行事で、祈禱《きとう》会・学生芝居その他の催しがある。学生は学期末の試験とそうした集会の準備と、冬休みを控えた浮々した気分とで、なんとなく活気があった。そのころ一年生はもう新入生くさい恰好《かっこう》が大ぶ見よく落ちつき、だぶだぶな服も自然に身に添って形がきまってきたし、帽子の徽章《きしょう》もめっきがよごれて、とにもかくにも一応誰《だれ》の姿もちゃんと中学生に整っていた。服装のほうも形になるのだが、なかみのからだがぐんと伸びているのだった。その証拠に、手の指などがいやに大人くさい骨組に変ろうとしていた。碧郎もひょろひょろと背が伸びてきていた。そのためによけい弱々しい感じに見えるが、はしこくなって電車の飛び乗り飛び降りを好んでした。

「ねえさん、見ていて御覧。あんなに溢《あふ》れるほど乗っている電車だろ、でもおれ乗って見せるからね。」どうやって乗るのかと思えば、彼は電車が走りだすまで待っているのだ。走りだすと自分もいっしょに走る。片手が入口の鉄棒あるいは窓ガラスの桟《さん》を摑《つか》む。片手が摑まるだけのスペースを得ればそれでいいのだった。足はどこへでも割りこんでしまうのに手間はかからないからだ。なぜなら隙間《すきま》もないくらい並んだステップの、誰の足でもかまわず人の足の上へ乱暴に乗っかってしまえばいいのだ。乗っかられた人は、中学生一人の体重をかけられて重く痛いから、無理にも譲りあわせて彼の足の分だけ場処《ばしょ》をこしらえるからである。なにしろ走っている電車のステップのことであれば、どうのこうのと文句をつけているひまはない。へたにまごつけば自分も人も電車に振り落される危険がある。小さくない怪我《けが》が見えているのだから、あとから割りこんで来る無作法者でも、許して場処を与えてやるようにしなければ椿事《ちんじ》が起きてしまう。誰も本能的に、疾走する車に赤い血を聯想《れんそう》して恐れるのである。そこを利用する、ずる賢い、押しつけがましいやりかたなのである。ずる賢く押し強くやることは、電車のみならず彼の日常の何でものやりかたにだんだん浸《し》みついていた。仲間がそういう方向へとしむけていた。図々しい飛乗り、はた迷惑な割込み乗車は、しかしこちらから見ているとみごとに見えた。ひらりとスマートなのだった。人の足を踏みつけて、それによって安全を得ているような悪賢いところは見えないのである。げんは笑ってしまうのだ。もし自分が込んだステップに立っていて、あとから誰かがぐいとこちらの足を踏台にして飛び乗って来れば、きっと大文句を云うにちがいないのに。

クリスマスは二十五日だが、学校の聖誕祭はどこでも休暇の関係で繰上げて行われる。あすとかあさってとかが碧郎の学校のクリスマス祭だというとき、げんはその学校の少しさきの叔父のうちへ、放課後訪ねて行くように母から云いつけられていた。用件の手紙を持って行き、その返事を貰《もら》って来るお使いだった。げんの乗った電車は碧郎の学校を過ぎ、そのさきの交叉点《こうさてん》を過ぎようとした。もし弟がいはしないか、もう放課のベルはとうに鳴った時間だからいつまでまごまごしているはずもないが、といった気もちで窓から外をそれとなく注意していた。げんが注意していたのは自分の電車の行く方向と反対の側の道路である。碧郎の乗って帰る電車はそちら側だからだ。家並《やなみ》はみな商店である。制服屋・文房具屋・本屋・パン屋など、同種類の店が二軒も三軒もかたまっている。もっとも学校もこのへんにはいくつもごちゃごちゃと固まって建っているのだから、それらの学生が集散する電車の停留所際《ぎわ》には、そんな学生むきの必要品屋が何軒も軒並に並んでいるのもふしぎはない。その一軒の本屋から黒いマントを三角に靡《なび》かせたようにして学生が一人さっと駈《か》けだした。そしてすぐそのあとを二三人のやはり黒マントの男の子がついて走った。走る男の子の先頭の一人は碧郎だなと見た。けれどもよく見極められないうち、こちらの電車はゆるゆる通りすぎて停留所へ停車し、男の子たちは折から走りだした反対側の電車へつぎつぎと、翼を納めて木の洞《うろ》のなかへはいって行く鳥のように飛び乗ってしまった。

彼の出て来た本屋は、こちら側の停留所のはす向いである。げんはそこの店屋のなかに何かはっとする空気を直感した。小店員が何かただでないような顔をして戸口へ出て来、あちらの電車のほうを向いているのだった。大勢学生ばかりが押しこんで込んでいる店のなかはおちつきがあって、出て来て眺《なが》めている小店員一人が妙なふうにそわついている感じなのだ。なんとなくへんな様子だった。でもげんの電車はそれをあとにして走りだしてしまった。へんだと感じたげんは、うちへ帰るなり碧郎に云った。「あんた、きょう学校の前のところで飛乗りしなかった？」

彼はぎょっとしたのを隠せなかった。「しねえや。」

「うそ！　あたし見ていたもの。本屋から駈けだして来て、ひょいと乗ったわ。誰だかお友だちでしょ、あとから二三人やっぱり駈けだして来て同じ電車に乗ったわよ。」

「おれじゃない。……ちがわい。」

「おかしいな、たしかに横顔碧郎さんみたいだったけど。」

碧郎はたったそれだけの短い会話のあいだなのに、顔をそらせて貧乏ゆるぎをしはじめていた。げんはこれは碧郎にちがいない、何か胡散《うさん》くさい、ときめた。折角そこまで気がついてきていながら、なんといっても若かった、そう深刻には考えきれないのだった。ただ無暗《むやみ》と訊《き》きただしたく思っただけだった。それは経験というものがない、へたなやりかただった。

「それになんだか変だったわ。あんた出て行ったあと、あの本屋の店員あそこへ出て見送ってたわよ、あんたたちのほうを。」

「………」碧郎はげんの見たことのないような、まるで大人っぽい顔をしてこちらを見た。見据《みす》えたという見かたで見た。ちょっとこわかった。「ねえさん、それおれじゃないけど。いったい姉さんそれどこで見てたんだい?」

げんは圧されてきた。「どこって、電車の中からよ。叔父さんのうちへ行ったんだもの。」

「……おれはしょっちゅう飛乗りはするけどね、おればかりが飛乗りするんじゃないよ、――あそこは学生が多いからね。学生はみんなおんなじ恰好しているからね。」

「そりゃそうだけど、たしかにあんただと見たけどなあ。」

いきなりびっくりするような声で彼は云った。「知らねえやい。しつっこいな、ねえさんは。」

どならなかったらそれで済んだかもしれない。どなられたら蓋《ふた》が飛んだようにすっかり碧郎のなかが見えた。げんは自分でもわけがわからずに、はずみがついて、するするっと背骨の伸びたみたいになった。じいっと弟を見た。弟は恐れげもなくげんを見かえしている。弟のほうの、眼《め》の底から敵意みたいなものがあがってきた。げんは負けられない。眼をそらさない。げんも敵意に似た激しい腹立ちをもった。弟はすわっていた位置をいざって、押入の襖《ふすま》まであとずさりして行き、襖を後《うし》ろ楯《だて》にしたかたちでおもむろに片膝《かたひざ》を立て腰を浮かし、徐々に手を伸ばして机の上をまさぐり、手にさわったインク壺《つぼ》を握った。怒りがげんの度を失わせた。——あれをあたしにぶつける気なんだ。侮辱である、暴力なんて。

「インキなんかなによ。そんなもの！」そう云ったらげんはぶるぶる顫《ふる》えだした。顫えが見せたくなかったから、すくっと起《た》ちあがった。弟がはっとひるんだ。透かさず、というほどゆとりがあったのではない。弟のひるみに掃き出されでもしたようなふうに自然と、「碧郎さん！」と改まった口調が出た。声はひとりでに改まった調子で出たので、そこまでげんが意識的で計算してやったのじゃないのだ。が、無意識に出た声の調子が、そのあとの調子も改めさせてしまった。それはいつもの友だちであるきょうだいではなくて、姉という一歩上の格にいるものの態度をとらせた。弟の眼は弱々しくなった。げんも吊《つ》られて弱く優しさを取戻《とりもど》した。もう少しで度を失ったまま口から出てしまうところだったことばが止まった。

「あんた、あの本屋で何かやったんでしょ？」

その先はもうわかっている、——何か盗《と》ったんじゃない？　ということだ。げんははっきりそう思っていた。睨《にら》みあいなんてものは、僅《わず》かなその時間が済んでしまうとけろっとばかみたいにだらしなくなるものだ。

よく考えれば、それは何というやなことなのだか。しかし「弟がものを盗んだ」

ということは、あの睨みあいのとき疑いようもなく、間違いもなく、すぽんと姉の心のなかへ事実になって置かれてしまった。どうしてみようもないのである。そんなことを心のなかへ置いて行かれたって、げんにはどうしてみようもないのだ。それより、「おとうさんもかあさんもまぬけなんだ。碧郎さんはあんなことをやっているじゃないか、それを私が知っているじゃないか。それだのにおとうさんもかあさんも、碧郎さんのことにも、私の知っていることにも気がつかないなんて、なんてばかなんだ。なぜ早く、げん大丈夫なんだろうね、碧郎、おまえなんにもしていないな、って云わないんだろう。じれったいまぬけなおとうさんかあさんだ」といらいらする。けれども、いくらいらついてもげんは実際としては碧郎から何を白状させたというのでもなくて、自分の推測だけなのだ。心のなかでは碧郎が何かした、盗ったと思いこんでいるのだけれど、証拠は何もないし、睨みあいが済んでしまった今となっては、もはや、も一度あの状態へ戻して、せっぱつまったかたちで弟に何か云わせることは不可能だった。ひそかにげんは碧郎の本棚《ほんだな》や持ちものや抽出《ひきだし》を捜して調べた。何もわからなかった。碧郎はげんを隔てるようなそぶりを見せている。

　父母の不和な家は、父母は夫婦という一体ではなく、二人の男女という姿に見える時間が多い。そういう家は子と親もよその家ほど、くっついている時間が少い。その子もきょうだいの中がばらばらなのが多い。それをこの家ではわりあいに中のよい親密な姉と弟だったのに、げんが偶然電車の窓からへんな光景を見てしまったのをきっかけにして、距離ができてしまった。きょうだいはとうとう一人一人になるらしかった。しかし姉は困惑しながらもとうとう両親にそのことを云わずにしまった。

＊

越えて正月も無事に過ぎた。また新学期がはじまった。碧郎はげんを避けて一《ト》足さきへ出かけるために、朝、眼が覚めたときからせかせかする習慣をつけた。十八町の土手を行く間がきょうだいの会話の時間だったのに、土手はもう楽しくなくなった。げんが自分の弁当を詰めているうちに、碧郎はさきに詰ってできあがっている弁当を浚《さら》ってあわてて逃れて行くのだ。それをさせまいとして碧郎の弁当を後廻《あとまわ》しにすると、碧郎は黙って台処《だいどころ》の様子に一《ト》眼くれると、弁当なしでぷいと出て行ってしまう。げんは何とかしたいと思う。自分が弟から捨てられていることが情なく、あの睨みあいのときは勝ったと思ったのに、その結果はこうしてみじめに情ない思いをしているのだとおもう。

そんな思いの上に日が重なって行き二月。川風のいちばん寒い時季だった。土手は長いいやな道だった。去年はまだ碧郎が小学生だったからこの土手もげん一人で通っていたのだが、同じ一人でもことしの一人は侘《わび》しかった。道は凍《い》てついている。桜は裸でごつごつしている。川は黙々と下《しも》へ下へと走りくだっている。川波の頭《かしら》は削《そ》いだように三角だ。ひゅうっと吹きあげて来る風、その温度が計ってみたい。この冷たさ痛さは何度という温度なのだろう、おそらく温度というものじゃなくて寒度とか氷度とかいうものだろうと悔やしくなる。それほど川からの風は残酷な風だった。この川の川上はどこなのだろう。遠い遠いどこかの山の中の、音もしない山の中の、いのちをもたない大きな岩の、岩の重みが地面の下の下の下まで突きささっている下から、浸み出して来る水の一滴一滴がみなもとじゃないだろうか。だから、――水は何十里何百里を流れて来ても、冬が来ると、冬の力を仮《か》りて、依怙地《いこじ》に地面の下の下の下にいたときの、気味の悪い冷たさを運んで来るのだ、と思う。それが水の通り路に巻き起るこの川風なのだ。

　げんの若いくせに油気のない手は、さっそく爪《つめ》ぎしに深いあかぎれの傷を受ける。著物《きもの》に覆《おお》われていても腕は上膊《じょうはく》までひびになって、著物がこすれるたびにちくちくする。向う脛《ずね》もそうだ。頬《ほお》さえひびになる。お風呂《ふろ》へはいっても治るひまがなく、また翌朝すぐにひびの上にひびができて、皮膚はもうこわばっていた。でもひびで済むのは心臓が強いからだ。末端の血管までちゃんと血液が行きとどき、行き帰りしているから、ひびだけで済むのだ。心臓の弱いものはひびでは済まない。血液の回収が怠るからしもやけになる。碧郎はしもやけだらけだった。手袋の手も靴《くつ》のなかの足も兎《うさぎ》の毛でできている耳あての耳も、みんなしもやけでしこったり崩れたりしてしまった。川風に追われてせっせと歩けばからだは熱くなる。するとしもやけは燃えて、かっと痒《かゆ》くなる。川風に縮まって遅く歩けばからだは冷える。冷えればしもやけはじりじりと凍ってきて、重く刺すように痛む。彼は、げんに追いつかれないために、さっさと歩いて、たまらずに立ちどまる。桜の下に鞄《かばん》を置き、手袋を取り、靴を脱ぎ、靴下を剝《は》ぎ、素足にまた靴を穿《は》いて歩きだす。手袋も耳袋も襟巻《えりまき》も取って、それらをもてましながら行く。少し行くと、また鞄を置き、一ツ一ツつけている。げんが追いついて行ったとき、彼はぽろぽろ涙をこぼして、癇癪《かんしゃく》を起し立腹していた。

「このしもやけ野郎！」彼は鼻の先にもおでこの横にもしもやけの紫色の瘤《こぶ》をもっているのだ。

そしてそのしもやけが彼をあばいてしまった。もうそのころは一廉《いっかど》の不良仲間にとりたてられていた彼は、相当のいたずらものになっていた。彼等《かれら》は小遣銭に困る家の子たちではない。それだのにただ興味か、それともいやがらせか、くだらない愚にもつかない鉛筆だとかメモ帳だとかを掻《か》っ払って遊ぶのである。これがげんがいつか見た本屋の光景なのだ。碧郎はさせられていたのだ。習わせられていたのだ。彼等は掻っ払うなどとは云《い》わない、「あげてくる」というのだ。そんなところに罪の意識、悪の感覚を曖昧《あいまい》に見せる用意がしてあった。それに、とる物がごく廉《やす》い、小さい軽いものなのだ。いくら廉く軽いものであっても盗みは盗みであり、一時の若さのいたずらであっても、許せない不徳なのである。それを彼等は敢《あえ》てして遊ぶのだ。そんなことは皆のちに聞いて知ったことなのだが、碧郎のおっちょこちょいは、勇敢にその不徳をやってのけていた。それが姉には最初のころ早くに見つけられていたが、幸か不幸か姉はとことんまで突きつめて尋ねないで終ってしまったし、両親に告げ口された様子はなくて過ぎた。うちでは知らないのである。彼は続けていた。そしてしもやけに裏切られた。彼の動作は不自由になっている不器用になっている指のために失敗したのだ。動かない現場を見つけられて、追っかけられたのだ。町の中をそこの店員が追っかけ、店員に誘われて野次馬が追っかけ、彼は衆人の眼の前で逃げ走ったのだ。仲間は彼を見捨てて知らん顔をした。やっと逃げて逃げきったが、逃げたということが彼の盗みを裏書した。だから店の親爺《おやじ》は悠々《ゆうゆう》として彼の学校へかけあいに来た。しもやけの指が彼をそこへ引き据えたにひとしい。いずれはそんないたずらをしていれば、いつかそうなるにきまっているようなものの、そしてそうされていたずらがやむほうがいいにきまっているけれど、しもやけは少し彼に酷《きび》しすぎはしなかったろうか。しもやけにも少し暖かみがあってくれたらよかったのに。――

その日、げんは学校から帰ると、玄関を跨《また》いだときにすぐもう家のなかが異常なのに気がついた。ひっそり閑としている。母は自分の部屋にいて、泣いていたらしく、「ただいま」と挨拶《あいさつ》したげんに、ふりむかずに「おかえり」とだけ云った。乱れ箱のなかに外出著が畳まないまま襦袢《じゅばん》のはでな彩《いろどり》を重ねて、つくねてある。どこかから帰って来たと見える。げんはさりげなく偵察《ていさつ》する。幾度もこんな状態に逢《あ》っているから、さりげなく訊きだすこつを知っているのだった。ぶっつけに直接な訊きかたをすれば、母というひとはきまってぎくっと硬化した態度ではねかえす人なのだ。だから直接でなく、脇《わき》から尋ねて本筋へ持って行かなくてはだめなのだ。

「おとうさんはまだ書斎？」

「そうのようね。」

「碧郎さんもまだ帰って来ないの？」

「おとうさんと話してるんでしょ？」

これでは何も訊きだせないと思って起ちかけると、「げんちゃん、あたし少し気分がよくないのよ。お夕飯のしたくあなた一人でして頂戴《ちょうだい》」と後ろむきのまま云いつけられる。げんは不機嫌《ふきげん》だ。不安だからこそ余計な気を遣いつつものを云っている。泣いていたと察して気の毒に思うからこそ、案じる気もちでいるのだ。それを袴《はかま》も取らないうちから夕飯のしたくを命令される。冷淡さは蔽《おお》えない。好意をはぐらかされて、げんはすぐ腹を立てる。母にこんな態度を執られることはしばしばなのだに、それをうまく外すことには馴《な》れなくて、いつも不器用に不快にされてしまうのだ。そうすると、「どうせまた何かいやなことがあったのだ、かわいそうにかあさんも！」という同情はたちまち消えて、「かあさんて、なんてぎすぎすしているんだろ」と思ってしまう。

　羽織と袴を脱いで、かわりに前かけと襷《たすき》をかけて、しぶしぶげんはまた母の部屋へ行く。「お献立なんでしょう？」

「何でもいいじゃないの。こんな時おなかがすくなんてこと、あるかしら。もしおなかがすいたなんて云うんなら、……ああそんな人、あたし恐ろしい！　御飯なんて、……どうでもいいんだわ。たべたい人には、あんたたべさして頂戴。あたしはたくさん。」

　これはよほど神経がたかぶっている。が、げんがなにも当られることはない。どういうわけでこんなにいきなり当られるのか、げんはいやだ。いやだというより、早く知りたいのだった。母の立腹がどこから来ているか知りたい。それに母も何かに腹を立てているのだが、こんなに云われてはげんも不快を隠していなかった。学校から帰れば当然おなかはきゅうきゅう云っているのだ。それをまるで今夜御飯をたべたがるものは、人でなしみたいに云われているのだから、無理な意地悪をふっかけられているに等しい。母はなぜこう泣くほど寂しいくせに、烈《はげ》しくきついことを云うんだろう。

げんは部屋の入口に突膝をして、すぐにも起って台処へ行く恰好《かっこう》をしながら、まじまじと母を見ていてから云う。「こんな時おなかすくなんてことあるかしらと云うの、なんのことなのかしら？　こんな時って、何かあったんですか？」

母はげんを睨んだ。そしてついとあちらを向くとずけずけと云った。「そうね、あなたにも知らしておいたほうがいいわね。碧郎さん盗みをしたのよ。……あたしついさっき警察から帰って来たとこよ。」

げんはひとりで夕食のしたくをした。犬にも晩の食事を与える時間なのだ。セッター種の大きな犬は柔順な眼をして、辛抱強く戸口に坐《すわ》っている。白と茶の斑《ぶち》のある両《りょう》肢《あし》をきちんと揃《そろ》え、尻尾《しっぽ》を動かして地面を掃いている。静かな動物なのだ。これが逆毛をたてて猛《たけ》ることがあるかと思うように、飼主には優しい犬なのだ。げんはやりどころのない気もちをこれに慰められることがたびたびなのだ。ことに今夜はかわいかった。犬は抱かれた頸《くび》をじっとしているし、お手々と云わなくても手をくれ、まだ足りないと思うかして、そのへんの紙屑《かみくず》をくわえて来たり、果《はて》はそこにある水下駄をくわえて見せたりする。誰《だれ》もげんに温かくしないのに犬はする。空腹のためばかりではない。よしんば腹一杯たべたあとでも、げんが人には訴えようのない悲しみを抱いていれば、犬はそれと察して摺り寄って来るにきまっているのだ。

ふと、誰か話す人がほしいと思う。犬でなく人がほしい。話し対手になる男の人！　げんの心の中にはまだ誰も特定の影はない。特定の人はないけれど、影だけがある。おかしなことにその影には首がないのだ。想像から産んだ、おぼろな男という影はあっても、それにどんな首を載せていいものやら、載せるべき首を考えることができないのだった。誰の顔を持って来ても映りが悪いのだから、どこかに気に入る首があるはずなのにそれが見つからない。でも、――首なしでもそのひとは楽しかった。そしてこのごろはその首なしさんはしょっちゅう、げんの眼の底へ訪れて来るようになっていた、人知れず。現実では優しいものは犬しかいないのに、しかし胸の中の首なしさんは犬よりもっと優しいのだから好都合だった。

呼出しのあった警察は、住いのある地区の警察ではなくて、学校のそばのだった。学校とは緊密なのである。そして被害者の学用品屋とも、むろん管轄《かんかつ》内のことだから好意的だろう。とすれば、いちばん無関係でいちばん縁の薄いのが碧郎に対してである。盗ったという品物は薄いメモ帳一冊なのだが、そのへん一帯に頻々《ひんぴん》と、本屋・雑貨店・駄菓子店としょっちゅう同様の被害があるという申立も予《かね》てからの問題となっていた折からだし、それが別に他《ほか》の店から碧郎と名ざして云われていなくても、こうして一軒からちゃんとした方法で学校にも通達された上からには、署としても大目に許すということにしておけない。碧郎は掻っ払い遊びたちの代表のようなかたちで、びしりとした痛さを受けるわけなのだ。しかし署では規定の年齢というものがあるから、法の通りにしかできないのだ。母が呼ばれ、事情を調べられ、その場で母の保護監督のもとに帰宅させられ、その代りこってりと母親もろとも説教されたりおどされたりしたのである。そういう説教の材料に父親の職業がらが挙げられ、継母《ままはは》育ちという母には辛い点が挙げられたのは云うまでもない。何をどう口ぎたなく云われたにしろ、署のことはそれで終ったかに見え、げんは書類など取られたのかどうかは知らない。そこは学生という身分は都合がいい。一日のほとんどを学校にいるのだから、家の中のいやなことは強《し》いて聞かせられなければ聞かなくても済んでしまうのである。

でも碧郎の学校はそれでは済まなかった。打続く度々のことに、組の生徒の手前もあると云って籍は取上げられたのである。退校処分である。「せっかく骨を折って入学させたのに」と母は嘆いた。

「私はもう知らない。あとはおとうさんなり自分なりが好きに、どこの学校へでも入学させるなり、するなりしてみればいいのだ。私はもう御免だ。このうえ世話を焼けば焼くほど恥を掻くことになるのだから、もう懲《こ》りごりだ。」——そして云ってはまずいことをつい、そうついだろう、云ってしまった。「私は血は繋《つな》がっていないんだもの、私自身の名誉ということも考えなくてはいられない」と。

それが口火で父と母とのあいだには凄じいばかりの暗闘が開かれた。ときには子供たちや他人がいても平気で激しい言い争いがはじまる。碧郎のことでなくても、それは何でもが原因になって両方のとんがり合いがはじまる。底にその「血が繋がる」云々《うんぬん》がしこりになっているのは明らかなのに、それを究明してしまわないでおいて、事毎《ごと》にほかのことによそえてぶつかるのだ。

激した母はあるとき、げんのまえで父にこう云った。「警察だってそう云ったんです。こういう子を出す家庭は、父親に飲酒癖があり、子は体質劣等で精神的に歪《ゆが》みを持っているものなんですって。そして子に対する愛情がいつも一定になだらかでなくて、親の我意のままに愛情の不安定な高低があるうちに限るんですって。私の、まま母という立場は気の毒だと云っているんです。そういう環境でいくら一人だけ正しい路《みち》を行こうとしたって所詮《しょせん》だめで、家内じゅうみんなで気を揃えてかからなくては、一度不良になったものはなかなかなおせないそうです。」

父親は軽蔑《けいべつ》しきって聞いていて、「おまえ一人だけ別物のような口ぶりだが、そんなら訊くが、碧郎は愛されているかどうかだ。何も咎《とが》めているのではない。お互いさまだ。……わたしはいま碧郎に申しわけない気もちだ。かわいそうなことをしてきたと思って悔やんでいるのだ。ひとを咎めるより、悲しみのほうが大きい。」

「そこがあなたの甘いとこで、碧郎さんはなかなかそんなもんじゃない。そういうあなたの甘やかしを利用して、悪の誘惑に浚《さら》われているんです。甘いから、甘すぎるから不良になるんだって、警察でも……」

父親はたまりかねてことばをひったくる。「警察々々って、警察はおまえの教師か？　おれは御免こうむる。厳格でさえありゃ済むと思ってるのは大間違いだ。無情に厳しいというやつがどんなもんか。甘いとは何だ？　不良とは何だ？　おまえは警察を楯《たて》にして安心できるだろうが、おれは警察どころじゃない。人の云うことなんぞで眼を廻《まわ》しちゃいられない。……おれはそんな愛情の何のとつべこべ云うよりさきに、もっと毎日々々の弁当のことでも靴の紐《ひも》のことでも、はっきりした実際のことをどうしようかと思ってるんだ。」

げんはどきっとした。父はどうして弁当を母がこしらえてやらないのを云いだしたんだろう、碧郎がいつの間にか父に告げ口をしたんだろうか。母はそれを云われて、ぐっと詰っている。そしていっそ腹だたしげにやけくそに云った。

「この手とこの足で、私にそれができれば、あんたに云われるまでもないんです。とうにやってます。」涙声である。

「すぐそうエキサイトしたんじゃ話にならない。おれはおまえに病気を無理してやれと云ってやしない。現にやらしてやしないじゃないか。碧郎の身の廻りはげんがやってると見ているが違うか。げんは一廉役に立っていると思ってるが違うか。それでいいんだ。げんだって家事はするがいいんだ。病いのあるものを無理に働けと云うんじゃない。ただげんじゃなんといってもまだ若すぎる。二ツや三ツの違いじゃ十分には弟の世話も見きれないだろう。げんに指図するだけのことはしてもらいたいんだ。それがいわゆる御信仰の云う愛になりはしないか？」

父は結局は母に頼むような弱さを見せていたが、母はいかにも不愉快そうにむっとしている。信仰にひっかけて云われたのと、家事をおろそかにしていることを衝《つ》かれたのがこたえたようである。衝かれて弱くはなれないような、針のある感じも父のことばの調子にはあった。父と息子は血を分けている、母と息子は生《な》さぬ中である。誰が聞いたってバランスはこの事実の上では平均していはしない。父と息子のほうが比重が強い。だからそれはあくまで割引してかからなくては、第三者の眼には正当でなく映ってしまう。そんなことは重々承知しているくせに、父は今度のことでよほど母に対する不平を我慢しにくいらしく、針のある言いかたをする。げんも子なのだから純粋な第三者とは云いかねるが、それでさえ父のちくっとする物言いには、いや気をもたされた。男らしくやってもらいたいと思うのだ。結局はやはり家事は母に頼むよりほかないとすれば、しんじつ弱気になってしまうところもあるのだから、それならそれで針など我慢すればいいのだ。針なら針ではじめから終りまで針で押しきればいいのに、すっきりしない。母も母で、衝かれて困るところがあれば、あんなにそっぽ向いてつんとしないで手落ちを認めればいいものを、なぜああそっくり返るのか。げんにもその性質はある。一緒に生活しているうちに、血は繋がらなくとも見よう見まねで性格は似てできあがって行くし、あるいはげんの生母もいまの母と似た性格であって、それがげんに伝わっているのかもしれないし、とにかく困るところを抑えられるとごちっと石になるところはある。よくわかるのだ。そして母はそんなときのげんによく云うのだ。「聖書に、砕かれたる心ということばがあるのよ。かたくなで砕かれざる魂というものは、一生だめなものなのよ。悪魔の魂だわ」と。いまの母は悪魔の魂ではあるまいけれど、砕かれない頑《かたく》なさであるとは云《い》える。げんは父にも母にも慊《あきたりな》く、しかも父も母もかわいそうなのだ。

父と母とがこういう争いを重ねているあいだに、げんは自分がどういう位置に置かれているかということを、はからずもよく知らされたのである。父も母も碧郎を中心にしゃべっているので、話のなかに出て来るげんについてのことが、当人のげんにどういう影響を与えているか考えのほかだったろう。げんは自分が両親には完全に労働力としか考えられていないのだという受取りかたをしていた。それは情ないことだった。学生であることも確かだけれど、女中のすること主婦のすることを代ってするもの、しかも主婦としてはリョーマチであろうと何であろうと母という人がいて、その人が命令権を持っていることは、父がその話のなかでちゃんと承認しているのだ。それはまた当然のことで、げんはまだ若くて行届かない、思慮をめぐらしきれないから遺憾の点があって、任せてはおけないという尤《もっと》もな理由がある。それに間違いない。自分だって主婦の命令権を譲るなどと云われれば、どうしていいかわかりはしない。が、父はしごと一方、母は命令だけで坐ったきり、弟はみんなからサーヴィスの受けほうだい、げんだけがもっぱら働かされるというのでは、なさけない。

碧郎はわりあいに退校など気にしていないようすなのだった。掻《か》っ払いのことは、それでも困っていた。「へんだなあ、どうしてもへんだ。ぼくら友だちといるとき、掻っ払ってあげてくることなんか、別にそんな大仰《おおぎょう》なことじゃないんだ。多少たちは悪いけど、まあ遊びなんだ。盗んでどうしようなんて悪い気はもっていないんだ。だからなるべく、こまっかいものを選《よ》ってするんだ。別にどろぼうなんて気はないんだよ。かあさんはおれのことどろぼうどろぼうって云うけど、どろぼうと違うと思うなあ。だからそこがへんなんだ。友だちと一緒にいるときには遊びなんだのに、大人のあいだやうちへ帰ると、凄いどろぼうになるんだ。そして自分もそんな気がするし、すごく悪事を働いたって思うんだ。是非後悔しなくっちゃいけないことをやっちまった、チャペルで告白しなくっちゃいけない堕落をしたと思うんだ。どっちもほんとうなんだから変なんだ。」

「だってあんた、かりにも人のものを盗《と》るなんて、よくないわよ。それが遊びの一種だなんて図々しくない？」

「だからさ、図々しいって云われればたしかに図々しいさ。でもね、ねえさんどう思う？　おれどろぼうやったんだろうかね？　ねえさんおれのことを盗《ぬす》っ人《と》だと思うかい？」

まったくそうだ。弟がぬすっとをしたとは思えなかった。でも掻っ払いはやったのだ。ただし世のつねの掻っ払いとは少し趣が違っている。趣が違っても掻っ払い行為はどこまでも掻っ払いで、それが盗みでないとは云えない。やっぱりどろぼうなのだろうか。わかったような、わからないことだった。よくわかっているのは、どろぼうであってもなくても彼は悪の道へ逸《そ》れて行きつつあることだった。

げんは父親一人のときに、あえて勇気を出した。「碧郎さんは、よくないことはしたんだけど、どろぼうと云っちゃあわれだと思うわ。どろぼうって云うんなら、あんな清いどろぼうほかにないわ。あんな無邪気な子がいたずらにやったどろぼうなんて、退校っていう罪にするのひどいと思うわ。」

父親は、「おまえもあの子をスポイルする一人だ」と云った。それは孤独なひとりごとに聞えた。

うちにぶらぶらさせておくわけに行かないので、碧郎をどこかの学校へ入れなくてはならなかった。母は頑《がん》として黙っていた。父が不馴れなことをしようとしているのがわかる。それを見て碧郎は案外自信あるもののように、「自分でやるよ」と云った。

碧郎はひとりで補欠試験の願書を出しに行き、そして入学した。母とげんはそんなにすらすらと碧郎が入学できて意外である。碧郎の学力はたいてい想像でわかっているし、あんな事件で先の学校をやめたとなれば、それは学生としてももっとも恥ずべき烙印《らくいん》を捺《お》されている身分なのだから、他のいかなる学校へ行ってもそう易々《やすやす》と受入れられるはずがないのである。それをこうすらすらと苦もなく入学しているのは不思議と云うほかない。奇蹟《きせき》のように急に、彼が勉強もせずに学科ができたとは考えられない。不可能なことだ。だとすれば、すぐ思いつくのは学校側におかしなことがあるのではないか。――げんが考えついたのは、学校が質より量を採らなくてはやっていけない貧乏学校の生徒集めではないかということだった。母が思ったのは、今どきいくら何でもそんな学校は存在しない、教育の尊厳を冒すような経営が許される道理がない、これはきっとおとうさんが碧郎かわいさに何かの手を廻《まわ》して、人知れず無理な入学の許可を計ってやったにちがいないというのである。そして不愉快そうにしている。新しい学校は先の学校のすぐそばにあって、建物や敷地を較《くら》べれば三分の一くらいしかない貧弱さである。生徒も少くて、その生徒が野暮ったく、わざと粗野にしているようすである。げんはあとから知って驚いたのだが、この学校はやはり宗教学校だった。先の学校に対抗するかのようにここは仏教なのである。仏の慈悲を根柢《こんてい》にしている学校なのだった。制服も帽子も、碧郎はただ徽章《きしょう》をつけかえただけで済ませ、さっさと登校しはじめた。

父親は妻と娘に、「おまえたちは妙な人たちだね。碧郎が学校をやめさせられてうちにぶらぶらしていれば眼障りで不機嫌になるのだし、ひとりで他の学校へ入学すればしたでへんに不愉快そうにしているんだね。どうしてそう、あれのことというと一ツ一ツ眼に角立てているんだ？　当人にしてみたってたまらないだろう。姉にはぼろ学校だなどと云われるし、母からはおとうさんのおかげだろうなどと云われるんじゃ、かわいそうじゃないか。ますます悪く逸れる原因をつくっているみたいなもんだ。ことわっとくが、おれは学校へ特別な入学運動などしなかった」と明らかに女たちを批難し、碧郎を哀れがった。でも父も、ああした事件のあとでこう易々と他校に、それもすぐ近処《きんじょ》に所在する学校に入学できたことを気楽に喜んでいるほど甘くはなかった。ただ母やげんのように、きめつけてかかる感情・態度を示さなかったのである。げんは父の言い分とその心中を察して、父のほうが正しいと思った。

　母は入学について碧郎の感情を害すようなことを平気で云った。が、碧郎はいやに大人くさく無言で対抗した。無言というのは人をばかにしたことだと云って、母はまた腹を立てる。おこるから彼はなおさら意識して無言を通す。無口にはいろいろの表情があるものだ。碧郎の無口は母への距離、——悲しみ寂しさ——反抗——嘲弄《ちょうろう》を物語っていた。母は反抗と嘲弄だけを受取り、侮辱を感じてそっぽを向いた。げんは彼の機嫌をとることもいやなのだし、さりとて歩み寄って来ないひとりぼっちな弟をほうり出してもおけないし、ちぐはぐな気もちでおこりっぽくなった。父は憂《うれ》わしげにことば少《ずくな》で近寄りにくい。家族はてんでに孤独である。

碧郎は勿体《もったい》ぶっていて、なかなかげんに入学の秘密を明かさなかったが、ことばのはしから姉は嗅《か》ぎだした。キリスト教と仏教と中のよくない、相反目している学校と学生ではあるけれど、両校の不良どもはそんなことにかまわずに仲間であるらしい。碧郎はそこへ顔が売れているのだ。「そっちがだめならこっちへ来いよ。」あるいは「しようがないから、おまえあっちへ行ったらどうだ」という、ルーズな招きというか渡りというかがあったらしい。本人は是非ここの学校という好みがあるわけでなし、気まずい業績の残っているところより別な気楽なところへ行くほうがいいと思っただろう。が、両校の先生たちの一部には、表面にではなくて内心に微妙な対立的な感情があって、不思議な擦れあいかたをしているという。キリスト教の学校は古くて財力があって生徒も多いし、だから万事上等におすましな気風がある。愛の教えではあるが悪は排除したいのだ。仏教の学校は日も浅いし、校舎の設備も悪いし万事粗野である。生徒も将来の紳士を目標においているものはいず、卒業後は外国留学などと考えるようなことはしない。現在学生であればそれで沢山だといった調子で、わいわい元気に騒いでいるらしい。その差を先生たちのあるものは意識するのだ。いやなものは締めだしてしまって、自分の牧場をよりよくしようとするのも、片方のそんな意識から或時《あるとき》は出ることがあり、又あるときは片方がどこへともなく声を大きくして、「愛の教えだと云うけれど、締めだしを食わせるようなかわいそうなまねをしていながら、なにが愛だ。そちらが追いだした羊ならこちらが救ってみせよう」といったような場合があって、時々の張りあいはままあるのだそうだ。不良どもは通じあっているし、学校同士は弾《はじ》きあっている。そして碧郎は深く考えて受験したわけではないけれど、そうしたまわりの状態が彼のために好都合だったのであるらしい。父はその云うとおり、ほんとに裏からの運動などしていない。母は自分が面倒を見たキリスト教の学校から、詳しい相談もせず息子自身が勝手に出かけて行って、仏教の学校に入学してしまったことでこだわっていた。

＊

日がたつにつれて、碧郎は相変らずののんきを発揮しだしている。姉と弟は通学の土手を行く。もう碧郎は決して弁当を持って行かない。パンを買うと云って、母からでなく父から直接に昼食のための特別支出を貰《もら》っていた。弁当でなく毎日パン食をすることがなぜそんなに嬉《うれ》しいのかわからないけれど、彼はそれを誇りに思っているらしい。げんには一年まえの弟といまの弟とが、大ぶ違ってしまっているのを感じている。パンを誇りにしているところなどは依然として子供だけれど、大人っぽい目方が出てきたことは争われない。たった一年のあいだに相当いろんな目を見てきたし、いまは転校生の度胸のようなものを身につけている。

弟が去年と変ってしまったことは、げんに時々割りきれない感傷を起させるのである。たとえばそのときはちょうど五月のお節句に近いころだったので、土手下の家々にはいくつも幟《のぼり》が立っていた。幟は去年と同じような眺《なが》めである。いつも真鯉《まごい》ばかり飾る家はことしも真鯉ばかりである。五色《ごしき》の吹き流しに緋鯉《ひごい》を一ツだけの家、矢車が歯っ欠けの家、鯉の鱗《うろこ》の金箔《きんぱく》が剝《は》げている家、みな毎年通りである。それがことしは去年と違っている。つまらないただのお節句の景色でしかなくなっているのだ。弟が大人っぽくなったことは、姉に鯉幟を楽しく思わせない結果になっているのだった。姉と弟はたいがい別々に土手を行く。姉は弁当で弟はパンだ。弁当とパンはきょうだいなのだから十八町の土手を一緒に登校してもいいわけなのに、別々に行く。げんにはパンと弁当の違いがそれを定めたように思える。どうかした拍子に帰り途《みち》になどひょっと一緒になって、げんが追いつくことがあると、碧郎はびっくりした顔をあげて、「おお、ねえさんか」と云う。お久しぶりにおめずらしいかたに御一緒になります、といった調子なのだ。不機嫌というのとは違うけれど、なにかおかしな感じがあった。

だからげんは帰り途の土手に弟の姿を認めても、追いつこうとはしなくなった。

それが或日、葉桜の蔭《かげ》を行く弟が、ついぞ見たことのない男とどうも連れらしく歩いて行くのを見た。あまり背の高くない男の後ろ姿である。鼠《ねずみ》の合著《あいぎ》を著て鳥打帽にステッキに、どうやら足にはスパッツをつけているようすなのである。そういう服装の人は父を訪ねて来る人たちの間にはないのである。男はステッキであちこち指して話しかけている。碧郎は返辞をしている。げんは誰《だれ》だろうという好奇心が起きた。歩度を速めて追いついた。ステッキと見たのは、むしろ女持ちの細身のケーンのような華奢《きゃしゃ》なもので、いやみともなんとも言いようがない。西洋のむかしのおしゃれ男が持ちでもしそうなものを持っているのである。スパッツもいやらしいし不似合だ。鳥打がまた滑稽《こっけい》である。まったく知らない男だった。げんは更にぐっと近づいた。碧郎がふりむいて、ぎくっとした。同時に男もふりむいた。

そしてすぐ作り笑いをした。「や、おねえさんですね。げんさんでしょ？」

碧郎は狼狽《ろうばい》して蒼《あお》くなっている。げんも機先を制されたかたちで困り、困ったなかでこれは嫌悪《けんお》すべき男だと思った。

「いまお帰りですか？　ぼく、あるいはお眼《め》にかかれるかもしれんという勘があったですよ。いちどお逢《あ》いしておきたかったです。いや、いいところでした。」若いようだがいくつか見当のつけにくい顔だった。ちょび髭《ひげ》を生やして鼈甲縁《べっこうぶち》の眼鏡をかけている。弟はうつむいて、靴《くつ》の踵《かかと》で砂利をめりこましている。

「糀町《こうじまち》からだと碧郎君とほぼ同じ時間がかかるですね。ちっと遠いけど、この土手は気もちいい清々《せいせい》した道ですからいいです。しかしですね、雨が降ると困難でしょう。」

第一印象がいやな男で、そしてこうひとり勝手にしゃべられ、しかもげんの名も糀町の学校へ通っていることも知っていて、その上逢っておきたかったですとは、これはどういう男なのか。げんはむっとして、男には無言で弟へ云った。「どなた？」

弟はちらっと姉を見て黙っている。男は脱いで手に持っていた鳥打で顎《あご》の下を煽《あお》ぐしぐさをして、「しょのもんです。」――どこかで云われたことがあることばだ。

「いつぞやちょいとした事件がありましたですね、弟さんの。あのときからお知りあいになったですが、きょうはあまりいいお天気ですからね、散歩のつもりで隅田川《すみだがわ》見物に連れて来てもらってるです。」

しょのもんは、デパートであのとき云われたことばなのだ。げんは、また何事が始まったのかとどきどきしはじめる。

「いや、なんでもないです。ただの散歩ですから心配はいらんです。碧郎君、おねえさんに心配ないこと説明してあげたらいい。」

うちまでついて来るつもりなのかもしれず、本能的に早く離れたい気がして、「碧郎さん、あたし寄り道の買物して帰るから先へ行くわよ」と逃げる。男は「いずれまた」と絶えずにやにや笑っていた。

　男はうちへは来なかった。何事もなかったように一人で帰って来た弟へげんは詰め寄った。うつむいて土手に立往生をしていた人とは同一人と思われない太々《ふてぶて》しさで碧郎は、「なんでもないや、あんなやつ。あれでかさ」と平然としている。

「なんでもなくて、どうして一緒に歩いてたの？　あの人うちへ来る気じゃなかったの？　何云ってたの？」

「いやになっちゃうな、ねえさんまでなんだい！　それからどうした、それからどうやったって、でかぶれしてんだからな。うるせえや、罪人っていうのこんなもんだろうな。」

　罪人とはこんなものか！　その一《ト》言でげんははっとして、自分が姉として執《と》るべからざる態度を執っていることを指摘されていると知った。愛がなくて疑いばかり持っている態度であった。

　そのことはなぜか父母に話せなかった。隠しておくというのではない。きりだしにくかった。それは別に事件があったのではなしとたかをくったのだ。げんにしてもでかはあの日あのとき何かの都合で、もしかすればほんとに隅田川を見たことがなくてやって来たにすぎないのかと思っていた。むしろ忘れてしまっていた。それが今度は、げんが校門を出たところの電柱の蔭から、するんと現われてにやにや笑った。五六人の友だちと一緒に歩いていたげんは息が詰りそうになった。男は鳥打を取ってなれなれしい挨拶《あいさつ》のしかたをした。

「ああ、ここがげんさんの学校でしたか、偶然ですなあ、ここがそうでしたか。」

友だちは一ト眼でこのへんてこな服装の男を軽蔑《けいべつ》し、またあっけにとられて見てい、たちまち頷《うなず》きあい、げんを残して早足に停留所へと離れて行った。

男はそれを眼で送りながら、「あっちへ行くとたしか三丁目でしたですな、こっちへ行くと市ヶ谷、こっちは九段の見当ですか、げんさんいつもどっちへ行かれるんですか？　偶然お眼にかかったのですが、ちょうどい折ですから、そのへんまで行くうち多少碧郎君のこと参考に聞かしてくれませんか。しかしですな、別に強《し》いてとは云わんです。」

げんはもう立てなおっていた。こんなのに負けるもんか、こんなスパッツ野郎がでかだなんてと思うから、われながら切口上になった。「どんな御質問でしょう？　往来歩きながら私、お話ししたことございませんけど、もしなんでしたら学校のなかの応接室つかわしてもらいましょうか？　学校では生徒へ用のあるかたは皆そこでお話しすることになっています。」

男は微笑しながら名刺入を出し、たくさんの名刺をごたごたさせてゆっくりと一枚をぬきだし、きざに人さし指と中指の間に挟んでさしだし、「清水緑郎です。なんとなく碧郎君と似たみたいな名でふしぎな御縁だと思うのです。」

受取らないわけに行かず、男から名刺を渡されているところなど友だちに見られたくはなし、スパッツ野郎はげんよりよほど役者が上である。

「見られとるようですから、歩いたほうがよくないですか？　年頃《としごろ》の娘さんの学校はうるさいですからな。応接室もいいけど、かえってげんさんが困ることになると思うです。いずれ署のもんだと身分を云うことになるんですからな。」先へ立って歩いて行く。

糀町から隅田川を越してうちの近くまで送られて来た。碧郎のことなど特別な質問は何もなくて、父が何時に起きるかの、母が御信仰の集りに出かけるかのと、つまらないことをぽつんぽつんと訊《き》くだけで、電車に乗っても隣に腰かけられてしまうし、歩けば並ばれてしまうし、佇《たたず》めば寄り添われてしまうし、ことに土手へかかってからは散歩みたようなゆっくりした歩きかたへおつきあいをさせられた。何のためにこんな思いをさせられるのか。一人の男の子がいけないことをすると、なんにもしないものまでなぜこういう目にあうのか、——げんはすっかりくたびれさせられて、神経だけでぶつぶつ不平を云っていた。

それだのにうちへ帰りついて一ト休みすると、このことは両親に話すまいとする気になっていた。なぜという理由はない。もし云うなら、父母と密著していない状態からだと云える。弟の場合を見ていただけなのだが、弟と父母との間にある隙間《すきま》が、一ト度なんらかのことが起きたとき、事毎《ごと》に味気ない傷《いた》めあいになっているのはいやというほど承知させられているのだ。自分だって父母との間に明らかな隙間をもっているのはわかっている。何を話したとてだめそうなのだ。それがいやなことならいやなことほど黙っているほうがよさそうなのだ。いやの程度が大きいほど、自分と父母との距離は決定的になりそうなのだ。

げんは迂《う》闊《かつ》だった。スパッツは碧郎について来たものだとばかり思いこんでいたら、意外にそのつぎは自分にくっついて来た。でもそれはそれだけのことだと思いこんでいたのだが、そうではなかった。三日目四日目に一度ずつ、あるときはひょいと電車のなかにいたし、あるときはいつの間にかすぐ後ろに立っていて、にやにやしているスパッツだった。しょっちゅう笑っている男なのだ。白い鼠っ歯がぞろりと並んで薄笑いをしている男なのだ。三度四度とそうしてつけられているうちに、げんはだんだん弱気にさせられていた。ことわることのできないような、ねちねちしたしつこさで碧郎のことを云《い》いだされると、負けそうな圧迫を感じるのである。かと云って清水は別に脅迫的なことを云うのではない。父親の書くもののことを褒《ほ》めちぎってから碧郎を憫《あわ》れむように云い、母親の冷淡さをそれとなく批難しておいてげんをおだてあげ、片親の悲しさを話してからきょうだいの睦《むつ》まじさを羨《うらや》む口調になる、それだけなのだ。が、そのそれだけがげんの癇《かん》を刺戟《しげき》し、げんを弱気に導き、げんをぐずにする。げんはほとんど黙って返辞をしないのだが、彼はおこりもしないで独演をしている。

　碧郎は感づいた。「このごろどうも変なんだがな。——ねえさん変じゃないかい？　もしかしたら、あいつにつけられてるんじゃないか？」

　そう云い云い弟は姉を探った。げんは急に涙が溢れた。泣きだすとは自分も思っていないのに、急に泣きだしたのである。悲しいことなんかないのである。あいつは嫌《きら》いだとは思っていたが、泣くような感じはもっていなかったのに急に涙がこぼれたのである。しかもどんどんこぼれやまないのである。碧郎はそれを見ていた。

「あん畜生、卑怯《ひきょう》なやつだ。えらそうなこと云いやがって、女なんかへかかって行きやがる。ねえさん何云われたんだ？　え？　ねえさん！」碧郎は勘違いしているのだが、げんだって見当外れの涙でまごまごしているのだ。誤解が重なってしまいそうな危険があった。

「違うのよ。あの人たゞついて来るだけなのよ。いやみを云うだけなのよ。なんにも云われやしないわ。あんた勘違いして、またなんか騒動起さないでよ。」

弟は十分間《ま》を置いて沈黙してのちに、ほきだして云った。「ばか野郎！　ねえさんのまぬけ！　わかんないのか、あいつのしかけてきてることが？」

げんは気を呑《の》まれた。弟は物知り爺《じい》さんのようなことを云う。おどされているみたいである。

「よしてよ、そんな芝居くさい言いかた。なによ、ばかだまぬけだって……」誰のせいか、と云いそうになってあぶなくやめた。

「ああそうだよ。そりゃおれのせいだって云うんだろ？　そうだよ。……だから土手のときもおれ一ト言も云わなかったんだ。あのとき姉さんさっさと先へ行っちまったろ、さすがに姉さんしっかりしていると思って安心していたらなあ。やっぱり姉さんお人よしでまぬけなんだ。何度つけられた？　え？　ねえさん。金のこと云われなかったかい？　云われないってほんとかい？　それじゃ、金のほかのもっといやなこと云われなかったかい？　泣いたじゃないか、え？　ねえさんそうだろ。」

げんは弟の云うところをすっかり悟った。そうわかると、あばれだしたいような立腹にむしゃくしゃした。うっかりはしていられないのである。碧郎の意見も随分びっくりするようなませた意見で、そのうえ全部悪意な解釈の上に成り立ったものである。でもそれが当っていないとは云えない。なるほどと思うところがある。第一動かしがたいのは、スパッツがげんをつける必要がどこにあるかということだった。掻《か》っ払いみたいなへんてこなことをしたのは碧郎であり、そしてそのことはもう済んだのである。それでも、その後も署の親切で二度そんなことのないように注意してくれて、わざわざ人をつけているというのなら、ちゃんと筋が立ってわかる。けれども当の本人へは別にどうということもなくて、掻っ払いのかの字も考えたことのない姉のほうを、こうしげしげつけて歩くとはどういうことなのか。最初は、そういう過ちをしでかしてしまった若者を、この際よく注意善導するための参考にという口実だったし、それだからげんは学校の帰り途を連れだたれてもしかたがないと観念したのである。だから本人をおっぽり出しておいて、げんにしつこく絡《から》んでいるのは、おかしい話だ。それにものの言いかた、しぐさ眼つき、——なんてきざな人なんだろうとは度々思わせられたけれど、大体がはじめからげんは拒絶的に軽蔑していたもので、そう一々深く気にしていなかった。が、碧郎にそう云われてみれば、それがみな意味をもって映ってくる。

「実際いやなやつだ、あいつは姉さんをたらそうとしてやがるんだ。」いやな言いかただ。たらすなどという下劣なことばを遣えば、たらそうとするあいつと、たらされる姉と両方ともがあいこに下劣だ、というふうに聞える。でもげんは黙っていた。感覚的に身顫《みぶる》いの出るいやらしさをこらえて、黙って考えているのである。親が多少名を知られていて、弟が不良で、母が継母で、自分は美人でも才女でもなくて偏屈にこちんとしてる娘だとくれば、たらされる資格は十分だ、と碧郎は云うのだ。

「美人なんかたらそうと思っても、おいそれとたらせるものじゃないって、中田やなんかそう云ってるよ。第一、娘が美人なら親たちが大事にしていて、とてもだめだってさ」とも云うし、「みんながそう云ってるよ。女親なんてどこのうちでもおおよそだらしがないもんだって、ちょいと息子が不良だって云われると、すぐ金出しちゃうんだってさ。その点うちじゃしっかりしてる。御信仰で万事やっちゃうからね。おれ、あいつに云われたもの、君のおっかさんはえらいって。何のことかわからなかったけど、中田が教えてくれた。――おまえんとこのおふくろはきっと金を出さなかったろう。どこでも忽《たちま》ち出しちゃうらしいよ」とも云った。

「だって碧郎さん、それじゃ警察署ってものは、――」

「警察がどうってことはないさ、でもあいつはそうだっていう話があるんだ。嘘《うそ》だって思うんならねえさん、中田に訊いてみればいい。中田はいろんなことを知ってるし、おれだってあいつに金持ってるだろって云われたことあるんだ。」

碧郎の話を聴いているとげんは、弟が弟でなくて兄か叔父くらいの大人に思えた。彼はさきごろあんな経験をしたが、おもてむき特別な変りようはしていないように見えていて、単純な姉はそれだけのことに思っていた。それが実は、経験は経験だけのことがあったのだ。やはり腹のなかでは相当な大人になってい、それ相当な裏側の知識を急速に身につけさせられている。改めてげんは恐ろしさを感じるのである。それにしても父親にいくらかの名があって、母が継母で、弟が不良で、自分が不美人であることが、たらされる十分な資格だと云われたのは、なんとも云えない情ない腹だたしさで身にしみた。人をばかにしている！　不美人でこちんと偏屈がなんだ。ままっ子がなんだ。不良少年がなんだ。父親も母親もなんだと云うんだ。スパッツなんか、あんな小きったない男、誰がたらされなんかするもんか。ばかにしている。でも、——どこかおちぶれたような、いやあな気がしてしかたがなかった。つまらない男に、たらす資格として挙げられた条件は、つまらなくない男、好ましい男に想《おも》われる条件にはならないものだろうか。こちんと偏屈で不美人ではだめなのだ。ままっ子育ちの意地悪で、不良を弟に持っていてはだめなのだ。なまじ名のある親は心ある青年にはかえって邪魔かもしれないし、御信仰をもった母は他の宗教を信奉する家庭には嫌われるかもしれない。つまらなくない男に恋されるなんてことは、だめなんだろうか。スパッツが私をたらす、なんてきたないんだ。

本を明けていても勉強なんかなにもできはしない。げんは黙りこんで考えている。さっさとどうにかしたくをしておかないと、あすにでもまた学校の帰りにどこかの蔭からするんと鼈甲縁《べっこうぶち》の眼鏡で出て来ないともかぎらなかった。金と云われたら、ないの一点張りでいい。だがあとはどうしていいかわからない。わからないはずである。すでに今ここにどうのこうのと云いだされているのではない。顔のない影へ対して鎧《よろ》おうとして、げんは勉強が手につかない。

碧郎もいやにまじめくさっていた。彼もこのことを両親に云って相談する気はないらしかった。

「ねえさんはほんとにお人好しだから、抜けてるところがあるにはあるよ。でもおそろしく頑固《がんこ》だよね。だからお人好しのところをひっこめておいて、頑固だけ出していれば、きっとうまく行くよ。」

それはもっともな論である。しかし頑固と云ってもどう頑固にすればいいのだろう。

頭から、あなたはいったい云々《うんぬん》とがみがみやるんだろうか。むっつり黙り通していて最後に、「これから以後ついて来ることはお断りします」とやるんだろうか。

碧郎は無遠慮にげらげら笑いだしてしまった。「これだからねえさんはお人好しなんだ。」

「じゃあどうすればいいのよ。大体あんたが行って、もうついて来ないでくれって、きっぱり云って来ればいいじゃないの。」

「聞く対手《あいて》じゃないと思うけどな。」

「卑怯だわ。なんにもしないでつべこべ文句ばっかり云っていて、それに笑うなんて何よ、失礼な。子供のくせに年上の大人みたいだ。」

「ばからしいからさ。ねえさんこそ大人のくせに案外こわがりん坊なんだ。なんだい、あんなの。あんなのおれ、ちっともおっかなかないや。ねえさんがひとりでびくびくしているんじゃないか。おれなんか、あいつからかってやるんだ。」こわがりん坊と云うのがげんには微妙に響いた。弟に対《むか》っては一人前に大人として口を利《き》くくせに、男に対ってはからきし意気地がない、あまい、と云われているように受取れた。スパッツへ向けるはずの立腹が、いまここにいる失礼な弟へ向けて本気で癇癪《かんしゃく》が起きた。

*

スパッツは果してまた、大川の橋を渡ったところにいた。町のなかには道はたくさんあるけれど、村へはいれば行く道はそういくつも網の目のようになっているものではない。方面方面でこの道ときまったものが何本かあるきりだ。違う方面の道を行き、途中で大廻《おおまわ》りして帰れば帰れるけれど、ひどく億劫《おっくう》である。それにそういう方面違いの道もいずれはみな町へと集まって来る道だから、橋の手前で一ツに絞れているのである。その絞れた処《ところ》に交番があった。彼はその交番にいたのである。橋を渡って来たげんはそれを見た。向うからもこちらを見つけた。彼は例のケーンを取って椅子《いす》から立つと、片手を挙げて巡査に笑って挨拶《あいさつ》らしいことをした。巡査がげんのほうを見て、おかしな笑いかたをした。不愉快だった。何を云われていたか推察がつくからである。ひきかえしたかった。碧郎の云った「こわがりん坊」がひっかえさせない。ずん、ずん、ずんと歩いて行った。顔が熱かった。赧《あか》くなったことは恥かしかった。恥かしくても歩いて行った。当然のように彼も歩み寄った。げんの頸《くび》はこんこちになって正面を向いたようだ。それでも彼がちょび髭《ひげ》でにやにやして、中途半端にお辞儀をしたようなしないような恰好《かっこう》で、いわゆるへっぴり腰をしたのを眼《め》に入れた。

きょうのげんは鎧《よろい》をきちんと著てしまっているげんなのだ。いままではなにか人通りのなかという遠慮があったし、そうつけつけするのも気の毒という思いやりがあったが、きょうは構えていた。だからこれまでのように、彼にゆっくり歩かれてしまって已《や》むを得ず散歩みたいな歩きかたをつきあうなどということはしない。さっさと歩いた。姿勢よく速く歩くことは、げんの学校では訓練されていた。西洋人の先生が何人もいるから、西洋風にしゃっしゃっと歩くのである。道の上に一線を置いたようにして、まっすぐに歩くのである。スパッツは調子をあわせざるを得ない。調子をあわせなければ置いて行かれてしまう、袴《はかま》を蹴《け》って見え隠れするげんの足にならんでスパッツの靴《くつ》が出たりひっこんだりする。えらい勢いで、えらい速さで二人は歩いた。しばらく行ってげんはおもわず愉快になり、にやっとした。少しだけだがげんのほうが高いのだ。だから歩幅も心持げんが広い。そのために彼は何歩目かに一歩小足を足して調節しなくてはならない。めまぐるしく彼はぴょこぴょことやって足なみを揃《そろ》える。若い大柄《おおがら》な女学生が悠々《ゆうゆう》と西洋人のように歩き、あまり若くない小柄な男がケーンを持てあましながらぴょこぴょこと足なみを揃えていることは、げんにとって不愉快を愉快にし、こんこちの頸に自由を与え、かつ唇《くちびる》をにやりと緩めることであった。こんなの、なんでもないや！　と思う。

土手の半分以上を来たところに神社が二ツと、お寺さんが一ツと隣りあわせにかたまっている処がある。云いかえればそれは、広くて静かな人影が少い場処《ばしょ》がある、というわけにもなる。もう当然、様子がおかしいと察したからだろう、スパッツはせかせかとして、話をしたいからその境内へ行って休もうと提案した。

人気がないということが、あぶないと思わせた。初夏の陽《ひ》はまだ高い。こわがりん坊じゃないぞ、と思った。それに、逃げる段になれば足はこっちのほうが速いことはわかっていたし、背もげんのほうが高いのだ。それはさっきから優越を感じさせてい、すっかりゆとりを持たせている。それでも一度は云う。「なんのお話でしょうか?」

「なんの話と云っても、歩いていては話せんですから、――」

「はあ、じゃあ伺いましょう」とそこへとまった。往来である。人も車も牛も通る。川からも見上げれば見える。スパッツはむっとした。

「弟さんの話をせんけりゃならんですがいいですか。」――黙っている。

「それに将来のこと少し話があるです。お宅のおとうさんに特別に頼みこみたいこともあるですし。」碧郎の将来には何か暗く予約されていることでもあるのだろうか。父に特別にとは何事だろう。げんはたじろいだ。が、鎧《よろ》っていた。

そこは土手からだらだらと降りたすぐ下で、唐銅《からかね》の牛の鋳物があるお宮さんだ。三ツのうちのまんなかの境内で、いちばん人気は少いが、うしろの家並《やなみ》へ抜ける細道があって、細道のつきあたりにあるのがいつも買う下駄《げた》屋の裏口なのである。げんは落ちつきを取戻《とりもど》してついて行った。唐銅の牛のそばにベンチがある。ベンチには椎《しい》の枝がかぶさっていた。要慎《ようじん》深くげんは足場を考えてから掛けた。「お話、なんでしょう?」

まだ胸で呼吸をしながら男は鳥打を脱ぐ。夏手袋をしている。洗濯《せんたく》して縮んだと見え、ぶざまに手頸が出ている。両脚の間にケーンを挟《はさ》み、きたないハンケチで顔の汗を拭《ふ》く。チョッキに時計の金鎖。――「なにかおこってるですか?」

「いえ何も。」

「そうならいいですが、なにかおこられるかと思ったです。しかし、足速いですね。」

「急ぐ用事がございます。父に頼みというのは何でしょう?」

「それはですね、記念にひとつ色紙かなにか書いてもらいたいです。」――なあんだそんなことか、とほっとする。「いやどうも勝手なことで恐縮です。それもですね、もしできたら、げんに与うとしてですね、書いてもらってですね、あなたからぼくにくれるかたちにしてもらえないですか。」

そんなへんなことができるものか、聞いたことのない形式である。「そう申してみますが、おうけあいはいたせません。いつも父は、自分は書家じゃないと云ってお断りしていますから。」

彼は慌《あわ》てて、「いや、ぼくの名で頼んでもらうのでないです。あなたが書いてもらうことにしてですね、――」

「それならだめです。うちのものには書いてくれないことにしてあります。」

「やあ、そこをなんとか……」

もうげんはとりあわない。「弟のことは何なんでしょう？　さっき将来のことというお話でしたが、――」

「弟さんはですな、――」くどくどと煮えきらない話が続く。おさらいである。鼠《ねずみ》いろの縮み手袋の手が脚のあいだのケーンをなぶっている。

ケーンは紫檀《したん》だろう、銀カップである。銀がでこぼこになっている。イニシアルが刻んである。花文字のそれを見るともなしによく見れば、ＴＥとある。清水緑郎といったはずであるからＳＲかＲＳなのにと思い、ひょいと、「あなた清水さんておっしゃるんでしょ？」と訊《き》いた。

「え？」

じっとケーンの頭を見ていた。

「や、これ、その、――」

げんは男の顔へ眼を移す。

「……その、これは署のもんだものですで、違うです。」

署の物品なのだとは知らなかった。てれくさそうだった。げんだっててれくさい、若い娘はそういう場合を好きじゃないからである。「で、あの、弟の将来のことって何でしょうか？」

彼はへんにしぶって様子ぶっている。げんは早くそれを聴いてしまいたい。不安である。

「まあいいじゃないですか。」

これは不思議な言い条である。自分で云《い》いだしておいて、まあいいとはどういうことだ。でこぼこのTEの上へ組んだ指を置き、指の上へ短い顎《あご》を載せている。小柄でもケーンの上へかがんで顎を載せるのはちと無理なからだつきになる。なぜそんな不自然なポーズをしているのか知らないが、それで上眼づかいに唐銅の牛の鼻のあたりをぐっと眺《なが》めやれば、おでこには太い皺《しわ》が寄る。どうもかなり見苦しい。げんはいやになった。「じゃ、失礼いたします。」

驚くべき素早さで袖《そで》を取られた。ひやっとする。眼が合った。まじまじと見合った。強い眼だった。強い眼だったから、げんの強さ頑固さもむらむらと誘いだされた。

「なんでございましょう？」

「まあ、もう一度掛けないですか。ゆっくり話しましょう。」

「急いでいますから私、帰ります。」

男は立った。本能的に、これはうしろを見せてはあぶない！　とわかるので、立往生である。足がかえせないのである。男はにたっと笑った。突然、すっかり調子が崩れて「まあそう固くなんなよ」と云った。どっきりした。そういうなれなれしく下品な「なんなよ」というようなことばが、げんは大嫌《だいきら》いだった。酌婦《しゃくふ》にでも云うようないやらしさ、卑《いや》しめかたに響く。「将来ってのはねえ、――まあすわろうよ。きょうはどうかしてるんじゃない？　げんちゃん。」

があっとした。げんちゃんとは何事だ、ちゃんづけなんて何ということだ。げんは、、、、もがもがしてしまった。云いたいことが満員になって出入口が塞《ふさが》っている電車みたいなのだ。こわいなどとは思わない、もどかしかった。なんか一撃に云いかえしてひきあげたい。

男の表情へ早い変化が走った。ちょっと眼を横へ寄せてそちらを窺《うかが》った。げんも注意した。本殿のうしろから箒《ほうき》を持った掃除ばあさんが草履ばきで出て来た。こちらを気づいて、ちゃんと見た。それから三段の石段をあがって、片手で神様を拝み、それからそのたたきの上をさあっ、さあっと掃きはじめた。規則正しい清々《すがすが》しい箒の音がした。夕がたの掃除なのだろう。げんは学校の包みをかかえ直した。すると隣のお寺さんの方角から遠く妙な声がした。クエー、クエーというのだ。クェッケケとも云う。どうやらこちらをめざして寄って来るようである。音ではなくてたしかに声だが、おしつぶした声だ。なんだか知らないが、げんはもう罵《ののし》る気などなくしていたし、スパッツは鼻白《はなじろ》んで、スパッツの足を投げだし、腰かけている。げんはつういと駈《か》けだして土手へのぼってしまった。土手は入り陽で、笹縁《ささべり》とった大きな赤い雲が出ていた。声は鵞鳥《がちょう》というのではないかと気がついた。それならげんははじめて見る鳥なのである。スパッツには残念ながら最後の宣告みたいなものを云い渡すことができなかったけれど、云ったと同じことだと思う。勝ったとは云えないにしても五分々々に立ちむかった。なによりもいつもの遠慮を吹き飛ばしてしまったのは快かった。心にゆとりがあった。そのゆとりのせいか、鵞鳥が見たかった。隣のお寺さんの境内の一部が見おろせる処へ行って見ると、大きくてきたない鳥は追い手に追われながら、ゲークゲークと啼《な》きたて、十何羽かが群れて通った。ちょっとおもしろい見物《みもの》だった。ものすごい野蛮な声ではあるが、かけかまいなく啼いているところが気に入った。鳥は牛のお宮へはいって行くらしい。先頭のはもうそちらで声がする。

ふとげんは、いま出て来たあの境内をこの鳥が通って行くさまを見ようと思った。お寺とお宮の地境《じざかい》のところには小門《こもん》がある。門の袖に隠れて見ると、ベンチの処にスパッツ氏が立ってケーンを突いている。鳥は氏のケーンのイニシアルなんか気にしていない。ゲーク、ゲークとでくの棒を恐れずに通って行った。氏は見送っている。やあい、――げんは上機嫌《じょうきげん》である。そばでやはり鳥を見送っていたお寺さんが、あれはも一ツあっちのお宮さんの池で飼うために連れて行くのだと話していた。

＊

「ねえさん、鵞鳥の行列見ていたって、ほんとかい？」碧郎はにやにや笑っている。げんはふしぎだと思う。あれからもう四五日たっているのだが、お宮の境内のことはげんは誰《だれ》にも話していないのだから知れるわけはないのだ。「鵞鳥は見ていたわ。でもどうしてそれ知ってるの？」

「おれは知らないよ。知らないからよそのやつが教えてくれたのさ。」

誰が見ていたというのだろう、誰もいたけはいはなかったのに。しかし誰かがどこかから見ていたことはたしからしいのだ。恥しさと驚きでいっぱいになりながら、それでも弟がどこまで知っているかを訊きたださないわけには行かなかった。「よそのやつって誰？」

「それより、清水のやつ何云ったんだい。口説かれたんだろ？　それでなけりゃ金のことじゃない？」

誰がいたにせよスパッツとげんの会話の内容は聞えなかったらしいのだ。しかし人気のない境内に男といっしょにいたことは多分に疑わしく見られたのだろうし、あるいはずっとなりゆきを見届けられていたのだろう。碧郎はもともとの張本人みたいなものだから知られても構いはしないが、よその人に見られていたとはいい気もちではない。あんなスパッツのようないやな男に絡《から》まれた情なさなど誰にも云う気はなかったのだが、見ていた人がある以上は、そしてその人が弟に話している以上は、げんとしてもはっきりさせておかなくてはならなかった。「ふうん」と云って弟は聴いた。ふうんとだけしか云わない弟へあれこれと話していれば、なんだかいかにも弁解をしゃべっているような響があって、姉の威厳はないのである。しゃべるそばからその一語一語が疑われる種になりそうな気がしてじれったい。これもみんなあんたが搔《か》っ払いなんかしたせいよ、それであたしまでこんな目を見るのよ！　と云いたいのをこらえるのが骨が折れた。それを云わないでおいてやってると思うところで、やっと姉の誇りが保てているのである。けれども弟はわりあいにおとなしかった。

「おやじの色紙をくれのなんのって云うのは、実は口実なんだ。ねえさん口説かれたの癪《しゃく》に障るやつだなあ、あいつは。」碧郎はじりっと姉を見て、「まさか……ねえさん、おれのことで今後もへんに負《ひ》け目なんぞ持つようなことないだろね？　念のために断っとくが、あれ以来おれは、あいつに指図されるようなことしてないんだからね。——きっとねえさんは疑ってるだろ、またどっかで掻っ払ってるんだろって？」

そう云われればぎくりと申しわけないけれど、げんは碧郎の素行に信じきれない疑いをもっていた。もしやと危ぶまないわけには行かないのだった。悪いことをしているだろと思うのではなくて、もしや悪いことをやっていたらという心配なのだが、心配と疑いとは一線を引くけじめがつかなかった。

「——そうなんだ。おれよくわかってるんだ。ねえさんばかりじゃない、おやじだってかあさんだっておれのこと疑ってるさ。でもそのなかで、いちばんねえさんがあっさりしてるんだ。それほどおれの掻っ払いなんか気にしちゃいない、……気にしていないのに、やっぱりいざとなると、あんな清水みたいなやつにもへんにおどついて、負け目を感じちゃうんだ。おれ、そこがほんとにいやんなっちゃうな。」

げんは痛いところを衝《つ》かれていた。それだから慌ててとりつくろう。「そんなことないんだけど、——」

まじめなおとなしさからぶりっと腹の立った顔になって弟は、「そいだからねえさんは嫌いさ。そんなことないんだけどなんて、いい加減なこと云うじゃないか」と、そこで一段とあらあらしく、「搔っ払いをした弟を持って平気かい、ねえさん？　ほんとに負《ひ》け目感じてないかい！」

碧郎の云うことは勝手なところもあるけれど、いやに真剣であった。げんは弟に負けたと思った。「ごめんね、碧郎さん。」

碧郎は見ていた人が誰なのか、誰に聴いたのか云わない。「おれの知ってる人間をねえさんは自分もみんな知ってると思ってるのか？　ねえさんなんかの知らないおれの友だちってものもあるんだ」と云い、「そいつはね、あそこの小径《こみち》を抜けるつもりで土手から下りて行ったら、偶然ねえさんがへんなやつと並んでいるのを見たんだってさ。通りぬけられないから、ひっかえして袖垣《そでがき》のところから見ていたんだそうだよ。そうしたらねえさんが逃げて、鵞鳥ががあがあやって来たんで、おかしくなっちゃったって云ってた」と笑ってごまかしていた。

「それよりねえさんはどうするつもりだい？」

「どうするって何を？」

「のんきだな。これで終るはずないさ。今度また尾《つ》けられたらどうする気？」

「まあ、まだ絡まれるって云うの？」

「絡まれるとおもうな。向うから云えば折角しかけたつりばりだもの、これきり終りってことはないや。」

その通りだった。スパッツはしつこかった。碧郎に云わせると、そのしつこさはげんに惚《ほ》れているゆえのしつこさではなくて、儲《もう》けようとするものが有利な条件を見すてておけないしつこさなのだという。「まちがってもねえさん、惚れられたなんてことないんだよ」と云うが、そう云われてげんはなんとも云えない不快な気もちがする。たとえスパッツでもいい、もしほんとうに惚れてからしつこくされるのだったら、と考えれば晴れがましい。想《おも》われるのだったら乞食《こじき》に想われても快かろうし、恋われるのだったらやくざに恋われても浮々するだろうと、架空に考える恋愛はみな愉《たの》しく思われるげんの年頃《としごろ》だった。それを、なんらかの取引の具にするために恋らしく見せかけての釣《つり》だというのだから、それではげんの女性であることと若さとはかたなしの辱《はずかし》めに会っているわけである。が、これは少しつじつまの合わない理窟《りくつ》である。げんは自分の心がかなりおかしく動くことを認めないわけには行かない。恋はあやしいものだというけれど、恋でもなんでもないとはっきりわかっていることでも、恋めかしく装われているそのめかしさにさえ、人の心をあやしく縺《もつ》れさせる不思議な力があるのだった。スパッツなんか問題ではないのに、恋めかしく装ってきているということで一種の侮辱を感じ、侮辱感の底のほうに、もしこれがという惜しさのようなものもあるのだ。そういう複雑なあいまいさは、すべて恋めかしさから生じてくるのだ。だから、もしほんとうに恋というものが訪れたのだったら、とげんは思う。

そんなげんより、碧郎のほうがよほど事務的だったらしい。なぜなら、その後げんは護《まも》られていたからである。スパッツはへんな方法で遮《さえぎ》られるのだった。橋のたもとに夕刊を売っているおばあさんなどは、毎日々々の顔見知りではあっても口を利いたことはない。それが、「お嬢さんいまお帰りですか」とかつてないことに声をかけるのだし、渡し場の老船頭さんも、「早くお帰んなさいよ」などと云う。不審なものが通ると町なみの犬が順送りに啼いて警戒するのと似ていて、これは犬でなく人だからあいそのいいことばで送る、といった感がある。もっとへんなのは、クラス違いの同じ小学校出身の学生たちが、いままでろくに挨拶《あいさつ》もしたことのない間がらだのに、いきなり途中から連れだちになってくることだった。彼等《かれら》はげんより年下のは碧郎君のおねえさんと呼んで、「いっしょに行こうよ」と云うし、年上のはそれぞれに呼びかける。「やあ、このあいだ君のおやじさんの書いたもの読んだ」とか、「あんたのうちにいい犬いるでしょ? 仔《こ》ができたらくれないかなんて妹が云ってるんだけど」などというふうな会話をしかけてくる。さらに呆《あき》れることがあった。その川筋には大学のボート部の合宿があって、選手が練習をしていた。その人たちは舟を漕《こ》ぐ練習ばかりではなくて、体操をしていることもランニングしていることもある。もちろんランニングのコースは土手を行くのである。それが駈《か》けぬけて行きながら、「げんさんこんちは。こんちは」と口々に云って行ったのだ。急に土手じゅうがげんに親しくなった、土手じゅうに友だちがいっぱいになったのだった。嘘のようなへんなほんとだった。

碧郎は誇らしげに云った。「おれは不良だからね、不良ってものは人に軽蔑《けいべつ》されるけど、誰とでも友だちになろうと思えばなれる技術を知ってるものなんだ。でもね、もともとみんな知ってる間がらなんだよ。ねえさんだけだよ、一人で澄しかえって誰にもつきあわないのは。あっちじゃ誰でも、あいつの姉貴はあれで、あれの兄貴はこれだって知ってるよ。」

「あんた、頼んだの？」

「何を？」

「何をって、あたしに声かけるようにって。——」

「頼んださ。だけどそんなにみんなに頼んだわけじゃないよ。頼んだのは一人かな二人かな。でもねえさんは知らないけど、みんなもう承知してたらしいよ。好かない野郎がこのごろうろうろしてたの、あれそうか、なんて云《い》ってた。」碧郎はえらそうに構えてそう云った。

げんは弟の心根を腑甲斐《ふがい》ないものに見、またあわれにも思い、そして土手じゅうに顔向けのできない恥しさをしょわされたような気もし、それだからなおのことその恥のなかへぐいと頭をもちあげていなくてはならないような気もした。が、とにかく土手じゅうが知りあいみたいな賑《にぎ》やかさは、さすがのスパッツを閉口させたことが確かであった。

そのかわり、げんは父と母との前に喚《よ》ばれた。こんなに急に知りあいが殖えて、誰とも笑っておはようを云うようになってしまったはでなことが、両親に知れるのはあたりまえでもあった。

「なぜあなたは私に云ってくれなかったの？　年頃の娘だっていうのに、そんなことになってたのなら一《ト》言母親に云ってくれたら、こんなへんてこなことしないでももっと恰好《かっこう》よく処置することができたんだのに」と母は嘆いている。

そこがげんとくいちがっていた。げんはうまく済んでよかったと思っていて、少しもへたな処置ではないという気がある。嘆くことはなくて、さっぱりと機嫌がいいのだ。「碧郎君のおねえさん、いっしょに行こうよ」と云う顔、「げんさんこんちは」と云いかけた顔、みんなげんにはほっと気の晴れる顔である。母にはその顔、顔は、なにか気の済まない、おもしろからざる顔であるらしい。かあさんには一ツも厄介《やっかい》かけなかったのになぜおこられるんだろう、もうきれいに済んでしまったのに、済ませたと云って叱られるのは割に合わない文句だ、と寂しい。母は、そんな男につけられるのは女のほうに隙《すき》があったからで、しかもそれを広告したような手段で土手じゅうに拡《ひろ》げてしまっては、もはやげんの越度《おちど》は隠しようもなくなったと、まるでげんがもう人なみの娘の列から転落したように云う。縁談に決定的に障ると断言されると、げんもぺしょんとなった。

父親が、「そんなことはないよ、そうひどく云っちゃいけない。こんなことくらいで腐るもんじゃない。そういう偏《かたよ》った考えかたは誰にも花を咲かせない」ととりなした。

それを裏書するようにして縁の話があった。銀行へ勤める人で、ニューヨークへ行く条件つきであった。気象の強い、ことばの不通や習慣の相違などに立ち向って行ける、からだの丈夫な上背《うわぜい》のある娘という資格にげんがパスして齎《もたら》された話だった。その人自身も外国生活に堪えそうながっしりしたようすの人だったし、まわりのいろいろも悪くなかった。いい縁というのだったが、そして心惹《ひ》かれるニューヨーク行きだったが、てんからぴしゃりとげんは断った。ニューヨークより、その男より、もっと身近に印象の強い残りかたをしているのが、つい先《せん》だってじゅうの碧郎であった。縁談なんかと比較にならない比重が碧郎に落ちていた。碧郎は「かわいそうな弟」であり、「愉快な弟」であり、不良でひねくれで姉思いの子である。突然起きてきた縁談が幸か不幸かニューヨーク詰めという、海をなかにした距離があることは、げんには到底できない相談だった。アメリカの魅力より弟を去って行くことの危惧《きぐ》のほうが、はるかに大きなものであった。亡《な》くなった生母のおもかげがちらちらと弟のなかに見えていた。責任というのとも違うが、しいて云えば、姉のパートを尽してからでも結婚はできるし、アメリカも又いつか行かれる折もあるかもしれないのに、いま弟を一人ぽっちにしてはおけない心がしきりだった。

子供はいつもその父その母とぴたりと一緒にいるものではない。両親は子供を遠のけるつもりがなくとも、子供は両親にどうしても親しめない時間がある。親は親族《おやぞく》で、子は子族の期間というものがある。一人っ子はそういうとき、まったくの孤独である、とげんは知っていた。碧郎がもし孤独であったらと考えると、げんは自分がいることは役に立つと信じた。

敏感にそれを悟ったように、「ねえさん、お嫁になれよ。学校なんか中途で行っちゃうほうがいいんだよ。あっちで大学までやってごらんよ、帰って来たとき違うからね」とそそのかし、「だけど、銀行屋っていう商売いやだね、一銭一厘《りん》だからな」とも云う。もっともなことは云うけれど、彼の考えるアメリカは二挺《ちょう》ピストルの活躍する西部のカウボーイ映画であった。銀行はいつも襲撃される目標だから、銀行員などいうものは腰ぬけ同様な価値なのである。

この縁を蹴《け》るということで、げんはまたなお母の意をそこねた。「じゃ断ってもいいんですね？」

「ええ、いいんです。」

「まあ、はっきりしている。いい縁はあとからあとからあるみたいに云うわね。」

それはそうかもしれない。あとにこれ以上の縁が来るとはかぎらない。ならべておいてよりどりなら誰でもいちばんいいのを選《よ》ったという安心がもてるけれど、順ぐりに来る縁をどれがいちばんいいと判断できようか。先のがよかったということも出て来るかもしれない。げんは侘《わび》しくてたまらない。碧郎だけが上機嫌だ。「よかったねねえさん、これであのことと縁談とは別物だってこと証明できたね。おれも責任だからね、ねえさんの縁談がおれのせいでだめになったんじゃ。」

これが初縁というのではないのに、跡味の残る縁談だった。碧郎のようにあっさりとはとてもできない。断る理由の寂しさが、断ったあとの跡味をこう侘しいものにさせているのだなと、げんはげん流の考えかたをする。でも断られた人を考えると少し微笑が湧《わ》く。煙を吐いて、四方を海水に埋められながら一路アメリカに向けて行く船、そこへちょこんと乗っている銀行屋の若い人、――それはお嫁さんを連れていないのである。一人ぽっちである。げんは、げんにお嫁さんを断られた男はよそから他《ほか》の人など貰《もら》えないのだときめている。会いもしないで断った人へ、こちら勝手な独占欲をあてはめて考えていた。その人を一生独身と考えることはなにか快い微笑にかわるのだ。そういう勝手至極なきめかたは自分一人の幻想であるうちは、いくら勝手にしても文句は来ないのである。だから黙ってそういう幻想を描いて、げんは自分で自分を慰め、快くし、そして滑稽《こっけい》がった。

スパッツも口で云うおどしほど実際はなんにもできず遠のいて行き、しばらく無事が続いた。が、あのときの異常な知りあいの拡張が崇《たた》って来た。毎日通う土手はやたらと雑談が殖えてしまって、はなはだ面倒くさいのである。そしてその上、あのとき手を貸してやったという、どことない恩恵くさいものが誰にも漂っているのだった。それがいやだった。しかもそのどことない恩恵くささには、微妙なにやにやを伴っていた。下劣である。なれなれしいのである。そういうつきあいはげんを甘く見ているつきあいでなければならない。それが波及しているのではないかとおもうが、げんは手紙をつけられだした。うけとるほうに恋の気もちがなければ、恋の手紙ほど難なく揚足《あげあし》のとれるものはない。恋しいと書いてはあっても、恋を納得させるものは一行も書いてない手紙どもなのだ。心を惹きつけられるどころか反対に、心を冷たく、いよいよ距離をもたされるものだった。そのなかに名を書いてない手紙が一通あった。

大概のものが御返事をといったかたちをとっているのに、それは御返事が書けない名なしの手紙だった。好奇心が起きた。かなり詳しく家庭の事情も知っているし、何日何時頃八百屋へ買いものに行ったなどということも見ているのであった。字は習字をした乱れのない字体できちんとしているし、紙もいやらしい花模様入りなどではない。が、書いてある文句からは知能のほどがうかがえた。文字はきちんとしているのに敬語などはめちゃくちゃでなっていない。そのうえ気がつけば、白い紙のどこかにかならず、すっと擦《こす》ったような黒いよごれがついていることだ。嗅《か》いでみるとかすかに油臭かった。探偵《たんてい》的興味が出てきた。

毎週土曜日はげんの学校は休みである。だから土曜日にはげんはいつもよりいい夕食をつくる。その忙しい夕がたの、しきりにポンプを動かして井戸端しごとをしているとき、裏木戸を明けて人がはいって来た。額のしろじろとした、頬《ほお》の上気した顔が笑いかけた。大島まがいの上下を著《き》て、おそろしいほど金歯がちかちかしている。見なれない男は慇懃《いんぎん》におじぎをした。

「あの、どちらさま？」わりに訪問客の多いうちなのでげんは客馴《な》れがしていて、かえって勘が働かなかった。

手紙の男なのだった。「お手紙あげましたでしょ？」と女みたいな言いかたをされて、あっと思ったのである。額の白さも髪のこってりさも、いちどにいやらしいものに見えた。ずうずうしい、よくものこのこ出かけて来たものだと呆れていても、さきはその目的のためにやって来ているのだからいささかも動じない。母に云えない負《ひ》け目を感じて、げんは早くかえしてしまおうとあせった。げんに負け目なんぞなくても、あっちがずうずうしく堂々としていれば、こっちは割を食うのである。

弟が出て来た。「誰？　ねえさん知ってる人？」げんははらはらする。「いえ、いまはじめて来た人。だけど手紙寄こす人よ。」

「ふん、そいで？」

「困るわ、井戸端へにゅっと立ってるんだもの。」

「おれ、かえしてやろうか？」

「頼むわ。」

碧郎は出て行った。「だめだよ。ねえさんいま忙しいんだ、飯こしらえてくれてるんだ。」

それからなにか訊《き》いていた。こちらから見ると男は背も高かったが、いかにももう男一匹の男であり、弟はまだまだ子供っぽい姿である。それが対等に男を扱っているのがわかる。男は帰って行った。

「ねえさん、あれ何屋だかわかる?」

「知らない、会ったことない人だもの。」

「おれも知らなかった。あれ土手下の、ほらちっぽけな鉄工場あるだろ、あそこの息子だとさ。」

「へーえ。」

「わからないはずだよ。昼間はきっとまっ黒けなんだろうからね。おしゃれして来やがったんだ。」姉と弟は笑った。

このころから弟はいよいよ学校をほうり出していた。学ぶ気などまったくなさそうに、だんだんと荒い遊びになじむらしかった。からだのなかに若さが溢《あふ》れて抑えきれず、自然そういうことへ向いて行ったのであり、げんももちろん当人も、それがひとりでに男の子の性欲抑制の手段になっているとは気がつかなかった。

碧郎の遊びぐせのはじめはピンポンだった。そういう遊びは一人ではできない、かならず仲間がある。そのころ個人の家でピンポン台を備えているところは少かったから、仲間とおもに小学校へ行ってしていた。仲間は卒業年度の上のも下のも一緒くただった。卒業していったん散り散りになったあと、またそうして繋《つな》がった友だちは特別なものなのだ。彼の友だちの範囲はずっと拡《ひろ》がった。それは彼をよほど物柔かにし、中学校の不良仲間とのあいだは、ある食いとめかたをすることにもしたらしく、つきあいが進展していない模様だった。しかしピンポンもそう長く彼を引きとめておきはしない。彼は器用ですぐ遊びのこつを会得《えとく》して、一応おもしろく遊ぶ技術をおぼえてしまう、そして一応のところでたちまち飽きた。その上に刻苦勉励して選手になるなどは考えない、そこまでやると興味は終るのだ。きっとピンポン技術もピンポン仲間も飽きたのだろう。

そのつぎが球つき、――これもはじめはピンポンの上級生が連れて行ったのが病みつきなのだが、碧郎はすぐに耽溺《たんでき》した。学生であることなどまるで忘れて、おそらく頭のなかには青い羅紗《らしゃ》と白い球赤い球しかないらしく、食後の話にも球つき、予習の机でも球つき、登校の土手を行くのも球つきと、そればかりを対手《あいて》の見さかいもなく話しかける。「ねえさんも一度来てごらんよ。象牙《ぞうげ》の球というものはわりあいに重くてね、だから激しく突撃もするし、貴婦人みたいにするすると歩いたりするんだよ。」

——げんは彼が球にとりこにされているのを察しる。

彼は姉を誘って行き、「これ、姉。きょうだいでもおれみたいにやくざじゃない姉なんだ」と紹介をして、げんを面くらわせた。来ている人はみな碧郎より年長者で、げんはそのなかで碧郎がいっかど大人なみに動いているのに呆れた。彼の云う貴婦人のようにナイトのように動く象牙の球の魅力もわからなくはなかったが、それよりげんがもっとはっきりわかったのは仕払ということだった。撞球場《どうきゅう》は商売であることが今更わかる。学生の身が耽溺するにはなまなかでない支出をしなければならないのである。姉を誘ったのは彼の策略である。「ねえさん、おれ借金があるんだ。」

彼の借金のおかげで、げんは一度で球つきのおもしろさに近寄るまいとした。誘われてうかうかとついて行ったことの恥しさ、あそこにいたあの時間だけ、いわばげんは曝《さら》されものだったような気がする。しかも、姉が払いますと云っていたかもしれないのである。うちへ帰れば碧郎は父親に楽しそうに夢中で、こう突いたのああ突いたのと話してい、父親もまた父親でなんのかんのと結構おもしろがっている。母は心中に批難をもってじぶくれている。げんはたった一度行ってみて、自分もやはり象牙の球を突くおもしろさをたちまち得心したことを思う。この父子には耽《ふけ》る性分があるのだなと要慎《ようじん》するのである。そして碧郎は、たぶん最初父から余分な小遣を貰って出かけたのだが、途中で足りなくなってきたので、も一度父に請求するのが憚《はばか》られてげんを誘ったのだろうと推量された。

「おとうさん、碧郎さんは球屋に借りをこしらえてます。私きょう一緒に連れて行かれてそう聴かされたのですが、なまじ一緒に行って顔をおぼえられただけ私もこのままだといやな気もちがします。お金くださいませんか」と云った。父親はおかしな顔をしたが、仕払う金をくれた。

それを球屋の主人へ渡すと、げんは考え考えして来た通り云った。「私、こんなことたびたびはできません。弟が伺いましてもそのつもりでお願いします。」父へも碧郎へも球屋の親爺《おやじ》にも、もうこのことでは関係がないという気がした。それでも碧郎は球屋通いをやめない。晩の御飯が済むと自室へ勉強にひきとるのだが、ほとんどいつもいなかった。いつ出て行くのか、巧妙をきわめていなくなってしまう。費用は父から出ていることが公然の秘密だった。なぜ唯々《いい》として父がそうルーズなのか、母親といっしょになってげんはおこっていた。学校はおなさけ及第らしかった。

「一ツだけ得意なものがあるんでね、教師も落第させようとしても困るらしいんだね。だいたいが成績がよくて許可になった入学じゃないだろ、だから学校側でもできないのは承知なんだし、得意が一ッあっちゃ落第させられないんだろ。」恥かしくもなく彼はそう云った。

彼は詩が好きであった。歴史も好きで、歴史というより歴史という物語が好きなようだった。感情の揺ぶられるものに対して生々《いきいき》となるらしく見えた。けれども父が本心彼の将来に托《たく》している夢は、数理の学問だったようである。いまではもう父も諦《あきら》めたのか、それでいらついて碧郎を叱《しか》るなどということはなかったが、それでもときどきは碧郎の不勉強を不快がる。父自身は勤勉であったから。こちらから見るとそれは、勝手にあまやかしておいて急におこり散らすというふうに見えた。

「あれでは何のことかわかりはしない。こごとも利《き》かないし、遊びはだだら遊びになるし」と母は云う。

父のところへいつも訪ねて来る人で家族にも親しいある人からげんは、「あなたはまだ若いからきっと、ああいう父親の矛盾に見えるやりかたの、底のほうにある寂しさ哀《かな》しさなんてものはわからないんでしょう。不出来なと云ってはわるいが、不出来な息子をもつ父親の心中は云いがたいものがあるんですから、あまりおかあさんの言いぶんの尻馬《しりうま》に載せられて、あなたもいっしょに文句なんか云っちゃいけませんね」と注意された。げんははじめてそんなことを考えさせられた。そして、同じきょうだいでも自分と碧郎とを、父は違う対しかたで対していると知らされた。

球つきはピンポンより長続きして、また暦が新しくなった。碧郎は年の瀬も三ヶ日もなくキューを執って遊んだ。遊ぶという以外にないのである。一ト通りにできてしまえば、それ以上の上手になろうという執心はないのだから、最初のころと較《くら》べれば同じ遊ぶことではあっても、ひたむきに耽って遊ぶのではなくて、惰力で続けているような遊びである。

春とともに室内の球つきはすっかり飽きて、もっとあらい遊びに移った。河に沿った土地だから、春秋二季にはボートレースがあって、各大学の艇庫もあるし、選手は合宿してい、土地にはもとからボート熱があった。スカールをする人もいた。碧郎の知りあいは、どこへ行っても誰《だれ》かしらと繋がっているといった具合に殖えていた。彼がスカールに乗っていたのを見たという人があった。げんは、おや？ と思った。彼はもうそのように家のものにはなんにも云《い》わずに、自分ひとりの合点でどんどんとやりたいことをやりだしているようすだった。自分ひとりで勝手なことをやるのは、ある半面楽しくはあろうが、家庭での半面はますますつまらないものになる。父にも母にも、げんにさえ黙ってやるのだから、誰にも話して楽しむということができない。どんなに楽しくても黙って澄ましているよりほかはない。自分から求めてひとりぽっちになったと同じなのだ。スカールのスの字も彼は云わない。げんも知らんふりをした。一体それにいる身じたくなどどうして調えたか、どこに置いてあるのか。すくなくもシャツとかパンティとか、日除《ひよけ》のついた帽子とかがいるだろうに。

そのうち、いつも父親が釣《つり》に行くときにつかう船宿の船頭さんから、意外なことがすっぱぬかれて聞えてきた。彼は運動神経が小器用にはできているらしいのだが、なんと云ってもスカールという舟は特殊である。ろくに漕法《そうほう》を学んだこともなくて、ただ小器用だけでやっていて無事なわけがなかった。泳ぎもできはしても、ものの役に立つほどの厳しい訓練をした経験はない。それに土地には彼を好いてくれる人ばかりではない、半分学生の半分よたっぱちな生活をしているやつなんかぐいと癪《しゃく》に障っているむきもあるし、薄なまいきなやつという嫌《きら》いかたをして当りたい気の若ものもいたのだろう。いい気になってスカールを乗りだしているとき、あちらからモーターボートを駛《はし》らせて来た誰だかが、いきなり彼の舟へカーヴして、しかも速力を落さずびゅうんと駛りぬけて行った。慌《あわ》てて舟の位置を換えて凌《しの》ごうとしたけれど、間に合うはずもなくて、みごとにひっくり返されてしまった。モーターには日除の眼鏡をかけた若い男が二人乗っていて、スカールを抜くとき片方の男が手を挙げてからかって行ったから、たぶん故意にしたいたずらだろうということである。

碧郎は川のなかで浮きはしたものの、どうにもならない。スカールはひっくり返ったままぽこぽこ流れるし、自分も慌てているから潮に押される、大ぶもがいたらしく、とうとう近くを流していた荷船の船頭さんが見かねて手を貸したという。まだ陽《ひ》が高かったから川じゅうの船が出来事を見物していたのであるそうな。——「あぶなござんすよ、浮けるというくらいなことで大川へ一人で乗りだしちゃ。見ていたものの話じゃ、誰だって坊《ぼっ》ちゃんが泳げるんだと思って、手を出さずにいたんだそうですよ。スカールへ乗ってるんだからそう思いますよ。それがからきし泳げないんでしょ、それでやっとこれはと思ったたって云いますよ。でもまあ川んなかに大勢いたんで間に合いましたが、ときによると川ってものは、まるで船がいないときもあるものですからね。それに、いても遠いあっちの岸からじゃ追っつかないことがいくらもあるんです。船より水のほうが早いからね。」

職業人の話によると、彼はあっぷあっぷだったらしい。それを一言《ト》も云わなかったのである。それは父にはショックであった。水を知らない母は、「懲《こら》しめだ」と云った。生きていられたからこそ懲しめだが、運わるく死んでしまえば懲されるのは誰だろうとげんは慄然《りつぜん》とした。助かってよかった、と姉は思うのである。あの弟はきっと哀れにもがいたのだと思う。恐怖でわれを忘れたろうと思う。でも黙っていたのだと思う。口が利けなかったというのではなくて、危険のほどを考えるより恥と強情のほうが大きかったのだろう。そういう弟なのだとげんは知っていた。蒼《あお》い顔にかっと見ひらいた彼の眼《め》を思い描いて、げんは自分が眼をつぶった。ここらでやめてもらいたい遊びぐせではあったが、彼はやめまいと思える出来事だった。

しかし碧郎はぴたりとスカールはやめた。モーターボートになった。今度は父に小遣をせびってから遊ぶ手間がいらないのである。父のところへ注進に来た船宿のボートをいたずらに使うのである。出入りさきの息子であってみればそう断るばかりにもならないのに、碧郎のほうは強引にやる。勘定はおやじのほうへと云いつける。客を扱う釣船の船頭ではあるが、とにかく水の上に生活する荒い稼業《かぎょう》のものが、碧郎のような大人になりかかりなどの云うなりにされるのがおかしいけれど、碧郎にはどこか云うに云われない愛敬《あいきょう》とかかわいらしさとかがあって、「つい、その、断りもできませんで」と、頭を掻《か》いて勘定取りに来た。父にすれば性《しょう》の知れないところで危険をするより、知りあいのほうがまだしもとも思うのだろう、苦笑して仕払うのである。げんには碧郎のかっとのぼせる性質が、いつかはスカールをひっくり返した人たちへ復讐《ふくしゅう》のようなことを企《たくら》ませはしないかと心配だった。が、父は暗い顔をして、「碧郎にはそんな粘り強さはない。そんな一年さきでも二年さきでも必ずしかえしをしてやるなどという、じっくりしたところがあれば、かえってやり易いのだが……」と云った。弟を溺愛《できあい》しているだらしのない父親だと軽蔑《けいべつ》していたげんは、父がはっきり弟の性格の弱点を摑《つか》んで、騒ぎもせず静かに憂《うれ》いているのを知った。一種の安心と同時に気の毒だと思った。父を気の毒だと思って碧郎を見ると、碧郎はいっそばかな奴に見えた。脳てんきである。いい気である。なさけないのら息子型である。げんはこれまでしばしば彼を贔屓《ひいき》にしてやって、母にも楯《たて》ついたりしたことが心に咎《とが》めた。父の憂い顔を見てはほうっておけなくなったのである。ものの本には、愚かなる子は父母の憂いなりと書いてある。姉にも憂いである。

げんは父と話したそのあと、碧郎にぶつかって行った。喧嘩《けんか》をしかけたかたちになった。父にさえ口返答をして、それもまともな返辞でなく、おちゃらかすような口を利く弟が、姉に従順であることはない。盛大な論判になって、みっともないことなど忘れてどなりあった。母が恐れて、「げんちゃん、あなたどうしたの」となだめた。げんがわめきやまないと知ると、「ここのうちは誰もみんな気ちがい沙汰《ざた》だ。げんちゃんまでとうとうこんな恐ろしい喧嘩して」と嘆く。げんにすれば、「そんなこと云ってるひまに、かあさんもどなるなりいたわるなり親身になってやって頂戴《ちょうだい》。そうすれば碧郎の一人くらい何とでもなる、もともと優しい子なんだのに」と反撥《はんぱつ》する。なんにもしないで嘆いていて済むことではない。姉と弟はとうとう摑みかかりそうになるまでやりあって、父に引き分けられた。手頸《てくび》などに痣《あざ》をつけられたかわり、げんは口では弟を云い負かし、もうボートを乗りまわすことは慎むと云わせた。

父は云った。「そうひどく禁止することもない。好むところなのだから、まあ気をつけて遊ぶなら遊べ。もうおまえも子供じゃないだろう。」

そう云うのを聴くとげんはいやになる。なぜこう甘いのか。げんとしては大決心で、喧嘩という凄《すご》さを代償にして、やっとボートを諦めさせたのである。でも父の語調にはしみじみする温かさがあった。自分も碧郎も片親の子なのだと思いあたり、しゃくりあげて泣いた。

「ねえさんヒステリーだよ。いきなりやって来て大変な剣幕でがみがみ云ったと思ったら、たちまち泣きだしちまうんだからな。それたしかに平衡を失いたる心だよ。ヒステリーだよ」と、しゃらんとして弟は云う。母に気ちがい沙汰と云われ、弟にヒステリーだと云われれば世話はない。

その翌日である。

「もうボートは乗らないよ。でもね、ねえさんいつか球つきおもしろかったって云ったろ？　ボートもいいんだよ、これが最後にするからいっしょに乗ってみないか？

折角、機械の動かしようおぼえたんだ。おれだって結構駛らせられるんだぜ。ねえ、大橋まで乗らない？　大橋のたもとに鮨屋《すしや》があって、そこの鮨うまいっておとうさんも云ってるんだよ。あれみやげに買って来ようよ。そしてみんなでお茶飲んで、これきりということにしてくれないか？　正直のところ、きのうちょっと驚いた。うちじゅうでねえさんがいちばんおっかないと思った。なんとなく身にしみたよ、もう乗らないよ。」

碧郎は明るかった。げんも見る見る明るくなった。ああ、と思った。もちろんボートへ行った。少し、この手かな？　と要慎《ようじん》しながら。

船宿では眼を大きくして、「いいのかねえ？」と不安がった。

内心びくつきながらげんは虚勢を張る。「ええ、あたしきょうはちゃんとつきあうって約束して来たんだから。」

碧郎は艫《とも》の機械にすわった。げんは胴にすわった。船頭の女房《にょうぼう》は、「またあぷあぷやっても、いま川はいっぱい船が出てるから誰か助けてくれますよ」とからかい、それでも、「行ってらっしゃいまし」と陸《おか》から挨拶《あいさつ》をした。いまさら緊張してげんは固くなる。

岸を離れるとモーターはびびびと震動を細かくする。水のうねりがうしろへ吹っ飛ぶ。水は青いのに船が水を裂けば、水は白い水飴《みずあめ》になって両舷《りょうげん》にそばだつ。

「ねえさん横木に掴まってろ、かしぐぞ！」弟は風に逆らって云う。

意地など張っていられない。げんはしっかり掴まる。とたんにかしいで舟はカーヴを切る。広い川で行く道に障害があるわけでもないのに、そんな急な曲りかたをする必要はどこにもないのである。右に左に柁《かじ》を切られて、げんはものも云えず、肥《ふと》ったからだの中心をとらされる。投げだされてはたまらないのである。舟は無意味に旋回したり突っ走ったりした。舳《へさき》はもちあがっていた。水が板のような堅い感じを舟底にぶつけ、そのたびに舟はたしかに浮きあがっている。がっがっという衝動をともなって飛んで行くのである。飛沫《しぶき》がざっざっとかかる。髪がこわれるように吹き靡《なび》いた。袖《そで》が邪魔っけにはたはたした。眼球が風の冷たさを感じて涙を出した。鼻でする息が塞《ふさ》がって、口をあけると喉《のど》の息が塞がった。げんは鼻を腕のつけ根へ押しつけてやっと息を吸った。モーターのびびびという音と震動が、飛び去る水のきらめきざわめきのなかに頼もしく聞えていた。こそこそこそと誇らしい気もちが起きた。機械をつけた速い舟をわがものにしているという、胸を張りたい誇らしさである。右に左にぐいぐいっと曲ったり突っ走ったりすることは、なんと快いことか。えらい人になったみたいな気のするものだった。えらい人になったこともないくせにそう思う。ふと、うしろを見た。色の白い弟はサングラスで眼を隠して下半分の顔の、頰《ほお》と口で笑って寄こした。善良が溢《あふ》れている弱々とした笑顔だった。見まわすと、大きな荷足《にたり》も小さな客舟もこちらを見ていた。こちらは艫にうねりを曳《ひ》いて、がむしゃらに飛んでいた。大橋の鮨を買って、帰りはすうと一《ト》筋におとなしくもとの桟橋へ著《つ》いた。げんの肩はしぶきに濡《ぬ》れ、膝《ひざ》が少しがくついた。碧郎はボートをよした。かわいそうに、とげんは思った。

しかし、いつまでもは静かにいられない碧郎だった。いつか馬に跨《またが》ることをやっていた。借馬《しゃくば》へ乗るのである。馬屋の親爺と親友になってしまったのだ。馬屋は腹黒いと評判のある人だった。煽《あお》られているという忠告がはいったとき父は、「こりゃ大きな怪我《けが》をしそうだ」と不安がった。それを聴くとげんは捨てておけない。まえのように喧嘩を吹っかける不手際《ふてぎわ》を避けて、「馬ってどう、ボートよりいい？」とひきだす。彼も利口になっていた。「どうって口じゃ云えないな。なにしろ対手《あいて》は生きものだから、それにねえさん知るまいが、馬って大きなもんなんだよ。」

そして翌日はずうずうしくも大っぴらで馬の上にいて、往来から家のなかの姉を呼びつけた。げんが見ると弟は塀《へい》の上から見おろしていた。「ねえさん、人参《にんじん》ある？馬見せてやる。」

ばかばかしくもげんは慌てて、野菜籠《かご》から人参を取って走った。馬は口金《くちがね》のはまった口で人参の音をさせた。

「門明けてよねえさん。馬をおとうさんにも見せるんだからさ。」

「だってうちの庭へ入れるの？」

「そうさ、なんにもしやしないよ。」

馬を乗り入れて来たと聞くと父はにこっとした。父も馬が好きなのかなとげんは考える。すべて弟のすることは皆こうしたものだった。ちゃんとつぼをはずしていないから憎い。耳がどうだ眼がどうだ足首がどうだと二人は余念ない。そして馬は棕櫚《しゅろ》の木に繋《つな》がれ、二人はげんに茶をいれさせて縁側にいた。

やがて弟は、「門を締めてね、ねえさん。それからそのへんちょっと散らかしたから、うまくやっといて」と帰った。馬は二人が縁側にいるあいだに萩《はぎ》の芽をみんな毟《むし》ってたべてしまっていた。萩は父の好きな草だった。青苔《あおごけ》は蹄《ひづめ》で掻きちらされていた。苔の上は下駄《げた》で踏むなと叱る父なのである。

そんな瀬踏みをしておいて碧郎は大胆になり、馬具を買いこんだ。突然、物置のなかに革製のそんなものが押しこんであったのだ。拍車のついた長靴、しなう鞭《むち》。父から金が出たなと察しられた。彼は無精ものに似あわず、毎日油をくれて馬具の手入れをした。母は不機嫌《ふきげん》だった。しばらく事件は何も起きなかった。ある日、郵便受函《うけばこ》にげん宛《あて》の手紙がはいっていた。それは彼の乗馬ずぼんの代金請求書だった。彼は、そのころげんが家計のやりくりを覚えるために経済を任されていることを云い、「ねえ、ずぼん位なんとかやって」とずるく頼むのであった。碧郎にはずぼん位であっても、父の家計にずぼん一本の不時の出費は痛事《いたごと》だからげんは沈みこんだ。世馴《よな》れない娘に両親の知らない請求書が齎《もたら》されていることは苦痛だったが、父と母の不快を思えばその請求書は気楽にさしだせなかった。

この解決がつかないうちに、かねてひやひやしていた結果が来た。日曜だった。碧郎は朝から出かけて昼食にはいなかった。手をつけない彼のお膳《ぜん》を気まずくしまって一《ト》休みしているとき、裏口がそっと明いた。直感で、憚《はばか》りあるものが来たなとげんにはわかった。碧郎の小学校のときの友だちの一人が、「おねえさん、来てください今すぐいっしょに」と急《せ》いている。

「驚いちゃいけない、碧郎君が馬から落ちてね、いま大騒ぎ。とにかく、――」

「――死んだの？」

「いいえ、馬のほうなんだ。碧郎君もあちこち擦《かす》り傷したけど。おとうさんじゃなく、ねえさんを呼んで来てくれって云うんだ。」

げんは台処《だいどころ》の財布をねじこむと駈《か》けた。母に、「ちょっと行って来ます」とだけ残して。

土手の上に人だかりがしていて、まず肝が潰《つぶ》れた。葉桜へきらきらと陽が光っている。土手下の、川とのあいだの僅《わず》かの空地へ馬が横倒しになってもがき、人々がいた。碧郎がいた。新調の濃緑の乗馬ずぼんは粋《いき》で、長靴はてらてらとしている。彼は蒼《あお》ざめて汗を流していた。白いシャツは裂けて泥《どろ》まみれだった。もう少しで川へ落ちようというあぶないところで、脚をどうかしてしまった馬は、跳ねかえり跳ねかえりしても起《た》てないで嘶《いなな》いている。どうするためなのか二間梯子《けんばしご》が斜《ななめ》に置いてあるし、丸太も来ていた。借馬屋の親爺は馬子を連れていて、二人ともうろうろしてはどなっている。どうやら馬にロープをかけようということらしい。げんはちょっと踏みきるような思いで、見物の環《わ》から出て降りて行った。

「あ、ねえさん、ごめんなさい。おれ、この馬、かわいそうなことして、――」彼はさあと涙を溢れさせた。

「なんだいあんたか。親はどうした、親は？」

げんはにゅうと強くなった。「親は親であとにしましょう。馬、たすかりますか？」

「なんだと！　馬たすかるかだと？」向うもにゅうと強みがはみ出したのがわかる。

「あたし、馬たすけたいんです。獣医さんどこです？　犬の先生で間に合うんですか？　おじさん、ごめんなさい、早く先生のところ教えてください。みんな私やりますから。」

げんは犬医者へ碧郎を走らせた。親爺は大ぶ鎮《しず》まった。馬は横腹で息をし、口のまわりがつばきだか涎《よだれ》だかで濡れていた。命に別状はなさそうだが、ものの役に立つかどうかあやぶまれた。親爺の怒りには計算があることが剝《む》きだしになっていた。げんは自分の手に負えないことを悟ってい、そう悟れば話は単純になってくる。父は金を取られるのである。碧郎は馬をかわいそうなことにしたと云《い》って泣いたのだ。げんはしっかりと弟を信じた。馬に乗ることの是非は糺《ただ》さなくてはならないが、馬をかわいそうがっていた心情はげんの胸にこたえた。弟はしようのないやつではあるけれど、彼のなかには生きものへの優しい愛があると信じれば、父に金を出させるのは已《や》むを得ないなりゆきだとも思えた。

顔見知りの犬医者が鞄《かばん》をさげて土手の傾斜を降りて来た。げんは遠のいて、碧郎を呼んだ。医者はしばらくあちこち診てからこちらへ来た。「とにかく一応お帰りなさい。いま親爺に話しときました。馬はびっこになると思いますが、まあ手当はします。大きい動物だし、場処が悪いし、ひきあげるのに時間がかかりますから、あなたがたはここから退《の》いていたほうがいいです。」

心をのこしている碧郎を追うようにして土手へあがると、見物が「ほう」と云った。見ると馬は立っていた。「餅《もち》は餅屋だ」と人々が云った。「そんなにひどかないよ」とか、「馬は水をこわがるのさ、だから介添の手が足りなけりゃ起きないよ、利口だからね」などと聞えた。

碧郎はまだ興奮もしていた。そして新しくはでな乗馬ずぼんはかえってみじめだった。彼は犬も猫《ねこ》も鶏も雀《すずめ》も兎《うさぎ》も、生きものをかわいがる性質だった。しおれていた。

「あんたどこか怪我ないの？」

「うん。擦りむきだけだ。」

「打ち身になるといけないからお医者へ行かない？」

「いいよ、痛くないんだ。」——土手を駈けさせていて、並木のほうへ寄って走るなと思ったとたん馬がぐらっとした、という。どうなったのか自分にもわからないらしく、ただ投げ飛ばされたように土手を滑って落ちたのだけが、記憶に残ったものなのだった。

さすがの彼も謹慎した。「レコードコンサートをやろうって云ってるんだがね」など誘いに来る友だちもあるが、いい返辞をしない。「音楽よりもっとあらいことのほうが好きなんだ」というのは本心なのだ。「いっそうちを飛び出して冒険をやりたい」とも云う。なにかいたたまれないものがあるらしく、常に何かにせつかれているようすが見えていた。それを無理におちつけているのだろう、ときに「ああ」と溜《ため》息《いき》まじりあくびまじりに云うのが、つまらなそうに響いた。

「どうせおれなんか、いたって役に立たない人間なんだろう、一度ぐれたんだから」とよく云う。げんはその腑甲斐《ふがい》なさを詰《なじ》る。すると彼は、「ねえさんは健全な女で、ぐれっこないだろうよ。知らないんだ、こんなになんにもしないやつのつまらなさやしみったれさ加減は！」と云った。

「ねえさん、こんな景色考えたことない？　自分が丘の上にいて、その丘は雲の下なんだよ。うす寒い風が吹いてるんだよ。眼の下には港があって船と人とがごたごたしてる。入江がぐうっと食いこんでいて、海は平ら。あちらの岬《みさき》に人家がならんで見えて、うしろは少し高い山。海は岬の外へずうっと見えている。陽《ひ》は自分のいる丘だけに暗くてあとはどこもいい天気なんだ。平凡だよね、平和だよね。どこにも感激するような事件というものはない。でもね、そういう景色うっすらと哀《かな》しくない？　え、ねえさん。おれ、そのうっすらと哀しいのがやりきれないんだ。ひどい哀しさなんかまだいいや、少し哀しいのがいつも浸《し》みついちゃってるんだよ、おれに。癪《しゃく》に障らあ、しみったれてて。――」よくはわからない。けれど、陽のあたっているあちらに平常の世界があって、自分は丘の上にひとりすかすかと風に吹かれているという景色はよくわかる。皮膚が油気もなく乾いているのに、背骨はじとじとと湿っている……おもしろくなさ。弟にそう云われれば姉にも通じるものはある。やりどころのないつまらなさである。寂しい家庭であった。

その秋の一夜、碧郎は帰って来なかった。はじめは誰《だれ》も、しばらく鎮まっていた彼の遊びぐせが又ぶりかえして、夕食に帰る時間を忘れたと思っていた。母とげんの食事はさきに済み、晩酌《ばんしゃく》をする父の膳はあとまで残っていたが、それも済んでしまった。げんが跡かたづけをし、母は入浴した。それでもまだ帰らない。父は、映画だろうから十時過ぎるかもしれないと云って床にはいった。母もその気で、湯ざめを恐れて床にはいった。げんは机の前にいた。そして勉強よりさきに居睡《いねむ》りをした。ぞくっとして覚めると、十時半をまわっているのである。うしろの箪笥《たんす》のあたりで虫が鳴いていた。うちじゅうしんとしている。あるいは帰って来ているのではないかと、碧郎の部屋へ行って見た。暗闇《くらやみ》ばかりだった。電燈《でんとう》をつけると、机のまわりがひっそりと、乱雑なままになっている。いない、という部屋の空気である。何かあったという気がもはやはっきりした。

げんは急いで外へ出て見た。月夜だった。犬が嬉《うれ》しそうに纏《まつ》わってきた。ほかには井戸も物干竿《ものほしざお》も袖垣《そでがき》も、ちまぢまと動かずに月光を浴びている。柿《かき》の木もいのちを忘れたように立っていた。足音を盗んで部屋へ帰れば、ぎょっとしたことに、そこに浴衣《ゆかた》寝巻の腕を組んで父が立っていた。

「碧郎どうした？　何時だ？」

まだです、もう十一時ですと云って、げんは顫《ふる》えだした。居睡りあとでどきりとし、外へ出て冷たかったのだと承知していても、そうでないものから顫えが伝わってくるのだ。馬のとき咄嗟《とっさ》に「死んだか」と思ったのが癖になったのか、今もなにか「死」とか「死屍《しし》の碧郎」とかが突きつけられているのだった。先走りなのだ。なにも弟の死を聯想《れんそう》する種はないのだが、げんを顫えさせているのは死だった。父は苦りきって煙草《たばこ》をのみはじめた。げんは顫えながら父の寝室へ行き、不断著を取って来て著せかけた。こちらのけはいで母も起きた。これはもう羽織るものを羽織って出て来た。げんは火鉢《ひばち》の埋《うず》み火を掻《か》きたてて炭を足した。口が乾いていた。母は碧郎の友人のうちへ電話をしてみると云い、父にとめられた。げんは、犬を護衛にして土手まで出てみると云った。それも父はとめた。渋茶が喉を通った。げんは月が明るいと、そのことばかりを思った。外の冷たさばかりが感じられた。むごたらしいが月光のなかで、冷気のなかで、しんと静まっている——とよりほか、思いがにっちもさっちも動かないのだった。

「帰って来るものなら二時三時でも帰るし、帰らなければ騒いでみても帰らない。かぜをひいてくれるな」と父は云った。かぜをひいてくれるな、と。母にだか、げんにだか、碧郎にだか。

三人は三人とも蒲団《ふとん》にはいって待っていた。締りは一ト晩じゅうしてなかった。かわりかわりにお手洗へ立った。しとどの露になって夜は明け、碧郎は帰らなかった。朝食の膳の父はいつもと変らなかったが、げんはその顔を見ることができなかった。父の憂《うれ》いは母やげんと比較にならない深さのようだった。

碧郎はその夜、童貞をどこかへ捨てていた。

*

梅雨《つゆ》があがってきらきらする日の午前十時、碧郎は二階三畳の自分の机のまえに端《たん》坐《ざ》し、こちらへは背なかだけを見せて、しょぼしょぼと泣いている。彼が童貞を捨てたあのときから二年たっていた。

あのときはまだまだどこか子供っぽい弱々しさが残っていたものだが、いま彼はすっかり大人でよそ行きの新しい紺絣《こんがすり》は袖山《そでやま》の折目をぴんと張らせているし、錦紗《きんしゃ》の兵《へ》児帯《こおび》は白い絞りを見せて腰を締めている。肩幅も広く坐高《ざこう》も高く、髪ももう毬栗《いがぐり》ではない。そんなに大人だのに、彼はしょぼしょぼ泣いていた。少しうつむいた頸《くび》は細く、襟足《えりあし》は白く、忍んで泣いている後ろつきは子供くさいあわれっぽさでいっぱいなのだった。げんは隣の八畳――父の部屋に、父と対《むか》いあって固くすわっていた。

父は云《い》う。「医者が若いようだから、結核といっても少し騒ぎのほうが大きいのではないかとおもう。まあ、それはとにかくとして、保護者に病状を話したいと云ってるそうだから、おまえ行って聴いて来てくれないか。」

肺病だということだけで、げんはすでに顚倒《てんとう》する思いであった。簡単に、おまえ行って聴いて来てくれと父は云うが、これは非常に荷の重い使者であることがあきらかであり、それにもかかわらず、げんは先急《さき》ぎする足どりでふわふわと医師の門をくぐった。古いお寺の坊を改造した医院は、松に鶴《つる》を描いた四枚の杉戸が威圧的に待合室をしきっていた。扁額《へんがく》には「慈心妙手」と頭山満《とうやまみつる》の書があった。大ぶ待って患者が切れたとき、げんは診察室へ呼び入れられた。医療器具は眼《め》を刺戟《しげき》して来、消毒剤は鼻を刺戟して来、若い医師の案外な重い声が耳から胸へびんびんと伝い落ちた。

「失礼ですがあなたはおねえさんですか？　私は保護者のかたにお出《い》で願いたいと思っていたのですが、――」姉は保護者というには軽すぎてだめだと云われたような気がした。見ると色白で、縁無し眼鏡のつるが光って、柔和な眼つきをもちながら胸を張っている、という感じの先生である。

げんは両親の代理で来たことを多少強く云った。

「弟さんはお悪いです。しかも申しにくいけれど、大ぶ悪くなってます。」

結核への恐れが早い速度でげんを顫えさせて行った。一方では医師のことばを洩《も》らすまいと聴いていながら、一方ではここ二年ほどの弟の状態というものを今更はっきり知らされる思いでふりかえって見ているのであった。一々思いあたる節ばかりであった。

二年のあいだにはいろいろな変化がある。関東大震災があり、さいわいにげんの家は壁が落ちたぐらいの損害で焼けのこったが、地震のために水脈がかわったのか井戸は涸《か》れた。そしてその土地にはまだ水道が引かれていず、そんな市外の水道工事の予定などは市内の復興作業のために、見込立たずのあとまわしになるという噂《うわさ》であった。水がなくてはかずかずの思い出をもつ家もやむを得ず見すてなければならない羽目になって、小石川へ引越しがなされた。町場の住いはきょうだいにとってははじめてだった。店屋の簷《のき》が触れあうなかの二軒長屋の生活は、ものめずらしくもあり非常においちぶれも感じられた。お隣の晩のおかずは漂ってくる臭《にお》いで判別できるのだが、そういうものめずらしさと零落感とは数えきれないほどどっさりあった。町の賑《にぎ》やかさに眼を奪われながらもきょうだいは、生れて育った土地を恋うてもいた。

「東京ってほんとにしょっちゅう埃《ほこり》くさい臭いがしているところだと思わないかい、ねえさん。」

「あたしもそう思う。あんまり空気がどろっとしているんで、どうかすると、ふっと吸う息をとめてみることがあるの。やっぱりいなかのほうが喉《のど》が軽いようね。」――大きな川が流れてい、たんぼがあり蓮池《はすいけ》があり、藪《やぶ》のなかには椿《つばき》さえ梅さえある野びろさは忘れられなかった。田園育ちのいま町住いである。

碧郎はいまも通学はしていたが、正規の学校でなく予備校のようなものを渡りあいて、ほとんどなまけほうだいなのだ。家族三人は彼に注意をしつくした揚句、もう口を利《き》かなかった。それをいいことにして、のらくらは続いている。かと云ってやくざ入りをしているのでもない。そこからも遠のいている。向嶋《むこうじま》時代にくらべて、のらくら遊びにさえ万事に積極性を薄くしてきている彼だった。野球も自分がする気はなくて見物専門だし、映画も歌舞伎《かぶき》も評判のだけを択《よ》って観《み》る。「なんかおいしいもの無い？」が口癖で、菓子にしろ果物にしろ、あるうちのよさそうなのを遠慮もなく取ってたべ、あとはごろりとして雑書を読む日常だった。父親は、「どう暮してもそれはおまえの一生のうちの一日なのだ。おれはうるさい文句を云うつもりはない」と憂《うれ》い深く、母は、「本性《ほんしょう》さらしたなまけものの生活だ」と蔑《さげす》み、げんはその時々によってじれったがったり腹を立てたり、また遊び対手《あいて》にしていい気になったりした。どうかすると彼は何時間も専念して口語詩などをひっそりと読んでい、「なぜねえさんには詩がわからないんだろう」と涼しい眼を挙げて、詩だか姉だかどっちだかを惜しむように云った。なんと云ってもきょうだいは親しかった。

そしてこの春、げんは彼の三畳がへんに臭うのを気づいた。それは藁《わら》の臭いだった。つづいて彼が汗を掻《か》くことを知った。「東京とは寝苦しい処《ところ》だよ。おれは汗掻いちゃう」と碧郎が云い、げんも東京の夜は向嶋より蒲団《ふとん》が薄くて済むことを思っていた。彼の蒲団を干してやりながら、汗が綿を透《とお》して畳の藁を臭わせるのだと合点しても、それがどういうことなのか少しも懸念《けねん》しないものの無邪気さで弟と笑いあった。父親がそのことに気づいてげんに糺《ただ》し、はっとした表情をし、しかしさりげなく碧郎に、「おまえ、かぜをひいているようだよ。夜なかに知らずに咳《せき》をしている、医者へ行ってごらん」とすすめた。その結果がこうしたことなのだ。そのころ結核はまだまったく不治の病いとされてい、長かれ短かれ行手は死しかなかった。十九歳の六月末、結核という一語に薙《な》ぎ倒されて、碧郎は新しい絣の袖をつっぱらせて、しょぼしょぼと泣いていた。

父親は、医師が若いから見たてに騒ぎすぎがあるのではないか、患者の碧郎がまた結核と聴いてぎょっとしたために、事を大きく聴きすぎているのではないかと思っているらしかったし、げんもそうあってもらいたい気であったが、先生はなかなかそんな生易《なまやさ》しいものではなかった。ほとんど結核については無智《むち》にひとしいげんに、両肺の図を描いて病気の侵蝕《しんしょく》状態を説明し、治療はいかに費用がかかり、いかに親切な看護人の手と長い時間を要するかということを説明してくれた。そして、なぜもっと早く医者に診せなかったのか、なぜ両親とも揃《そろ》っている家庭でありながらこんなに悪くしてしまったのか、と慨《なげ》いた。しかもそれが眼に文字がなく知識に疎《うと》く、生活に追われきっている人たちならいざ知らず、書物に親しみ文筆をもって立っている人の家に、いわばこうした手後れとも云うべき病人を出したというのはまったく解《げ》せないことだ、と云った。

「医師としては残念と云うほかありません。しかし残念だと云っていてもしかたがない。方法のある限りは試みてみなくてはならない。私としては一日も早くいい病院へ入院していただきたい、設備も手当もくろうとのほうが適当だと思うけれど、――」とことばを切って、「でもどうしますか？」

げんはびしびしとものを云う若い先生を見つめていた。最初は、「あなたはおねえさんですか、保護者のかたにお出で願いたいと思っていたのですが」などと、姉は保護者ではないというように云われたのに気をわるくして、むっとしたのだが、聴いているとこのずけずけとものを云う若い先生は、患者の碧郎のために代って腹を立ててやっている、というようなところがあるのが読みとれた。引越まえにはきょうだいが子供のときからかかりつけている老人の先生だったが、その人とこの先生とはまるで違っていた。老人の先生は老人のせいもあるし、こちらが大病にならなかったせいもあるけれど、熱心なものの言いかたをしたことがなかったと思われる。それをこの若い先生ははじめての間がらというのに、なにかしきりに患者のためにむきになっているものがあった。知識階級と呼ばれているものの家にこんなひどい患者を出してしまったこと、云いかえればきょうだいの父母に対してその不注意やだらしなさをくやしがっているようなのだが、間に立って聴き役にさせられているかたちのげんは変なものであった。非常にありがたく具合もいいのだが、父母のことを慨いて云われれば困りもするのである。

けれども老人先生の熟れたか潰《つぶ》れたかわからないお説教みたいなことを聴いていた耳には、多少立腹しているような、また同情のような、ずばずばしたことばは気持よく響いた。それで先生を見きわめるようにして見ていたのだが、入院を勧めておきながら、「でも、どうしますか」と訊《き》いたとき、先生は急に非常に気づかわしげになったように見えた。妙だと思った。入院しなければだめそうなのに、なぜ「どうしますか」なのだろう。どうもこうもないではないかという反問が起きた。「どうするって、入院するようにいたしますけど。」

「……そこなんですよ、保護者のかたに来ていただきたいと云《い》ったのは。あなたは弟さんのことだから、すぐ入院とそれだけのことしか考えないでしょ？ 入院についてのそのうちうちの都合というものを考えなくちゃならないんですからね。それで家長のはっきりした方針というものを聴きたいんです。医者には、立ち入れる限度というものがあるんです。患者のためには是非こうしたいと思うことも、うちの都合によってはうまく行きません、そこなのです。」

それだけに云われると、さすが鈍感なげんにも先生の云わんとするところがよくわかった。経済に責任をもつ父親の意見がなくては、治療の方法は医師のひとりぎめにはできないのだった。それにはげんのように何の責任も取れない姉という身分は、保護者の範囲にははいらないのであり、先生にとっては相談の即決にはならないのである。げんは父親が貧しいことも、貧しいけれどかならず碧郎を入院させてやるだろうことも、咄嗟《とっさ》に確信と云っていいほどに思った。同時に、今まであまり考えてもみなかった自分が無収入だということも、いたく思い知った。病気というものがいちどに具体的に考えられた。

「結核は俗に金食い病気と云われているくらいです。だから、――」と云う。だから余程の物持でも、最高の治療を続けるとなれば楽ではない。ましてつねづね楽にはいられない家庭では、みすみす情ない思いをすることも稀《まれ》ではない。夫に病まれた妻、若いものに倒れられた老人、そんな家人もどんなにか辛《つら》かろうが、それを預かってい る医師も、――勇気のある若い開業医師ならしばしば、実にしばしば、金銭ずくでない注射も黙って打っておく。が、それとて限りがある。自分はこうしてここに開業した町医だけれど、――「結核の患者を診るたびに、いやでも患者の周囲のいろいろな事情を見ないわけには行かないのです。そしてむらむらするんです。われわれの手で結核をなくしたい、結核のない世の中にしたい！ と思うんです。日本は有名な結核国なんです、そして貧乏国なんです。国も貧乏、市町村も貧乏、医者も貧乏、患者も貧乏。でもせめて、みんながもう少し結核の恐ろしいことを知ってくれて、結核にならないよう、なったら早いうちに手当するように注意してくれたら、それだけでもどんなによくなるか。結核の多いくせに結核への知識が普及していないのです。――お宅なんかがこんなに悪くなってからなんだから、残念です。」

そう語られるなかには、研究室とか大病院とかいうお城の外へ降りて個人の医院を開いた若い先生の、結核への闘いがいかにも若く激しく感じられた。結核そのものの研究、治療の研究、患者と経済。先生は病気や治療の研究の点では、可能の範囲内で先生ひとり静かにして行かれる問題だけれど、患者とその経済との問題は、先生の随意にはならないのである。きっとこの点で先生は、いつも心の痛む場合にばかりぶつかっているのだろうと察しられた。碧郎の場合にしてもはじめての、なじみのない患者である。どの程度の看護をするつもりなのか、医師がわからだけで勝手には計らえないはずだった。もし父親に金の工面ができないとならば、同じ入院するにしても入れこみの不自由な部屋ということになる。金というものに突きあたるのである。金の切れ目が縁の切れ目どころではなくて、生命の切れ目になることもあり得るのである。金のない患者を抱えた先生も苦悩するだろうし、病人を抱えて金の才覚のつかない身寄りも苦しむのだ。

げんは迂闊《うかつ》だったそのへんのことをよく理解して、も一度父と相談して来ると云った。

「おとうさんがお忙しくてお出《い》でになれないなら、おかあさんはどうです？　三ツ違いくらいな若いおねえさんでは、何につけてもお話がしにくいのです。たとえば入院までの看病にしても、おかあさんがなさるんでしょ？　おかあさんも御心配でしょうし、だから直接おかあさんにお話ししたほうが好都合です。」

先生は家庭の不和な状態をまったく知っていないのだから已《や》むを得まいけれど、そう云われるとげんはどっと来る寂しさに逆らって、強情を張りたい。碧郎が結核というショックに泣いている後ろ姿と、口癖に碧郎をなまけものと云っている母とを思う。我慢はげんにとって強情と同じことだった。「弟の世話は私がしていましたし、これからもやはり母でなくて私のしごとだと思います。それに母は手も足もリョーマチで家事はできないので、――」

「寝たきりというほどのものですか？」

「いいえ、起きて自分用はしますけど、――」

「そんなら、――おとうさんは気がつかなくても、どうしておかあさんに気がつかなかったのかな？　そこを少しお話ししたいのですがねえ。」

ふしぎなものである。げんも母とはいつもがいつも、しっくりと行っている中ではない。それをこうまったく理の当然に先生から云われてみると、そこに急に生《な》さぬ中の母のあわれな姿が浮んでしまうのであった。母にとっては不愉快な思いをさせられている息子である、なるべく接触しまい、接触してよけい刺戟しあうまいと思って、離れている息子なのである。食事の時間さえずれているような、愛の乏しい母と息子の間がらで、病気だけがそんなに敏感にわかるだろうか。母には母でそんなに遠々しくいなくてはならないかなしい理由は、いくつでも持ちあわせているのだ。母ばかりがいやな人なのではなくて、碧郎も頑固《がんこ》にいやなところがたくさんあるのは明白である。疎々《うとうと》しくいる息子と遠々しくいる母とのあいだに、なんで病気が寝つきもしないうちにわかるだろうか。中のいい普通の母と子なら、結核のけはいがわからなかったのは母親の本能が鈍かったと云われても、あるいはしかたがないかもしれない。しかし、ごつごつしている息子は、病人になったがゆえに咎《とが》められず、ごつごつされて脇《わき》にどいている母にだけ、注意が欠けていると批難が向けられるのでは、母のほうもたとえぎすぎすることはあっても、それではあまりかわいそうである。口も利《き》かないで冷淡な態度をとっていても、われからのけものになっている内心は寂しいものにちがいない。その寂しさの上にさらに人から、母として不注意だ、なぜ気がつかなかったと云われるのである。先生は医師としての立場から感情などを交えずに率直に云うからいいようなものの、近処知人は蔭口《かげぐち》を利くだろう。寂しい上に不当に責められる位置にいる母を想《おも》って、げんはひとりでに突っぱりたくなる。「でも先生、気がつかなかったのは私なんですから、――」

「そうです。三ツぐらい上だと云っても、若すぎて不行届になりがちなんです。三ツ違いの姉では母親だけには行きません。こんな大病に是非必要なのは母親の看病なんです。」

なるほど先生の云う通りだ。あまりにも尤《もっと》もである。云いかえすことは何もない。が、そのことばは身にしみて哀《かな》しかった。げんは頭をさげずにいられなかった。泣きそうだった。

「それに、若いあなたが看病するというのは、病気に伝染しやすい危険があるんです。一人で済ませたい病気を二人にするかもしれないことは、医者としては是非注意するのが義務だとおもいます。」――ああ、こういうのが肺病というものなのだった。せつない病気なのであった。げんの頭のなかへ結核への認識がようようおぼろに形づくられて行っていた。先生の気魄《きはく》のようなものがそれを教えていた。来るときは弟の結核という荷物がどんな大きさだかと思って、とにかくふわふわと先急ぎして来てしまった道を、帰りは確実に重荷として背負って、反芻《はんすう》しながら帰る。

帰りがけに先生は、「おそらくお宅では、そんなに悪いとは信じられないのではないでしょうかね？　それに私は開業したての若造ですし、お知りあいのほかの先生にも診察をしておもらいになったらいかがですか？　もしなんならこちらから、大学なり有名な病院なりへ御紹介してもよろしゅうございます」と云ってくれた。先生のところには病室がないのだから、いずれはどこかよそへ入院することになるのである。随分はっきりしたことをずかっと云われたけれど、云われたときはともかく、反芻してみるとそれはすっきりしていた。そして、これはそれほどにも一大事の病気であり、また会話に社交を交えていられないほど急いで処置しなくてはならない病勢なのだ、ということを指示していた。

眼が覚めたように利口に智慧《ちえ》づいた、と思って父の前へ報告に行った。多少云い伝えしぶる個所《かしょ》も先生の云った通りに伝えた。父にもそれはこたえているに違いないのが察しられた。それなのに、話していて時々ぐんと当るようなことばが出た。云ってしまって、ああ悪いことばをつかったと思ってももう遅い。なぜそうなるのか、げんは自分が先生の診察室から興奮を持ち帰っているとは気づかなかった。父は余計なことばなしに聴いていた。

「家族四人のうちの一人は病気の当人、一人は手足が不自由でものが頼めず、使いものになるのは二人だけだが、おまえの若さを考えれば看病はさせられず、さりとておれが附添になってみても埒《らち》が明かない。本職の看護婦は雇うとしても、人手は足りないなあ」と嘆くのだった。

若い先生の勧めに従って、なお念のため専門の博士に診察を仰ぐことになった。ほかに伝手《つて》もないままに先生の紹介状を乞《こ》うと、それは杏雲堂《きょううんどう》という誰《だれ》でも承知の病院長あてであった。震災のあとのことであり、東京は何もかも焼けて、復興はしつつあるもののそう早くははかどらず、なかでも病院は不足で、しかも溢《あふ》れるような病人だった。有名な先生ほど多数の患者が押しかけて、とても来診など待っていたのではいつ来てもらえるかわかったものではない状態だった。それに、泣いたりぼんやりしたりしたあとの碧郎は捨てばちにひねくれて出て来た。

「急に腫《は》れものに触るようなやりかたをするね。どうせいままでは、しゃんと起きていなくてはいけない、寝ころがっちゃだめだ、なまけものなまけものって云われてたんじゃないか。おかしいじゃないか、きのうは病気でも起きてろ寝るな、きょうもきのうと変りはしないんだよ。いいよ、医者へなんか歩いて行くよ。行っていいよいよ肺病ですときめられて来りゃそれでいいのさ。つまりなまけもの、、、の上に厄介者《やっかいもの》と、はんこ捺《お》してもらいに行くんじゃないか。なにもえらいお医者に、忙しいのにわざわざ来てもらうことないよ。」こんなふてくされを云う弟と、新しい紺絣《こんがすり》の背なかで泣いていた弟、――たった一《ト》晩しかたっていないのに、こうも変るものかと思わせられるのである。病気とは肉体を病むだけではない。ことに結核とは一ト晩でこんなふうに人を依怙地《いこじ》に病ませてしまうものだった。

つゆ霽《ば》れの上天気で、さすが塵埃《じんあい》の都会の空も蒼《あお》く高かった。街はいつもと何の変りもなく、人は忙しげに行き来している。そのなかで見ると碧郎は際立《きわだ》って白かった。こめかみの生えぎわなどがくっきりと髪濃く、頬骨《ほおぼね》の上が桜色に上気し、眉《まゆ》の翳《かげ》が青くさえ見える。こんなに鼻が高い男だったのかと見直すほど鼻梁《びりょう》が立って、唇《くちびる》は紅で描いたように赤々と、すべては結核の特徴を語って明瞭《めいりょう》なのだった。三ツ違いの姉になど母親の愛はもてないものだ、と云われたのを痛く想いかえす。碧郎にあやまりたい。これほど明瞭に結核的な顔を、なんとも思わず平気で見ていられた姉のばかさ加減がひしひしと辛い。彼は紺絣にセルの袴《はかま》をつけて、太陽にさえ突っかかって行きそうなようすで反抗的に胸を反らしている。心の底の底には失望と恐怖、失望と恐怖の上には狂暴な言動を置き、狂暴の上には孤独を置き、孤独の上をねじくれたことばで包んでいるのがよくわかる。さわれないのだった。どこをさわっても薙《な》ぎ倒そうとしているのだ、碧郎は。ならんで立ってげんは弟のからだじゅうから、話しかける隙間《すきま》を捜していた。弟は姉の眼を知りながら、あえて平然としている。その懐《ふところ》に懐紙とハンケチの畳んだのを入れていたが、それが襟《えり》の合せ目から少し覗《のぞ》いてい、新しい半紙の断ち目はいやにきっかりと白くて、持主の呼吸のせわしさを表現していた。げんは負けて眼を伏せた。碧郎は身のまわりに遮断《しゃだん》の空気をみなぎらせてげんを寄せつけず、げんは弟を持てあましながら、姉だって保護者たり得ると弱々と力んだ。

病院はまったく驚くほどの病人で込んでいた。受附や廊下はおろか、日蔭の敷石の上にまで受診の人が待っていた。あるものは起きているに堪えなくて新聞紙の上に寝ている騒ぎなのだった。その惨《いた》ましい状態を眼にすると碧郎はぎょっとしてしまった。すうっと色がなくなった顔を寄せて、優しくげんに云った。「御覧よねえさん、友だちがたくさんいるじゃないか。」

院長先生の診察室は、帯を解いた人が行列で診《み》てもらっていた。柔和な面持の老先生は額に反射鏡をつけた姿で休む間もない。患者への質問は日本語、医局員にはおそらくドイツ語だろう、必要なことしか先生はしゃべらない。きっと患者はこの先生の診断ひとつに縋《すが》っているので、緊張のあまりものも云えないのだろうし、先生ほか職員一同もほとんど無言の行《ぎょう》のようなのだ。病人は診察の済んだあと、先生のことばを受刑の申しわたしを聴くように聴いて立去る。先生は優しいのに病人はしゃちこばっている。碧郎も裸のまま黙って一礼して椅子《いす》にかけた。そばから看護婦が紹介状を開いて先生に出す。黙読。しんとしてみんながその手紙を見ている。

「きょうだいは幾人？」

「は、姉が一人おります。」袴を持ったげんは碧郎のうしろで頭をさげ、そっとハンケチを手渡してやった。待っていたようにして碧郎は汗を拭《ふ》いた。

「すこし発見が遅かったようなようすですね。」

「申しわけありません」と思わずげんが返辞をした。

診察はすぐ済んであっけないくらいだった。先生よりさきに碧郎が質問した。「どんななんでしょう？」

「まあとにかく手当をしなくっちゃね。十九だったね？」

「ええ十九です。」

「入院できるね、なるべく今すぐにだが。」

「ま、待ってください先生。ぼく、いったい助かる分が多いんですか、死ぬ分が多いんですか？」

ぴたっと周囲のざわめきがとまった。顔じゅうの汗で碧郎は先生へぶるぶると対《むか》っている。先生はにこっとして手を伸ばし、碧郎の頸筋《くびすじ》を抑えた。「肩が凝っているね？——その意気で病気と闘うんだな。君、医者ってものはね、最後まで患者のいのちの分のほうを先にしてしか考えないもんなんだよ。入院っていうのは死ぬ分じゃなくて生きる分なんだ。わかったかね？」

碧郎はあばら骨の出た薄い胸をふらっと起《た》ちあがってお辞儀をした。

「十九はまだ若いんだ。君は元気のある青年だよ。」げんは碧郎の顔を見ずに著物《きもの》を手伝った。

処方ができたと云ってげんだけ医局へ呼ばれ、院長の伝言が伝えられた。このバラック病院は狭くてあき病室がないこと、震災の焼失から免《まぬか》れた山の手の病院へ電話で紹介しておいたから即刻入院すること、寝台車はいつでも用意のあることなどであった。

「いったんうちへ帰ってからにしたいと思いますが。」

「それがねえ、この陽気でしょ、もし途中で喀血《かっけつ》するなんてことになると大変ですよ。弟さん大ぶよくないんです。それにあの気象だからな、ああいう青年は敏感に病気の重さ軽さを反映しちまうんでね。先生とあれだけ渡りあったのは、きっとそれをよく承知してるからと思えます。何と云ってもひどいショックを受けてますからね、喀血なんかの危険はあるんですよ。」

いまや姉は完全に保護者の責任を取らなくてはならないのだった。碧郎を説くよりほかなかった。碧郎の前へ行くと、げんの舌はぺらぺらとめどなく廻《まわ》りだした。碧郎がじいっとげんの眼《め》を見つめれば見つめるほど、ぺらぺらは速く廻転《かいてん》した。弟は冷淡に聞き流していて、「ねえさん入院費やなんか訊《き》いて来たの?」と云《い》った。愕然《がくぜん》としてげんは医局へ取って返し、特等室・一等室と階級のある療養費を順々に書きとめたが、それはげんの予想をはるかに超えた高額なのだった。附属するその他一切のかかりを考えると入院は一家にとって容易ならぬ一大事であり、父の資力は追っつかなさそうだった。

　そのひまに碧郎は自分の考えをかためていたと見える。彼は車寄せの木蔭にすでに出て待っていた。

「ねえさん、行こうや。入院は入院でいいから、とにかく歩こう。おれはもう娑婆《しゃば》を歩けないことになるかもしれねえからな、つきあってくれてもいいだろう?」——娑婆なんてことを云った!「なんだい、ねえさんのほうがへんな顔していやだな。」

　げんは碧郎に連れられて行った。

　二人は駿河台《するがだい》の坂の上にいる。坂はずっと伸びてさがっていた。学生がぞろぞろ歩いていた。みな姉と弟とには無関係な人波だった。降りきったところはいっそう人波が繁《しげ》かった。そこに時々きょうだいの行く喫茶店があった。街のお茶の飲みおさめという気が二人に通《かよ》った。こんだテーブルの中にやっと席を見つけて腰かけた。口のなかが熱くねばこく、冷たくあまいものがほしかった。アイスクリームをあつらえた。待たされた。待つ間がじれったかったが、じれているほうがまだましだった。じれもしないで待っていれば、何かに追いつかれて取返しがつかなくなりそうな気がした。でも、クリームが運ばれて来て匙《さじ》ですくったとき、碧郎はふと手を控えて見つめてしまった。

「ねえさん、おれ、これ食えないや。」

「なぜ？　気もちが悪いの？」

「おれ結核だあ。伝染するだろ、人にうつすよねえ！」

げんも匙を置いた。弟はりっぱに見えた。姉は、――なすところを知らなかった。いちど伝染という負け目を感じたら、それこそもうどこにも身を置く席はまったくなくなったと知らされるのである。碧郎はアイスクリームの匙を境にして、はっきり伝染の負け目を憚《はばか》りだした、と思えるのである。ふらふらと歩いて、それでもちゃんと帰りの電車へ乗るべき停留所へ来て立った。電車を待っているのが大儀そうだった。彼はもはや吊革《つりかわ》の環《わ》へも憚るらしく、手をかけない。動揺をこらえて一しょう懸命に足を踏みしめているのがわかる。それでもげんは、「あたしに摑《つか》まったらどう」とは云えない。きっと弟はむっとして、「そんな心配いらねえや」ぐらいは云うだろう。

はらはらしながら黙って見ているのが、弟を庇《かば》ってやるただ一ツの手段みたいなものである。

碧郎はいま、結核の伝染ということによってすべてのものから除《の》けものにされてしまっている。結核による遮断が行われているのである。彼もげんもそのことは最初に診断されたときすでに、自分たちのまわりの世界が急にひどく狭められた、と感じとって承知していたのである。それでもそのときはまだよかったのだ。結核というものを世間が嫌《きら》って、遮断の垣根《かきね》を張りめぐらそうとしているのだ、という感じだった。むろん伝染のことも承知している。だから世間が伝染を恐れて逃げたがる、そのゆえにつくられる垣根というふうに解釈していた。世間のほうでこしらえる垣根と思っていたのである。あの人からこの人、この人からその人へと、碧郎およびその家族の知人友人がみな外側へまわって、碧郎と結核とから逃げていようとしてつくる垣根だと思っていたのだ。ところがいまは違う。結核への遮断の垣根は、そんなただ広くのんきなものではないとわからせられたのだ。伝染への遮断の垣根は、実は彼のからだの皮膚一《ひ》ト重《え》を境にしてぎっしりと建てこめられた垣根なのだ。あの人この人が建てまわす垣根なら、まだゆとりもあろうというものである。自分のからだ一ツを残して皮膚一ト重のぐるりにぎっしりと建てつらねられた遮断の垣根であることを悟った以上、彼には身じろぎ一ツの自由も許されていないことに気がついたのだ。伝染ということは、彼に身じろぎ一ツ許さないほどきつい遮断で彼を縛ってしまっていた。伝染の負け目を感じて、彼はまったく孤立させられた。げんは彼の気もちをおしはかって、きっとそう感じているだろうと察した。だが碧郎は、電車の動揺なんかでへたばるものかという調子で、電車といっしょに揺れて立っている。電車を降り家へ帰り、自分の机に寄りかかって一人になったとき、彼には失望感だけしか残るまい、とげんは思う。どうしてやったらいいか。——げんだって失望にぐんと重くのしかかられているのだった。

電車を降りたところに写真館があった。古くからある写真屋さんで、お金持なのか家の構えはりっぱだった。碧郎は、「記念に撮《と》っておこう」と云う。そんな考えはいじらしかった。死をそんなにはっきり考えているのだかどうだかはわからないけれど、「病み窶《やつ》れてからじゃいやだよ。病み呆《ほう》けた十九歳の若さ、なんていうのじゃたまらないからね。いずれ寝たきりにされちまえば、病人づらになっちまうにきまってる。こうして立って歩いているうちがいいよ。今ならまだ二本の足で歩いてらあ」というのが彼の主張なのだ。

「なにもそんな、もう立って歩けないようなこと云わなくてもいいじゃないの? 治療すれば済むことなのに、いやに気が弱くなったものね。」

彼は穏やかに、姉をあわれむ眼つきで見た。「ねえさん案外頭にぶいね。気が弱いどころか、いまおれ、気が強いてっぺんなんだよ。いいかねえさん、おやじのことだって考えなけりゃ。――写真の一枚くらいあったほうがよかろ？　おなし病人でもきょうは立っている病人だし、あすは寝かされてる病人だもの、そのあとは何年かかって治るって云うんだい？　死んだほうがましだあ。おれのほうでさきへ捨てらあ、肺病なんか。――気は強いんだよ。」

むかむかっとどなりたくなったのを我慢して、そのかわりげんもぐいっと首を掉《ふ》りたてた気もちだった。「そんなに云うならいいわよ、写したいだけ写しておけばいいんだわ。要するにわがままよ。自分の気が済むようにしたいってことなんでしょ？」

「おこらないでくれよ、ねえさん。」

「癪《しゃく》に障るわよ。なによ？　死ぬみたいなこと云って。これから治そうっていう矢先にそんな捨てばち云うなんて、腹が立つわ。」電車通りのはじで、げんは泣きそうになりながら文句を云った。その文句を碧郎ははっとやめさせた。

「腹が立ってるほうがましだろうよ。少くもかわいそうがられているよりはましだ。」

そしてそのあといたずらっぽく云った。「ねえさん、お金ある？　写真うつすだけ。」

かわいそうがっている――と云いあてられたのはこたえた。金文字で＊＊写真館とあるドアを押した。

やはり他人が一枚はいるのはいいことかもしれない。いやに重々しく飾りつけた応接間へ通され、勿体《もったい》ぶった技師が出て来て紙の大きさや枚数をきめていると、げんもおちついてきた。碧郎はよその新郎新婦の写真や著飾《きかざ》った一家の写真や、すましかえった見合用らしいのやをアルバムから拾って笑ったが、げんは碧郎の云うように写真は写してあるほうがいいと思いはじめた。なるほど治って写すことはあっても、それはきっと長い長いさきの話になるだろうと思った。

病院からアイスクリームから写真屋と、げんは眼のさきのことにつぎつぎと追われて、父の待っているあいだの時間というものを忘れていた。それが一歩うちへはいると同時に、どきっと来た。父は待ちきっていた。実は帰る途中の喀血をさえあやぶまれて即刻の入院をすすめられ、そして山の手の病院に室が用意されたが、とにかく一応碧郎の意にしたがって帰って来たと聴くと、父は覚悟していたと見えて、「入院にしよう」とあっさり云った。悲しさがほとばしっていた。

が、父の悲しさがげんを活潑《かっぱつ》にした。生れてはじめて経験する入院のしたくである。杏雲堂《きょううんどう》へ紹介してくれた近くの医師へ報告ながら、入院準備を訊きに走り、すぐ取って返して来客用の蒲団《ふとん》を大風呂敷《おおぶろしき》に包む。寝巻・タオル・洗面道具・ちり紙・湯呑茶碗《ゆのみぢゃわん》・箸《はし》と、手と心とがせかせかと一緒に動く。日が暮れかかる。指定の病院へ電話すると、寝台車をすぐ向けるという。車は二十分もすれば来てしまうだろう。

碧郎は愚痴を云っている。「遊びに行く旅館だって、いいか悪いか人に訊くなり絵《え》端書《はがき》を見たりしてから行くのになあ、はいったが最後、出られるかどうかわからない病人の部屋だっていうのに、誰《だれ》も一度も見ないできめちまうのか？」

けれどももうげんはなんにも云わない。父がその病院の院長を、多少つながりもあって噂《うわさ》を聞いて知っており、信用できると云ったので安心しているからだった。しかし父は碧郎に最上の入院生活をさせてやろうとしていることも呑《の》みこめていた。「あいつは向う意気は強くても気は弱いやつなんだから、まわりから助《すけ》鉄砲を打ってやらなくてはだめなんだ」とか、「入院の経験のないものにはわからないが、大体病院というものは晴ればれするところとは云えないからな。なるべくみじめくさくない部屋へ入れてやってくれ」とか、げんに耳うちしたのである。そのくせ自分で碧郎を送って行くのは辛《つら》いらしく見えた。

あらかたに荷物をくくって、車の迎えの来ないまえにげんは新しくお茶をいれた。それは失敗だった。誰も何とも云わないのに、別れのお茶のような気分が漂ってしまった。座をとりなすことができないいらだたしさに、ついほっと溜息《ためいき》が出、その溜息がみんなに聞えてしまうような、しょぼしょぼしたお茶なのだった。そうなると、たった今まで寝台車の来るのをびくびくしていたのが、反対にいっそさっさと来てしまえばいいのにという気もちもする。

さすがに弟はうなだれて、父へまともな挨拶《あいさつ》をした。父は眼顔でげんに、おまえから早く起てと合図をし、自分も起ちあがってしまった。

「まあ、なんだな。休養なんだから、寝ていてできる楽しいことを、片っぱしからやってみるんだな。なあにそう長いことじゃないよ。」父親はことに何気なさそうに取繕っていた。

碧郎も何気ない様子にもてなしていた。けれども寝台車から白い上っ張りを著《き》た男が二人降りて来て、担架を持ちだしかけると、碧郎はいきなり癇癪声《かんしゃくごえ》を出した。「なんだかいやだな。仏さま扱いか？」

「病院というものは病人に対していやに丁寧にするものなんだよ」と、父は崩れない姿で取繕い続け、げんは感心してなるほどと思った。

碧郎は飼犬の頭をさわってから車のなかへ横になった。近処の人が物見高くあちこちから顔を寄せていた。げんは大急ぎで碧郎の足もとの小椅子に腰かけ、車は狭い路地をたくみに躱《かわ》して、すぐ角を曲った。

運転は慎重をきわめてのろく走っていた。おそらく電話で病状のおおかたが報告されている結果だと思われた。こんなふうに扱われてみると、にわかに弟は病人々々して映る。泣いていはしないかと案じられたが、碧郎はあちら向きにまっ白なシーツと枕《まくら》に頭を休めている。げんは昏《く》れて行く街の燈《ひ》の淡い光を車の窓ごしに見て、やたらと果物屋ばかりが眼についた。果物屋は際立《きわだ》ってきれいだった。病院は電車通りから引きこんだアスファルト道の奥に高く建っていた。そこまで来ると車は警笛を鳴らして合図し徐行した。見ると正面の広いガラス戸を両方へ開いて、看護婦が白く出迎え、医局員も出て来た。

こんなに大仰に出迎えられるのか！　どぎまぎとしてげんは上《うわ》ずった。車は車寄せをちょっと行きすぎておいて、玄関へお尻《しり》を向けてとまった。碧郎が起きかえるかと思ったが、彼は扉《とびら》が明けられてもじっとしたままだった。介添が来てレールから担架を滑らせた。彼は予期したものを見るように静かにあたりを眺《なが》め、看護婦の一人に目礼を送った。無恰好《ぶかっこう》な風呂敷包みがそこへ置かれ、それは整頓《せいとん》と清潔の行きわたっている病院の入口にはなはだ不潔不整頓に見え、かつ異郷のものめいて見えた。

「気分はいかがです？」若い医局員がすぐ担架へ近寄って顔色を注視し、脈を取りつつ訊いた。

「別になんともないです。」

担架ごと手押車に載せられると、車は昇降機のなかへ消え、げんは看護婦にいざなわれて二階へ急いだ。病室の入口には昇汞液《しょうこうえき》とリゾール液を満たした二ツの洗面器が備えつけてあり、そのときになってはじめてげんは激しい病院のにおいに気がついた。ドアのところにもうちゃんと、碧郎の名を書いた名札がさがっていた。黒い漆板《うるしいた》に胡粉《ごふん》で、楷書《かいしょ》だった。白い部屋、鉄製のベッド、サイドテーブル、椅子《いす》二脚、——誰のしたことだかサイドテーブルには鴇色《ときいろ》のカーネーションが挿《さ》してある。手押車はベッドと平行して置かれ、げんは寝巻を出すように指図された。持って行った蒲団はどこかで荷を解かれ、もうそこへ敷かれている。一方では手押車の上で、碧郎の著換えが寝たままにさっと行われた。そしてものものしい手舁《てか》きで、掬《すく》われるようにベッドに移されると、待っていた小掻巻《こかいまき》がふわりとかけられた。手練のわざであった。人に信頼を持たせる技術だった。碧郎はにこにこしていたが、水色のタオル寝巻を著せられた襟《えり》もとはきっちりと合わさりすぎて、それが病人々々して見えた。

手押車がすっと帰って行き、あたりがたちまちかたづくと、白い人たちもすっと退《ひ》いて行ったが、ひきかえのようにまた白い人たちがぞろぞろとはいって来た。院長先生の診察だと云う。碧郎は図太く寝たままで起きようともせず、枕の上から、「お願いします」と云った。ベッドのぐるりを白くとりまかれて、げんは弟のからだを見てやることもできず、うしろのほうに控えさせられた。ほとんど無言の診察だった。先生は肉厚の頬《ほお》に刻みをつけて微笑し、「ここが悪いのね、なにか感じある?」と女っぽく親しげに云った。

「はははは、先生わりあいに正直なんだな。」

びっくりしたような一瞬のあと、白い人たちはくすくす笑った。院長は、「わりあいか! わりあいだけでも正直だと信用してもらえばありがたい。よろしくお願いしますよ」と、人々をひきしたがえて出て行った。若い先生が注射を一筒して行った。

看護婦がげんに、「入院の書類に書入れをしてください」と呼びに来た。書類の捺《なつ》印《いん》も必要ではあったのだが、おもな用事は院長の話だった。そうした些《さ》細《さい》なことにも病人の気もちを刺戟《しげき》しない段取はよく考えられていた。重病人の取扱いというか加療看護というかは、こういうものなのだとはじめて教えられた思いである。だが、あまりにも整った順序・手際と、このどこを歩いても白いだけの建物とは、こちらを圧迫した。こういう寂しい圧迫、静かな圧迫に弟は堪えるだろうか。

院長先生のことばは、杏雲堂の先生の診断をもっと細かく丁寧に話してくれたにひとしかった。決して楽観はしていない。碧郎は「わりあい正直だ」と云ったけれど、げんはそのわりあいがどの程度のわりあいかしっかり探ろうとして、先生と対決するような意気ごみで向きあっていた。大丈夫、御心配いりませんとは云われなかった。けれども、だめですとも云わない。「しばらく安静にして経過を見た上、――」と云う。そんな云われかたはげんに歯痒《はがゆ》かった。が、柔かくそれだけしか云ってくれないものを、どう突いてみようもない。先生との話は本意《ほい》なくそれで終ろうとした。しかし先生はひょいと云った。「専属の看護婦をお頼みになるほうがよろしいな、処置が必要な病状ですから。そのほかに御家族の附添があればなおいいんだが。――この病気はからだも安静が必要だし、気もちの安静もかなり大事なんですよ。折角よくなってよかったなと思ってるところへ、突然熱が出たりしてね。原因はちょっとした何か気に入らないことがあって、それがそう響いちまうんですよ。」

ここでもげんの附添は不適当だと指摘された。げんは疲れていた。杏雲堂へ行ったのさえ精神的に随分な疲労だった。それからさらにここへ入院させに来ているのだ。一日じゅう気もちが休まるひまはなく、連続した神経の酷使である。そして又ここで、おまえは若いから病人のそばにいてはいけないと云われても、どうしようもないのである。癇癪と泣きたさが沸々とたぎった。――もう一度くりかえして云えばいいんだ、とやっと我慢する。「私よりほか人がいないんです。家族が少いうちなので、——」

院長は納得したかわり、医者らしいことを云《い》った。常不断も病人のそばにいるときは薬液で手の消毒をすること、白い看護用上衣《うわぎ》を著ること、マスクはかならずかけること、月経時は病人から離れて帰宅休養すること。——「入院中に附添が感染したなんてことは、こちらとしても困ります。患者が二人に殖えたなどというのは、病院として名誉じゃありません。」

そういう危険を予想されている自分は迷惑がられているな、と思う。伝染率は相当高いなと思う。恐ろしさがあった。起《た》ってドアのところまで行き、そこでやりきれなくなった。

「先生！」——医者と看護婦とがこちらを見た。

「先生、私、これだけじゃなにかはっきりしなくて、父にも報告ができません。これだけのことなら、御近処の先生にも杏雲堂でもそうおっしゃられたんですから。御遠慮なら、私たち親子大丈夫なんです、覚悟しておりますから。当人はとにかくとして、父が気の毒です。だめならだめで、やりようもあると思います。私を附添につけて寄こすにしても、伝染のことは父だってよほど思いきっているのだと思います。それほど碧郎に尽してやりたいんです。こちらは患者が二人に殖えて御迷惑おかけするかもしれませんが、父は弟と私と、——弟と私と二人とも……」舌がまるまってことばが詰った。

医者は起ちあがっていたのを腰かけた。「じゃあまあ申しあげますが、……弥次郎《やじろ》兵衛《べえ》のおもちゃを知っていますか。」

「…………？」

「あれですよ、指のさきへ立って大揺れに揺れている、あれですよ。揺れがうまく平均をとって鎮《しず》まってくれればしめたものです。少しでも悪くかしいだらそれまでです。とめてもとまるまいと思います。経過はその都度お知らせしましょう。おとうさんにはそうお話ししてください。それからあなただが、……いいおねえさんだ。いい姉がかならず感染するということはないが、あなたのようないい姉は感染しやすいと云えるかな、ははは。いや感染させたくないというわけですよ。」

揺れている弥次郎兵衛には、危険と希望と両方がかかっている。あわれな碧郎の弥次郎兵衛！　生命の指さきに一本足で立って、菅笠《すげがさ》に合羽《かっぱ》の旅すがた、長く突きだした両手のさきにおもりをつけて、どっこいどっこいと調子をつけて、どこへ行こうという旅人なのだろう。——おぼつかなさがたちこめていた。手続書に捺印して、入院の保証金を請求された。どかっとした額が立体感でそこに書かれていた。

部屋へ帰ると碧郎は寐入《ねい》って、臨時の看護婦が額の汗を職業的な修練を見せて拭《ふ》いてやっていた。電燈《でんとう》に半分シェードがしてある。しんかんとしていた。大きな病院で病室もたくさんらしいのに、しんかんとしていた。碧郎もしんかんと寐ているし、汗は続々と噴きだしている。新しい枕カヴァはもう浸《し》みだしていた。副室で持って来た荷物を整理してしまうと、あとはすることがない。碧郎は注射で睡《ねむ》っているのだという。痰壺《たんつぼ》に目盛のあるのが置いてある。薬盆にはもう薬が来ている。温度表にもう筆がはいっていた。手持無沙汰《てもちぶさた》と頼りなさを押ししずめて、げんは小椅子にかけた。入れかわりのように看護婦が起って、「食事にやらせていただきます」と云った。

うちの父の食事のことを思った。毎日げんがこしらえているものを、今夜はどうしたろう、どんな気もちでお膳《ぜん》に就いているかと思うと、ぐっと来るのである。せめて何か考えているほうがましかと、足りない手廻《てまわ》り品など数えていても、ながくは続かない。集中しているようでもあり、放心しているようでもある。軽いノックで背の高い医員がはいって来、病人の様子をうかがっただけで出て行った。どうやら特別見廻りかと思われた。その人は白衣をひらっとさせて出て行った。無言で来て無言で出て行っただけの白衣だったが、部屋の温度はがくっとさがったかに、余計しんかんとした。遠い電車の音さえしんかんとしているのだ。思いがけず窓の真下から、どどろ、どろどろと急調子な太鼓が鳴りだした。げんは弟を見る、弟はじっと寐ている。——何の太鼓か、迫るように押し潰《つぶ》した音で鳴る。太鼓につれて呟《つぶや》きがあった。太鼓はやんで呟きはやがて合唱になった。聴いているとへんなことを云っている。気味の悪いことを云っているのである。

「おやとことおかせるつみ、ことおやとおかせるつみ、けものおかせるつみ、ひととけものとおかせるつみ、……」

一ツしかない節《ふし》をくりかえしているのだが、陰気というよりほかはない。いずれは何かの宗教だろうが、よくもこれを病人が平気でいられる。げんは平気ではなかった。うろうろした。おやとことおかせるつみ、とは一体何のことだろう？　そしてこのしんかんとした白い天井、消毒剤のにおい、暗くした電燈、弥次郎兵衛は睡っている、睡っていることは——死んだみたいだった。鴇色の花。もう我慢ができなかった。廊下へ出た。ことはとおかせるつみ、——何を云ってるんだろう。ぞくぞくするほどいやだった。

「あの、どちらへかお出かけで？」——受附のところにいた。夢中で二階から降りて来て呼びとめられたのだが、そこに白い人が二人立っていた。一人は今夜から碧郎専属になる派出看護婦だった。

「浦部さんです。一等看護婦です」と紹介され、も一人はここの婦長だなと推察された。それは碧郎が担架のなかから逸早《いちはや》く目礼したそのひとだった。そして、それなりげんは、まだ続いている「おかせるつみ」の合唱をあとに往来へ出、タクシーへ乗ってしまった。なんにも考えられず、太鼓が鳴ったり、白さがひらっとしたり、しんとしたところへスリッパが歩いたり、碧郎の額に汗がほろっところび落ちたり、果物屋が見えたり、……

げんは父親にぎょっと見られた。ぺたんとすわった。母親も出て来てすわった。わあっと泣いてしまった。

「どうしたんだ、え? どうしたんだ?」

「碧郎さんの容態なの?」

ひやりとして鎮静した、一気にげんは鎮まってしまった。父も母も……碧郎を心配している! そうだ、碧郎だけなのだ。両親は碧郎のことだけしか思っていない、とわかった。うらめしかった。恥かしくもあった。消えいりたかった。帰ろうと思った、病院へ。だから急いで云った。

「碧郎さんはしばらく様子見てからでないとどっちと云えないそうです。絶対安静です。おしもも御飯も寝たままということです。話もいけないそうです。いま注射で睡っています。寝巻が足りないので持って行きます。」

父親は考えているようだった。「看護婦は来たか？」

「ええ、一等看護婦だって云ってました。」

「おまえは今夜はどっちで寝るんだ？」ああ、どっちで寝るんだ？とは、なんという、……さみしかった。

「あちらへ行きます」と云うよりしかたがないじゃないか。

「そうしてやってくれ。はじめての入院の夜は気が立つだろうからね。」

もう聴いていられなかった。二階へあがって押入を明けた。きのうまで使っていた碧郎の蒲団《ふとん》がむっと汗臭くにおっていた。乱暴に行李《こうり》を掻《か》きまわして入用品《いりようひん》を集めた。荒れてあばれたかった。父親の机が書きかけの原稿紙を載せていた。それをげんは睨《にら》んだ。原稿紙がぼうっとしてぼたっと涙が落ちた。

櫛《くし》やピンも揃《そろ》えて、自分の身のまわりのものも包んだ。それは碧郎が睡っている間にはしこく帰って来て、すぐまた病院へ取って返していようという気の利《き》いた処置に、はたからは見えたようだった。無気味な合唱に堪えかねて前後見境《みさかい》なく出て来たとはうけとられていなかった。そういう受取られかたが、病院へ一人とりのこされて何も知らずにいる碧郎をしきりに思いださせた。眼《め》が覚めたとき、姉が誰《だれ》にも一言もなくいなくなってしまったと聴いたら、ひどく心騒ぐだろうと思いやられるのだった。碧郎は身のまわりぴったりを結核で遮断《しゃだん》されて孤独になっているが、自分は弟の発病によって病院のなかだけの範囲に綱をつけられてしまった観がある。もう両親のいるうちというものも、自分の綱の外のようである。あがいてもむだなのだった。看病するけなげな姉娘でなければ、もうどこへも通用しないのだ。寂しくてもいやでも、くたくたにくたびれていても、誰にも構われないのである。ひがみに似た諦《あきら》めができていた。

台処《だいどころ》で立っていてお茶漬《ちゃづけ》を掻きこむ。静かである。ここのうちがこう静かだったとはふしぎな気がする。台処から斜に見える三畳の小間《こま》に電燈がやけに明るくて、かえって明るさのためにそこいらじゅうが沈んで見える。畳などびっしょり水を含んだかとおもわれる鎮まりかたをしている。父も母も水漬《みづ》いているように黙っていた。包みをかかえて出て行った。

精神的にもがくっとしたのか、それともあれが限度で辛《かろ》うじてあの日まで起きていられたのか、入院の日を境にして碧郎はすっかり重病人だった。先生に云わせると、起きていられたのがむしろ不思議という状態だった。だからあの日も杏雲堂から通知があると、院長は帰宅の時間になっても帰らずに、この重症の患者を待って診察しなければいられなかったのだという。温度表の朱線は起伏がひどく、信じられないような上り下りを記して行く。がったりと食欲はへった。一日に何度うつらうつらとするか、そのたびに汗だ。どんどん頰がこけた。まばらな不精髭《ぶしょうひげ》が伸び、耳のわきまで髪がかぶさっても、もう当人は鬱陶《うっとう》しいとも云わない。

弟は朝晩日に二度聞えてくる太鼓と合唱を何も云わなかったけれど、ときに、「この胸のここが腐っているんだよ。ほら聞えるだろ、こうやって叩《たた》いてみると、いかにも空洞《くうどう》という音がするだろ」と云い、「ひとおかせるつみ、このおかせるつみ」と云って、舌を出して声なく笑った。げんはぞっとして同情する。舌は舌苔《ぜったい》で茶褐色《ちゃかっしょく》になって、何とかいう鳥の舌のようだった。不馴《ふな》れな病院生活の肉体的な疲れと、朝から晩までの神経の緊張で、げんはすさんでいた。弟は、おれのほうから捨てらあ肺病なんか、と云ったが、げんは、いっそ肺病になったほうがましだと思うことがあるようになった。きょうだいは違ったかたちで、しかもよく似ているところがあった。

院長はとてもげんに気をつかってくれた。常用の営養剤をこしらえてくれ、しょっちゅう睡眠はとれているか、気を換えに散歩へ行けと注意する。手の消毒などきびしく云う。げんは薬液で荒れた油気のない手をさし出して、「もっと洗いますか？」と云った。

「先生はいつも白いもの見なれていらっしゃるけど、白って色は病人や家族には、どんな感情を起させるか御存じですか？　無情にひとしい色です」とか、「先生は病人をよくしようと診察をなさるのだけれど、御廻診《ごかいしん》と聞くと病人がぴくりと緊張するのをどうお考えです？　私はあわれでたまりません」とか突っかかるげんを、先生はおもしろがった。父親より少し若く、父親より温かみが多く、おおぜいの病人の父親代理というふうがあった。それになじんで、げんはわがままを通した。マスクもつけず看護衣もつけず、そのかわり病人と相対《あいたい》するときは、すわる位置を先生の云うとおりの指定にしたがった。汗のためにこしらえ直す蒲団も、滅菌室へ入れてからでなくては決して手を触れなかった。どんなに弟の熱があがっても、顔色に出さないようにつとめた。自分の心の平安が病人にも平安なのだと信じられるようにもなった。

絶対安静の、しかも処置のたくさんある病人というものは、専門の看護婦と附添の姉と二人がかりでもなおしきれないほど用事があったが、看護の要領がのみこめてくると、げんはもと以上のきつい、そして働き手の娘になった。病院はげんを育てた。ただ、ときどき、「ことおやとおかせるつみ。ああいやだな！」と打ち消してこらえるのである。この文句は碧郎の病気に何かの示しをしているかのようにも思われ、自分の過去現在のさまざまな悪業《あくごう》にも嘲笑《ちょうしょう》を浴びせているような気がして、たまらなく不愉快なのである。

父親はときどき見舞に来た。食物に制限がなかったので、名のある料亭《りょうてい》の料理などをみやげにしてやって来るのだが、ものの二時間といられないのである。碧郎の病み窶《やつ》れた顔と、時とすると高熱で喘《あえ》いでいる呼吸などを見てはいられないらしい。少し調子のいいときに当ったりすれば、もう無性に喜んでしまって、それからそれへと興味のある話をして聴かせるが、咳《せき》の多い日になどは自分も咳ばかりする。「どうだい！」と云ってはいって来て、よくないと見てとると、すっと改まった顔になった。碧郎も仰向いたなりの眼だけに懐《なつ》かしい色を浮べるが、すぐまた苦しさへの抵抗へ戻る。「胸のなかがどぶみたいなんだ。メタン瓦斯《ガス》がぶつぶつ云ってるのと似ているんだ。煮えるんだか沸くんだか、たしかにいやなものがぶつぶつ云ってる」と云うから、そういうときはおそらく、自分と病気としかなくて、父親といえども迎え入れる余地はないものらしかった。

息子は白い壁の何もない一点を凝視して、造りつけ人形になっているし、父親も窮屈に腰かけたきり眼を閉じていて、時間が流れる。心中に経文を誦《じゅ》しているのではないかと思う。

げんが驚いているのは父親の経済力だった。貯蓄はいくらもあるはずがない。それをどうやって支えているのか、一週間一週間の仕払は相当なものをきちりきちりと仕払い、なおその上げんに、「医局や雇員さんたちには物を惜しむな」と云って、余分な金を渡す。一週目毎《ごと》にげんは伝票を持って帰宅するのだが、そのときにはちゃんと現金が揃えてあった。もの書きという稼業《かぎょう》は一字一字から成りたつのである。今更のことながら、げんはびっしりと文字の埋った原稿紙を紙幣とならべて考えた。おびただしい文字が結核に食い破られているのと同じことだった。しかも弟は弥次郎兵衛にされて、苦しみつつどっこいどっこいと踊らされている。姉は伝染の危険にさらされつつ、青春の日を白いコンクリートに押しつめて、強情っ張りを強くしている。

ここは静かではあっても街のなかの病院だから、雑音は絶えず伝わってくる。それがしんかんとしているように思えるのは、こちらの心の中がしんかんとしているからなのである。そんな状態のとき、氷嚢《ひょうのう》・氷枕は心臓に浸みる音を立てるのだった。そのときもそうだった。折角来た父は息子の容態の悪さに、祈るような姿で眼を閉じていた。げんは弟の枕もとにいる。からっと云うのだ。からっと乾いた音がするのだ。氷嚢の氷が溶けかかると、一ツ一ツの砕片は身じろぎしはじめ、おたがいの氷結から、からっと音を立てて離れるのだ。離れ落ちる音なのか、離れた拍子に他《ほか》の氷片にぶつかる音なのか、からっと乾いた音がする。とっさに骨《こつ》を感じさせる音なのだ。陽《ひ》に曝《さら》され風に枯れた骨の、打ちあう音など誰も知りはしない。けれども氷嚢・氷枕のなかの氷の音は、その骨を聯想《れんそう》させる音である。入院以来、げんはその音を何度聴いたか。いやな音ではない、むしろとげとげしくない音なのだが、聯想は枯渇《こかつ》した骨の音である。眼をつぶっていた父親は、そのからっという音で腕を組み直すと、じいっと氷嚢を見つめた。見る見る眼に角《かど》が立って、怒気のようなものがあがってきた。「頼むよ、げん」とそれだけ云って帰って行った。父には精力的な頸《くび》ががっちりとついているのに、小鬢《こびん》は汚《むさ》くごま塩になっていた。父も枯骨を感じなかったろうか。——氷に負けて帰る父をげんはいたわった。

＊

一年には二度、しのぎにくい季節がある。寒くてつらい冬と、暑くてつらい夏と、この二度の酷《むご》い季節は、もちろん病むものにとっても難儀だが、看病する身にとってもこたえる。入院して二ヶ月、お盆すぎの炎暑である。いまだに寝たきりの碧郎と看病の労働を続け通しているげんとは、白い建物のなかで自然に溜息《ためいき》ばかりついていた。げんは若いのだけれども病院の畳のない生活、坐《すわ》る休息というものが与えられていない生活様式にまいっていた。休息の不足感が強かった。そして足にむくみが来ていた。親指で押すとぺこりと凹《へこ》んで、凹んだなりになっている筋肉は、わが足のわが筋肉とは思われない無気味さがあった。にもかかわらず、それにはなにか安心のようなものも感じられた。現在この眼で見ているのだぞという安心感である。碧郎の肺はしょせん覗《のぞ》いて見ることはできない。もし親指で押したとしたら、どんなに無気力に弾力なくぺこぺこ凹む肺臓だろう。それを思うと恐ろしい。見えないからだの奥深い部分が生気と弾力を失って行く恐ろしさに較《くら》べれば、見える足のむくみなどむしろほっとするのである。

碧郎の髪は、床屋にかかれないために長く伸びて耳の上へ、頸すじへとかぶさって見苦しかった。看護婦は馴れていて刈りましょうというのだが、彼の神経は細くぴりぴりしていて、「ねえさん察してくれよ、とても耳のはたで鋏《はさみ》の音がするの我慢できるかどうか。あの髪の毛のじょりりじょりりという音、どうやって我慢するんだい？胸に響くんだよ、胸に、穴のあいている胸の、穴のなかへ響くんだよ。健康人なんてものは、たとえ看病を専門にしている人でも、ずいぶん病人には平気で残酷なことするもんだ。――頼むからねえさん、あの人の云うことよさしてくれよ。」

看護婦のほうでは、病人に圧迫を加えようなどという気はない。それでも病人のほうはある圧迫を感じてしまっている。立っている人と立てない人との間にある段階が圧迫になるのかもしれない。碧郎はかわいそうに平生の鼻っ張りの強さが少しずつ崩れて行って、だんだん気が弱くなった。髪を刈る刈らないくらいのことにさえ姉に訴えて、「二本足で立っていられる人」に憚った。痼癪《かんしゃく》の起きるままにずけずけものを云うことがめっきり減ってしまった。「二本足で立っていられる人」と云うことばは、彼の遠慮のなかから、せめてもの思いで吐き出された健康人への羨望《せんぼう》であり、あてつけであり、皮肉批難であった。げんは毎朝、彼の枕布《まくらぬの》の上に散っている抜け毛を黙って払いのけてやりながら、注意深くその抜け毛がはじめのころより今は余程瘦《や》せていることに気づいていた。毛髪は要するに彼の健康度に比例しているようだった。そして爪《つめ》もそうだった。青白い指のさきに伸びてくる爪は、老人の爪と同様に粘り気がなく沢《つや》を失っていた。

「喀血《かっけつ》する人は血が減ったことがその場ではっきりわかるわけだけど、おれのようにこう喀血もなにもしないものは、いったいいつ血が減るんだろうね？　ふしぎだね。」

「血が減ってるような気がするの？」

「ああたしかに減ってるんじゃないかと思うな。――それに、へんな話だけど、静脈の血ばかり多くなっちまって、動脈が空っぽになったようにも思うんだ！」

そのばからしい考えが自分でもおかしくてたまらないらしく、ふふと彼は制限しつつ笑う。笑うと頰《ほお》の肉が厚みを失ったことがよく証拠だてられた。頰には翁《おきな》の面のような薄い皺《しわ》がよせられたから。——おそらく彼は自分がどんな年寄くさい薄いたるみを刻んで笑っているか、自分の顔を想像していないだろう。ただ彼は胸を患《わずら》う病人になりきって、笑うにも注意して、胸の病巣をいたわりつつふふふと小さく笑うことをおぼえたのだ。きっと生涯《しょうがい》もう、胸の底からわっはっはと笑うことはあるまい、とげんは思う。それでも先生たちは、「意外に早く、しかもいい状態で揺れやんできましたね」と云《い》う。けれどもげんには納得できない。どう贔屓眼《ひいきめ》に見ても、眼の覚めているあいだの碧郎も睡っているあいだの碧郎も、入院前より少しでもよくなったとは受取れない。覚めていれば彼はぐったりげんなりして、ただ呼吸している。睡っていれば彼は物のごとくであった。意志もなにも持たぬ物のごとく見えた。「これが結核病の、おちついてきた状態というものか」と、げんは医師を疑っていた。というより、医師にもし万一、げんをいたわるゆえの嘘《うそ》がありはしないかと疑うのだった。

毎日々々、太陽ははげしく活躍した。誰もが、きのうよりきょうはまた余計暑いと云った。そんなに底なしに毎日寒暖計の目盛が上昇するものではないが、きのうより暑く感じる日々であった。炎天続きで暑さが蓄積されているためである。

「ねえさん、外へ出るとカンナの花が咲いているだろ? 公園やなんかに。」彼がそんなふうに喘いでいるのがわかる。このかっとした光線の下に、血のような赤い花をつけている植物のことを思いうかべて、彼はやっとベッドに堪えているらしいのだ。それはげんをはっとさせる。なぜなら、げんは炎暑から赤を感じるより、白を感じて辟易《へきえき》していたからである。病院の建物の白さがぎらついてたまらなかった。廊下の白さも、天井の白さも、人々の看護衣の白さも、みなげんをくらくらとくらませ、どこもかしこも白く立ち塞《ふさ》がれていて、こちらはもう縮《すく》むよりほかに手はないような気がするのだった。姉は白におびえを感じて暑さを辛がり、弟は赤い聯想で横たわっているのである。白を想《おも》うのと赤を想うのと、どっちが哀れだろう。かわいそうに碧郎は、何もかものうしろに肺臓と血との影を見ていた。

その午後、病院の廊下には、ずっと一本、眼には見えなくてもちゃんと承知できる緊張が流れていた。その緊張は手術室と七号室との通路にことに濃かった。七号室附の看護婦はおこったようなそぶりで、白衣の糊をごわごわと音さして、あちこちしていたし、人々はそれを遠くから無言で横眼の隅《すみ》に入れていた。廊下じゅうが患者を運搬する手押車のゴム輪の低い音へ聴耳たてて知っていた。だからどの部屋の病人も、やはりそれを知ってしまっていた。結核性の腎臓《じんぞう》摘出手術だった。ジンテキ、ジンテキ、と風が吹いて通った。

碧郎は眼をきらりとさせて久しぶりで看護婦に喰《く》ってかかった。「いいじゃないか、訊《き》いたって！　おれがおれの病気を訊くのと同じことじゃないか。なんだい？　訊いちゃいけないって云うんなら、はじめから君こそ慎んだらどうだい？　顔に重態々々って書いておいて、訊くななんて、えらそうなこと云いやがって、なんだい！」そしてげんに向いて云った。「七号室ってのはこの廊下のどんづまりの部屋だろ？おれ、まえから知っていた。この部屋だって一号だから、なんだかおめでたいみたいな気がして縁起がいいなんて担《かつ》ぐけど、一も七もあるもんか、どこもみんなどんづまりだあ、結核患者は！」

彼も興奮していた。

一《ト》晩じゅう、その部屋は唸《うな》っていた。苦しさ痛さのあまり呻《うめ》くのか、うつつのうちに声を出しているのか、聴く耳には刺すような呻きであった。手術がうまくなかったことは、もう病院じゅうに知れわたっていた。当直の医局員はその病人にでなく、近処隣の病室附の看護婦に引っ張り出された。どこの病人も気が立って発熱したり、睡《ねむ》れなかったりしていた。碧郎はげんが睡り薬を貰《もら》おうというのを頑《かたく》なに拒んだ。それどころではない。「ねえさん、行ってあの病室の様子見て来てくれないか？　おれは堪えて見せるからな、ねえさん。おれ、死にたくないんだ！」

そして彼はぽろぽろと涙をこぼした、美しく赤く上気した頬に。

腎臓摘出手術をした患者は、二日だけ保って天へ旅立ってしまった。あっけないような感じをのこして、ぽつっと行ってしまった。呻きと呻きとの間隔が遠くなり、その呻きかたもわれから呻くのでなく、ひとごとに呻いているような声になってきたと思うと、もうそれでふっと終ってしまった。

その人が亡《な》くなると同時に、それがつうと病院じゅうに知れ、誰もが溜《た》めていた息を吐いた。その人一人が亡くなって、あとがみな生きかえったのだというふうに、げんには思われた。病人も附添も医師もこの屋根の下にいたものは、この二日間、その人に息の根を押えられていた――と、事の終った今になれば、そうとしか思えないのである。それほど死ぬことに圧《お》されていたのであり、死というのはそういう威力のものだとわかるのである。死の使は目的の一人を襲うだけのものではなくて、その人につながりを持つもの皆の上にまっ暗な影を落して息を詰めさせてしまう、そういう力をもっているものだった。だからそれが一人だけを連れて舞い去ってしまえば、あとのものはやっと息をふきかえすのだ。碧郎は仰向いて白い天井を見つめているが、その眼《め》は涙があふれて両方の眼尻《めじり》へ筋をひいていた。

「逢《あ》ったこともない人だけど、――死んで行ったと聞けばおれにゃ懐かしいや。ねえさん、花あげてくれないか、おれの小遣で。……何でもいいや、まっかな花がいいや、白くないのがいいんだ。赤いのあげておくれよ」と云って、又つけ加えた。「花なんてもう……その人にゃ何でもないんだから、ほんとはあげてもあげなくてもいいだろうけどね、……生け残されたものの身になりゃやっぱり、せめて花なんか賑《にぎ》やかなほうがいいって気がすらあ。……生き残ったなんてんじゃないからね。生け残されたんだよ、ここの病人連中は！」

連れて行かれたのが自分ではなくてよその人だった、というのでほっと喜んでいるのではない。ほっとしたことは確かだが、喜んではいないのだ。喜ぶよりさきに拡《ひろ》がっているものは、寂しさのようだった。げんは赤い花を買いに行く途中のみちみち、白い花の常識を超えることについて死者の親兄弟に何と云ったら、素直に碧郎の赤を選ぶ心を伝えられるかと考えていた。ありのままに云うよりほかないと思えた。

げんに応対したのはその人の何に当るのだか中年の男だったが、「おっしゃることはよくわかります。お心のこもった花をいただいて本人も私どもも……」と口さきでない挨拶《あいさつ》をして、強烈な彩《いろどり》を受けとってくれた。げんは碧郎の分と自分のと二回の拝礼をして自室へ戻《もど》れば、弟は深く寐入っていた。寐顔というもののありがたさ、——いくら病んでいてもいいのである。もう一度眼覚めることが確実な顔が、ただ睡っているというだけである。なんとありがたいことなのか。二度と起きない顔をいま見てきた眼には、碧郎の寐顔はありがたく生々《いきいき》した顔だった。

死にたくないんだということばを、碧郎はその後くりかえしては云わなかった。が、あの人の死があってからの彼は、それ以前とはっきり違って我慢強くなった。感覚的にいやがって何とかかとか逃れたがってばかりいた療養処置に、つとめて従うようになった。湿布もされるままになっているし、髪を刈るのなども云われる通りにする。生きたい、と率直に云っていると同じことだった。毎日々々直接に看護の雑事を手がけているげんは、それが嬉《うれ》しかった。父親へその観察を報告した。父親は眼をうるませた。それでげんははっとする。意外だったからである。父親はこんなに気弱くなってきている、と悟ったのであるし、自分が病人にばかりかまけて父親をおっぽり出し放しにしていた後ろめたさに気づいたのである。一ツ家にいないで離れて暮せば、たちまち気まで離れて察しがつかなくなる。父親が碧郎の医療費のために精いっぱい稼《かせ》いでいることも、心配で疲れていることも、げんはよく承知しているのだが、看病の日が長くなっていつか識《し》らず知らずの間に、自分一人が碧郎の始末をし看護の苦労を一手にしょっているような、なにか偉いような気がしていたと云えるのだ。それが恥かしかった。

父親が眼をうるませたのを見て、碧郎の闘病態度のよくなったことに得々としていた気もちはしょぼんと縮まった。実は父に話したくてたまらないことがあったのを、黙ってしまったのだった。それはあの人が亡くなって、赤い花をあげた晩、ふと噂話《うわさばなし》に聴いたことがげんの胸のなかにしこっていたのである。——「そりゃえらい出血だったそうよ。なにしろもう、ガーゼも繃帯《ほうたい》も交換できなかったからそのままだったでしょ。だから何もかも赤くて赤くて、いくら商売で馴《な》れていてもめざましかったって云ってたわよ」という会話が、げんにはもったりと忘れられない。碧郎にはもちろんそんなこと聴かせていないが、彼は見もしないその赤に生と死の転機の一瞬を乗りこえたのではあるまいか、と思うのである。そう思えてしかたがないのである。そしてその解釈を誰《だれ》かに、というより誰よりも父に話してみたくてしかたがないのである。父に話して父に頷《うなず》いてもらい、「おまえの感じたとおり、それに違いない」と云ってもらいたくてしかたがなかったのである。しかし黙っていた。黙って話すまいときめれば、なんとなく力抜けがしてつまらなかった。

*

夏をもちこたえて、しろうと眼にも碧郎はよくなってきた。炒豆《いりまめ》に花だと先生が冗談を云って喜んでくれた。そんなによくなったのに、眼の利《き》く見舞の客がげんに注意してくれた。「長患《ながわずら》いの型にはまってきましたね。まわりのかたがたには元気になったと見えるんでしょうが、こちらから見ると隠しようもなくよくなった病人で、健康とは違いますよ。だからもし退院して転地、などということだったら、転地さきの人づきあいには十分気をつけないといけませんよ。結核をなまじ隠して何かすると、かえってまずいですよ。いずれ保養地は地勢とか気候とかの条件つきですから、およそどことどこときまってますもの、土地のものは相当よく見わけますよ。碧郎さんはすっかり病人の型になりました。」

なるほどと感心するのであった。ぼつぼつと転地のことが看護室からげんには洩《も》らされていた。ただ多少まだ時間がかかるのである。冬のまえにということだった。やっとこの頃《ごろ》になって、げんは一ト晩病院を脱《ぬ》けて、うちの畳の上に熟睡することができるようになった。畳の上に寝れば畳は柔かい。コンクリートの床《ゆか》はつくづくと堅いと思う。柔かい畳に久しぶりで睡れば、しかしまだ妙な気がしないでもない。お客さまの感じがあるのだった。病院から一ト晩来た人になったのではないかと思う。長い病院生活をしてきっと病院づいたのであろう。どういう理由にもせよいったん外へ出て長くなれば、うちへ戻ってもすぐにはなじめなくなるのである。碧郎も、「退院して帰る」ことをよく云っているけれど、当人も思いこんで帰って来、家人も他意なく迎えてくれるにきまっているが、おそらくちょっとちぐはぐな空気は感じずには済むまい。からだの病気は物事すべてを病ませるらしいと考えられた。

碧郎は順々によくなって、転地の稽古《けいこ》のようなかたちでげんと一緒に一夜うちへ帰った。さすがに嬉しさに溢《あふ》れて、病院の玄関から自動車に乗る。なじみの看護婦たちが、「お里帰りですね」と云う。賑やかに送られて久しぶりのわが家へ帰ると、はたして碧郎はげんと同じく、ちぐはぐな居ずまいのわるさを感じた。「おちつけないんだが、——」とげんにだけ云い、「そこにいないと場処《ばしょ》って塞がっちまうんだろうか。いると、新しく場処ってできちゃうもんだろか?」とも云う。「ちょっとの間だけじゃないかしら、なじまないのは。もともと自分のうちなんだもの。」用意しておいた返辞をしながらもいやな気もちだった。

湘南《しょうなん》の松にかこまれた丘にここの分院があった。まずそこにしばらくいて、年の明けるまえに国府津《こうづ》へ移った。これは病人によく馴れている寡婦《かふ》の家で、病院の紹介であり、病院と連絡のあるひとだった。さらにそこから沼津へ移った。国府津の女主人からの紹介である。そこに翌年の六月も半ばまでいた。もちろん病院からその土地の医師へ連絡してもらって、つねに診察を受けて指示に従うのであって、すべてを任されているげんは、万一の再発にも恢復《かいふく》の促進にも備えて、あぶなげのない転地生活をさせているると信じていた。彼はだんだんと、でもほんとに少しずつ病人臭から脱けて行くようだった。それといっしょに土地を更《か》えるごとに、病院にいて死にたくないと興奮して涙をこぼし、生きたいためにいやな処置にも素直に我慢したときのことを忘れて行った。健康とわがままとは手を結んでいた。都合のいいときだけ病気を利用し、病気をかさに被《き》る。げんにはげんで、看病の恩を忘れたかと云いたいものが出てきた。看病に飽きてきたのだ。食事などあまり気をつかうのがいやになって、ばかばかしいと思う。――もうこんなによくなっているのに。

それにもう一ツ、げんのほうにくさくさする原因があった。縁談である。碧郎の看病をすることにきめたとき、いや碧郎が発病したとき、縁のことはすでにあきらめてしまうべき心組を持たされていた。治りにくい病気、伝染する病気、筋をひく病気として疎《うと》まれる立場に立ったことを覚悟させられていた。よほどのことでなくては一家に結核患者を出していては、無病息災な男と結婚はまず望み薄と見なければならなかった。それを父もげんも承知で、あえて碧郎の病床にみとりをしたのだった。已《や》むを得ないとも思い、犠牲的な英雄心もそそられ、姉としての誠実な肉親愛も持ち、溜息《ためいき》をしたり悲壮がったり、本心ひとえに優しい気もちだったりしたが、ようよう碧郎もよくなってくれれば、気もちも自然にあるおちつきのしかたをしていた。お嫁に行けなくともそんなに自分という人間が不出来なためじゃない。貰《もら》い手がないからと云って、それは肺病の貰い手がないので、私を貰ってくれ手がないというのとは違う。おとうさんだって云《い》うじゃないか、――からだが崩れてくる業病《ごうびょう》だって好いたら夫婦にもなるし、美人に思いをかけられてもいやならそれまでのこと、と話しているじゃないか。縁のことばかりが女の生命《いのち》ともかぎらない。ひとりもので過ぎてきたのは、身近にそういう叔母だっているのだ、女は四十八くらいまでは妊孕力《にんようりょく》があるのだし、夫なし子なしでも結構区役所からお咎《とが》めを蒙《こうむ》ることはない、といった気もちも持てるようになっていた。捨てばちや自棄《やけ》ではなく、おとなしくそういうゆとりが持てていた。それをここに縁が持って来られている。わるくはないような話であり、たしかな知人を通しての正式なことであってみれば、またにわかに気も動いてしまう。

会って見ても先方は、こちらの弟の病気のことなど承知だと云うのに、何一ト言触れては来ない。それがいささか白々しいように思われ、なお聴いていると、自分の父親にはこんなこんな有名人の知人があり、親類の誰彼にはこんな家柄《いえがら》から嫁が来て婿《むこ》を取ってとならべたて、最後に「あなたと結婚できればりっぱなお舅《しゅうと》さんが持てて」と云い、結核の弟を持ち、その看病をしてのけた勇気のある女を妻にするのは嬉しい――とは云わなかった。興ざめる紳士だった、が、著《き》ているものも隙《すき》がなく、顔も見苦しくはなし、態度も迫らず金にいじめられているふうもない。心残りなところもないではない。こんな世俗的な才子なら、一家一族になった以上は病弱な弟の処理もかえって上手にやってくれるかもしれない、人がよくて正直であってもてきぱきと病人の始末など手こずっている人よりましかもしれない、という打算ものこった。とつおいつした。なまじいに一度、もう結婚の夢は捨てて現実の状態を善導するよりほかないと思いあきらめたのちに生じた縁談だけに、心にひっかかるものがある。これをことわったら又いつ縁があるかわからないのである。はなはだすっきりとはしない未練たらしさである。

碧郎は聴くと、けわしい調子で云う。「おれが看病してもらってる都合で文句云うんじゃないよ、誤解しないでもらいたいんだ。ねえさんもあんまり情ない女だね。はっきりその男のだめなところ見ぬいてるくせに、なぜへんな妥協しようとするんだろう。どうしていやだと云ってよしてしまえないんだ。おれ、そんなやつに顎《あご》をしゃくられて、弟呼ばわりされちゃたまらないや。肺病の弟、だなんてやられてやりきれるかって云うんだ！」

そんなふうにけなされると、その男の眼つきやことばぐせなどはどんどんおぼろに霞《かす》んで行くが、結婚はそれでもまだ心に残っていた。ある時期のある状態のもとでは、女の胸のなかには対手《あいて》になる男性ではなくて、ただ結婚だけがちゃんと座を占めているのであるらしい。動揺するげんの心情を碧郎は面倒くさがっていたが、気がひけてもいるようだった。「気の毒だね、ねえさん。どうしておれは肺病なんて近処迷惑な病気になったんだろ。済まない。」

碧郎が悔むと、げんは癇癪《かんしゃく》を起してあらあらしくなる。「云ったってしようがないことは云わないほうがりっぱだわ。」

その縁はこちらからことわるかたちを取ったが、実は対手も積極的ではなかった。そしてうやむやに終った。思いがけずいちばん深い味気なさを被《こうむ》ったのは碧郎だったと、のちにわかった。

入梅がもうあがりそうだというときに、姉と弟は荷物を纏《まと》めて沼津から帰京した。父親はだらしなく喜ぶまいとするように、「二年や三年、病後の静養をするんだ」と押えつつ、喜び笑いを隠せなかった。そしてさらに、夏は高原の涼しいところで楽にさせてやるつもりだから、検診ながら避暑の相談に院長のところへ行くようにと云う。院長は喜んでくれ、げんは犒《ねぎら》われた。甲斐《かい》があったという気がした。ほんとうに碧郎は儲《もう》けものをしたのかもしれない。炒豆《いりまめ》に花の咲いた儲けかたかもしれないが、院長はわがままの出てきている態度を指摘して、「二度この病院へ担《かつ》ぎこまれないよう心がけてくれなくてはいけない。忘れちゃ困るよ、それだけはしっかり覚えといてね」

と喩《さと》すのを、げんは、二度入院のことがあれば二度の退院は保証しないと云っているのではないかと受けとった。ひっくり返してことばの裏の意味を取ることが上手になっていた。発病から一年の余になっていた。

げんのいやな勘ぐりは当ってしまった。避暑から九月にひきあげて来ると、碧郎は悔んでも悔みきれない失策をした。ほとんど平常通りに治っている日々の生活に馴れて、つい自分が一生弱い胸をかかえているのだということを忘れた。何に気を取られてそれを忘れたかというと、野球を見物するというほんの些細《ささい》なことだった。それも発病以来見たくてたまらないのを我慢していて、というのではない。好む遊びではあったが、是非にと云うほどではない。ただ一ヶ年間すっかり遠ざかっていた娯楽に、夏も無事に過ぎていよいよ確かにからだはもとに戻ったと自信をもって帰京した、弾みのようなものではなかったろうか。げんもまた、野球を見に行って来るからと云われたとき、少しも危険を感じなかった。「空気がわるいから長居しないで帰っていらっしゃい」と注意しただけであった。そしてまだ残暑の午後の陽《ひ》の強さを思って、避暑ちゅう愛用していた鍔《つば》の広い帽子を冠《かぶ》せてやったのだった。二時を廻《まわ》っていたかとおもう。それがまだ夕がたの御飯のしたくにかからないまえだった、がらりと玄関の戸があいて締らないのだった。出て見ると、あけたガラス戸のなかへもはいれないで、弟はその閾《しきい》へへたばっていた。

「碧郎さん！　あんたまあ！」脇《わき》の下に手を入れて持ちあげると、ずさっとして重く、「ねえさん、ああおれ、もう……」と泣いた。やっと掻《か》きあげた腕の下へこちらの肩を入れると、彼の胸がぜろぜろぜろぜろと鳴っているのが聞えた。狭いたたきに邪魔っけになる下駄《げた》どもを、はだしの足に蹴退《けの》けながら、とっつきの二畳へ引きあげると、彼もげんもたまらずそこへころげた。

「水あげようか。」――彼はかすかに、いらないと首を掉《ふ》った。まっ青で唇《くちびる》は紫になってい、顔も髪も著物《きもの》も砂ぼこりがこびりついている。父・母を呼び、弟をそのままにして二階へ飛びあがると、押入の彼の蒲団《ふとん》を梯子段《はしごだん》へ投げ、自分も梯子段の途中に停滞したその蒲団の上へ足をかけて、蒲団といっしょにずるずるとすべり落ちた。彼を二階へあげて寝かせることはもはや不可能だったから、茶の間を病室にするのである。茶の間の座蒲団や小道具は台処へ押しだした。冷蔵庫の氷を鉄槌《かなづち》で叩《たた》いて割って枕《まくら》をつくる。薬缶《やかん》をかけて、湯たんぽのための湯である。

母が医師へ電話をしていた。犬が驚いて縁側へあがって、神妙に耳を立てて待機の姿勢をしていた。碧郎は血走った眼をぎらつかせて、戦おうとしている。父親は碧郎の脈を取っていて、「安心しろよ、平脈だよ。神経が立ってるんだよ。それほどのことじゃないんだ。気を鎮《しず》めておくれ。あ、口利《き》くな、あとでいいんだ。」げんはつとめてそっとしごきを緩めてやった。それから父親に腰と脚をかかえさせ、自分は上半身へまわった。それとなく息の臭《にお》いを嗅《か》いだ。血の臭いはなくて、喀血《かっけつ》したのではないようである。父は息子の腰を抱こうとして、ふと、「抱きあげるのはよそう。手舁《が》きにして低く畳の上をずるようにして、床まで運ぼう」と云う。

碧郎を中にしてげんと父親は向きあいにすわり、肩の下と腰に手を差しいれ、ほんの一《ト》膝《ひざ》いざるだけずつ移動した。こらえがたい悲しみが迫《せ》りあげた。いったいどうしたというんだろう、このありさまは！　まさか喧嘩《けんか》ではあるまいし、だが土の上にころがったことは明瞭《めいりょう》だった。傷ましいよごれである。

脱脂綿をしぼって鼻のわきや耳の裏を拭《ふ》いていると、医師が来てくれた。聴診だけで打診はしない。注射をした。電話で以前の病院に打合せをし、ドイツ語でものを云った。即刻入院で、病室の註文《ちゅうもん》をあれこれは云っていられないとぴたりときめつけられ、すぐ寝台車が来るからそれまでに用意するようにと申しわたされた。避暑から帰って来てまだかたづけきれないでそのへんに散らかっている荷物のなかから、必要品を掻き出して荷造りをする。洗面器のへんに嵩《かさ》ばるなかへ吸入器やらコップやら御飯茶碗《ぢゃわん》やら固いものを入れあわせると、どれもがごつごつとそっぽを向いて、気に入らない包みができる。——もうこの子は今度こそ助かりはしない、あたしももうとても、いくらやってもだめだ、だめにきまってる。

車はすぐ来て、担架が蒲団ごと碧郎を運びこんだ。医師と不断著《ふだんぎ》のままのげんとがついて乗ると、クリーム色のカーテンをした黒塗の車はそろりと出発していて、覗《のぞ》いて見ると父親も母親もこちらを見つめて、門柱と同じまっすぐさで立っていた。父の爪《つま》さきがしっかりと八文字に踏みはだかっていた。……やがてげんは碧郎の腕に擦傷《すりきず》を見つけた。腕の内側だった。何もかもわからないことだった。生じてしまったことはどうにも今更しかたがないものだった。

病室は整っていた。さきの部屋の隣で少し小さい部屋である。副院長が待っていて診察した。

「どうしたの、へまをやったじゃないか。お灸《きゅう》を据《す》えなくちゃいけない、当分は絶対安静だ。それからと、……おねえさんもお灸だ。無言の行だ。なに心配はいらない、あしたの朝にはおちつく。」

いつも快活な先生がいつもの通りの快活さで軽く云ってくれるけれど、看護婦長はじめ皆は靴《くつ》の音を消していた。当直の看護婦一人を残して、げんも室外に出される。医局事務室へ再入院の手続に行くと、誰も彼もが寄って来てがやがや云う。「どうしたというの！　まあ大変なことをさせちまって。」

その白い人たちのなかに掃除のおばさんとコックの下働きが眉《まゆ》を寄せていて、それが懐《なつ》かしくげんは感情をこらえる。副院長も来て、くだけて話してくれた。折角かたまっていた病巣が崩れていると云う。――何かショックがなければならないはずだが、当人よりほかに誰も知らない外出中のことが原因だから、いまそんな質問をして余計な興奮をさせてはまずい。おそらく電車の事故か、あるいは野球の観覧席でひどくころびでもしたか、混雑で無理な押されかたでもしたかと察しる。このまえの入院のときも特別扱いの患者だったが、今度もおよそよくない入院である。見透《みとお》しなんていうものはしばらく様子を見てからでなければ軽々しくは云えないが、いま院長に連絡したから院長が来て診察の上、たぶん話があるだろう。お宅のほうも緊張を解いてもらうわけには行かない。それは寝台に附添って来た先生に言づてしてあげたから、御両親も聴いてくださってることと思う。看護婦は以前のときいて馴《な》れているあの人を、他《ほか》の派出さきから引っこ抜いておいたから、もう追っつけ来るだろう。「あなたは今のうちに御飯でもゆっくりたべていらっしゃい。御苦労なことですね、お気の毒に。」

今夜にも危険があるようなふうである。うちへ電話をした。母が出て、父は一人で酒を飲んでいると云った。

「お風呂《ふろ》へおはいんなさいよ、気が変ることあるもんだわ。」経験の多い婦長がすすめてくれた。

碧郎はどこが痛いとも苦しいとも訴えなかった。入院して安心したのか、浅く睡《ねむ》ったり覚めたりしている。なじみの看護婦が来てついているのに、ことにねえさんをと呼んで、何の用かと思えば、水をくれとそれだけだ。院長の診察のとき彼はあわれだった。許しを乞《こ》うてお辞儀をしぬいている気もちがあらわだった。聴診器を当てられているのに、気もちがたかぶってきて胸がひどく上下し、とうとうごくっごくっと唾を飲みさげた。

「いいんだよ、君。いたずらっ子みたいだね。しくじりをしでかしといて、ごめんなさいって泣いちまう坊やみたいなもんだね。いいんだよ。治るよこのくらい、……大丈夫よくなる。」

げんはそのままを電話で父に伝え、電話のまえで泣き、「げんが泣いてるんじゃないわよ、おとうさん。碧郎さんが泣いてるんだわ、おとうさんにもごめんなさいって云ってるんだわ。あたし碧郎さんのかわりに泣いてるんだわ。」

向うから、「ばか！　くだらない！」とどなって寄こして、がしゃっと切れた。げんは猛烈に腹を立てた。碧郎はもう助かりはしない。院長先生はげんが訊《き》いたとき黙っていた。そして、「わからないね。ただ最後まで一しょう懸命にするだけだ。医者のわからない部分はたくさんあるんだから」と云ったのだ。それは医者がわからない部分にやっと望みを繋《つな》げということで、死と腹合せの一線のことじゃないか。どうしてそれが父親に報告できる、泣くよりほかにないじゃないか。父親だってそのくらいのことは呑《の》みこむ人間だ。ばか！　とどなるよりほかありはしなかった、もっともなことなのだった。どうしようもない夜だった。ただ時計が耳について秒を刻んでいた。

翌日も翌々日も碧郎は無言であった。額にも頰《ほお》にも顎にもまるで紅《あか》みはなく、くぼんでいる部分にはみな隈《くま》が出ていた。幾日でもないことなのに、頰の肉、唇の肉が薄く殺《そ》げて、歯という固いものがその下にあるということを示していた。これが死相なのかとげんは恐ろしく思い、おそるおそる若い医師に訊く。

「あなたは医者ではなくて、なんにも知らないしろうとさんの娘さんだからそんな質問をするんだけれど、医者に云わせればあなたは欲ばりな質問をしている。ああいう状態のあとは大概の場合、ひきつづきひきつづきに変化が追っかけて来て、もうとうに勝負はついてしまってるものなのです。医者も薬も間に合うものじゃないのです。病気だけがあっと驀進《ばくしん》して来て、万事終ってしまうのが普通です。医者が無力を感じさせられる時間です。――でも、いままでわれわれは幸にして碧郎君の病気と闘ってるんですからね、あなたもこれは碧郎君の大きな幸運と思ってくださらなくちゃ困りますよ。ほんとに、――おどかすんじゃない、ほんとなんですよ、これだけによく持ちこたえてるというもんです。院長はじめみんながあの晩は、……とにかく、われわれ最善最上のことをやってるつもりです。だからわれわれに云わせれば、碧郎君の上には人の智慧《ちえ》のかぎりと天の恵みとが積まれているのです。文句云っちゃだめじゃありませんか。」――天の恵みと人智のかぎりに於《おい》て、彼は青隈の浮いた顔を仰向けて横たわっているのだ。結核という病気の強さがいっぱいに立ちはだかってかぶさって来た、という恐ろしさがあった。

なぜ彼がこんなに急激な変化に襲われてしまったか。げんも看護婦も無言を云いわたされているから訊くことはしなかったが、院長から聴いて知った。その日碧郎はふわりと思いたって行ったので、まえまえから切符を持っていたのではない。入場できずその辺をぶらついていて、ついに木へのぼったという。ややしばらく木のぼりの不安定な姿勢で見物してい、そのうち眼まいがしはじめ、足もとがおぼつかなくなって木から降りた。足が地へついたと思ったとき、立っている力がなくなってそこへかがんだ。見知らぬ人に助けられて歩いた。「――自動車に乗ってうちの近くの曲り角まで来たけど、そこでどうにも我慢できないほど吐きたくなって降りてしまったらしい。

でも吐かずにそこから歩いて、やっと帰れたんだね。だから喧嘩でもころんだのでもない。木へのぼったのが原因で、おそらくねじくれた姿勢で、自分の体重を無理な支えかたで受けとめていた結果と思われる」ということだった。

院長はこうしてもうすでに生じてしまった事がらに対しては、「あれほどよく承知していたのに、木のぼりなんかしてしまって。魔がさしたんだなあ」の一言でこだわらなかったが、暗い表情であった。

げんには見えるような気がする。切符がなくてうろうろと、誰《だれ》か友だちが来ていはしないかと捜している碧郎、誰にも逢《あ》えなくてあきらめて帰りかける碧郎、塀《へい》や木にのぼっている人々、うわあと場内から伝わってくる歓声、木へのぼる碧郎、土へうずくまる碧郎、とんでもないことになったとおののき恐れている碧郎、それから家へ帰ろうとする一しょう懸命な努力、——玄関で「ねえさん、おれもう！」と云った弟。きっと彼の肺臓は潰《く》え崩れたのだろう、よく家まで辿《たど》りつけたというものだ。この青隈の浮いた顔は、それでもまだ天の恵みが加えられている顔なのである。なぜ野球などをそんなにと云って彼を責めるより、そのひまに、どうか彼を助けてと天に祈らなければならないのだ、とげんは思った。そしていつか聴いた話を思いだしていた。

その人はもう三十すぎの男で、よく先生の説く療養方法に従い、順調によくなって退院を許された。うちへ帰っても病院生活の延長と思って気をつける、と云って帰って行った。分別のはっきりしている年齢だし人柄《ひとがら》が穏やかなので、誰もその人が無鉄砲をするとは考えなかった。が、一週間たたないうちに重態で逆戻《ぎゃくもど》りになった。原因は笛なのだ。笛は好きで多少もてあそんだことがあったが、習うほど好きなのではなく、入院ちゅう家人も看護婦も笛の話など聞いたことはない。それくらいなのだから、笛を吹きたくても我慢してこらえていたというのではない、そんなに笛と密接な気もちなのではない。それがふと誘われて吹いてみたくなり、久しぶりの笛はどんな音《ね》を立てたか。病院側でも、「え？　笛？」と意外さにぼんやりしたという。なぜ承知していて、ひょこっと下らないまねをしてしまうのか、あるいは避けにくいまわり合せとでもいうものがこれなのか。碧郎にしても笛の人にしても、自分が一生弱い胸を抱《いだ》いていることを忘れるのだ、そしてはっとしたあとは茫然《ぼうぜん》たるものであろう。傷ましい結果なのである。炒豆《いりまめ》に花の咲くことがそう度々あるはずはない、二度の奇蹟はないものと覚悟しなくてはならなかった。

＊

そのままで一週間たち、いくらか気力も戻って短い会話を許された。しかし仰臥《ぎょうが》したまま食事も養ってもらうのである。ベッドへ糊《のり》で貼《は》ったように寝ていて、ちっとも動かなかった。残暑がしつこく敷蒲団《しきぶとん》の綿へこもるらしく、「脊骨《せぼね》が暑い。なんとかして脊骨をひやす方法はないかなあ」と嘆いた。

入院のとき、あわてて荷物のなかへ見もしないで突っこんで来た扇子は、お中元にどこかの会社から届けて来たもので、有名な画家の筆を版にした男持ちのだった。赤い雛罌粟《ひなげし》の花と蕾《つぼみ》が、繊細なくせにどぶりと描いてあった。いやな図柄のを持って来てしまったと思ったが、今ほかにないから、げんは碧郎に見えないようにして煽《あお》いでやる。碧郎は壁へ眼《め》をやって知らん顔をした。看護婦がそれとなく、「お扇子は風が小さいから、小使さんに頼んで団扇《うちわ》買いましょう」と云《い》う。あの医局員はげんに人の智と天の恵みということを云ったが、自分も碧郎も人の情を受けていることが思われた。

まえの退院のときに特別よくしたわけでもないが、調理場のコックさんにも心ばかりのお礼がしてあった。苦労人の父親が、「院長はじめ表側の人たちにだけ挨拶《あいさつ》をしておくなどという気にはなれない。裏側で世話をしてくれた人に黙って退院ができるか？　おれは碧郎がよくなって、誰にも彼にも礼が云いたいんだ」と、げんの行届かなさを注意したのだった。調理場の人は、誰にも彼にも礼が云いたいと云われたのは嬉《うれ》しかったという。それでこの再入院には、病人と父親と両方のことを思いやってくれていた。食欲のない彼に食欲を催させようとして、スープには刻んだパセリを添えて香気を立たせ、じゃが薯《いも》のうら漉《ご》しは五弁の花がたにして盛りつけてあった。碧郎の一人前を特別にそうするだけなら、それはわけないことだったかもしれない。しかし調理場は患者何十人の何十膳《ぜん》を、医局からの指示に従って流動食・おまじり・粥《かゆ》食・普通食に分けて、公平な配膳をしなくてはならない義務を負っていた。碧郎一人にすることは、スープにじゃが薯の献立をたべる人全部にそうしなくては依怙贔屓《えこひいき》になった。パセリはいくらの金でなくても、じゃが薯の花がたは簡単でも、大勢のことになれば台処の手間はぐんとかかるのである。それを承知でしてくれているのだった。弟は何も知らないが、姉は好意を寄せられてつらかった。そして夕がたと朝とには、例の「ひとおかせるつみ、けものおかせるつみ、おやとことおやとおかせるつみ、……」という窓下の、お経みたいなものの合唱を聞いた。さすがに秋がきざしていて、げんも一向気がひきたたなかった。

日がたって行った。これだけ持ちこたえてきたのだからと肉親には贔屓眼があったが、院長から呼ばれると、やはりげんは怖気《おじけ》づきながら出て行った。入院から現在までの経過の説明と今後予想される径路とが話された。それはげんへの犒《ねぎら》いからはじまって、「どうもほんとに云いにくいことだけれど、――」と云われた。いまはまだ当人が気づいていないが、やがてそのうち喉《のど》と腸に変化が現われてきそうである。腸が侵されてくると営養摂取の率が落ちて衰弱がひどくなり、喉が蝕《むしば》まれれば病人は苦しい思いをしなくてはならない。しかもこの病気は重態になっても意識がはっきりしているから、本人も看護の家族もつらさは格別と覚悟の要がある、という話だった。

与えられる事実だけを、一しょう懸命に感情から放して訊こうとした。「先生の御覧になるところでは、どのくらいの日時が碧郎に許されているんでしょうか？」

「わからない。いまのところまだまだ体力にストックはあるし、気も落ちてはいないし、心臓もしっかりしているから。」

「じゃあ、何年という年《ねん》で考えていいんですか？」

「……まあ、秋をすぎて冬も無事に越したら、ぐっと様子は違うでしょうから。」

「先生、はっきり御遠慮なくおっしゃってください。じゃあ何ヶ月ですか、何十日ですか、それとも何日のことっていうんでしょうか？　私も父もそうならそうと、つききり附添ってやらなくちゃあ、――」

「そう、そのことを思うんでねえ、……おとうさんにもお気の毒で。しかしこれは決定の話をしているんじゃないんですよ。しばしばそういう径路を辿るというだけのことで、みんな同じではないんです。ところでもう一度あなたに云いますが、若い女のかたにこの看病は無理なんですがね。」

「できらないというわけですか？　それともだんだんむずかしくなってくると、病人よりも私のほうが取乱して邪魔になったりするという意味でしょうか？」

「まあそう気を廻さないでね。私もあなたと齢《とし》ごろの似た娘を持ってましてね、こうして商売がら大勢の若い人を見送ってくると、大事だと思いますよ、自分の子も人様のお嬢さんも。急ぐことではないからおひまの時で結構、おとうさんにお話ししておいてください。なんだったらお見舞にいらしたとき、私からお話ししましょうか？」

おそらく冬の峠は越せない見透しだと察せられ、そうとすれば四月《よつき》か三月《みつき》かということだと思った。にわかにごたごたといろんなことへ考えが走った。いちばん大切なのは、いま聴いたことを腹の奥へ押しこんで、顔に現わさないようにすることだった。けれども部屋へ戻ると、いくら気をつけても弟の顔へ眼が行ってしかたがなかった。こんなに見つめては気取《けど》られはしないかと、びくびくしながらやはりしみじみ眺《なが》めるのだった。碧郎は平生薄著《うすぎ》が好きなのに、早く季節を感じているのか、「浴衣《ゆかた》寝巻はいやになった。タオルの厚いのを著せてもらいたい」と頼んでいるのである。

「ねえさん、縁談どうした？　おれの看病なんか構わないで、どんどん好きにしてくれたらいいんだ。」——さきごろ断った縁のあとがまた一ツ齎《もたら》されていた。碧郎はそれを云うのだが、げんは到底結婚なんか夢みてはいけないと思って気にとめていない。

「あああの話ね。とりたてて行く気もしないから困るのよ。どうでもいいような心持なんだから、纏《まと》まらないほうがかえっていいんじゃない？」

「ふうん。」

袷《あわせ》になったとき彼は突然姉に、島田髷《まげ》に結って見せてくれと云いだした。「どうせおれはねえさんの結婚式の姿なんか、見ないで終ってしまいそうだもの。どんなかな、案外似あうかもしれない。」

反射的にげんは百貨店に飾られている、結婚衣裳《いしょう》のきらびやかさを聯想《れんそう》した。大きな髷、張りだした鬢《びん》、鼈甲《べっこう》の笄《こうがい》、そして振袖《ふりそで》。そういう身じたくをした自分を、碧郎のベッドのわきへ立たせて考えてみると、白い病室はたちまち花やかで明るくなる。そうだ、碧郎は自分の病気が姉の結婚にさし響いていることを気にしているのだから、寝がえりも打てないベッドに縛られて、ついそんなことも描いてみるのかと思う。道化っ気が起きて、げんは快活に応じた。

「やってみようか。お嫁さんのしたくの予行演習しちゃいけないってことないものね。ただし振袖まではちょっと痛事《いたごと》だから、著物はありあわせということにしてあたま結ってみよう。どう？　看護婦さんを審判にして、もしよく似あったら碧郎さんがおごるのよ。猿《さる》芝居の猿の嫁さんみたいに滑稽《こっけい》だったら私がおごる。――見苦しいところをお眼にかけまして平《ひら》にお詫《わび》を、とかなんとか口上《こうじょう》を云《い》うと、猿の太夫《たゆう》さんがお辞儀をするんでしょ。ふふふ。いやな恰好《かっこう》の頭ができちまうと癇癪《かんしゃく》起るから、一流のいい髪結《かみゆい》さんへ行こうっと。」

「ほんとに姉さんやってごらんよ。いつもねえさんじみすぎるんで人にばかにされるんだよ。」

「そうかしら。じみは粋《いき》の通り過ぎって云ってね、はでは幼いのよ。はでに飽きてからやっと粋になりたがるという順で、その粋をまた通り越して、じみに納まるんだそうだけれど、私のははでも粋も知らないうちからいきなりじみなんだから、ほんとはとても利口なんだけどね。そんな手間ひまかけていないで、じみへ行きついたんだもの。でもまあ島田に結うと、いくらか娘っぽくなるかもしれないわ。」

とは云うものの、島田という髪がたは非常に目立つ髪だった。正月とか結婚式とか踊のおさらいなどのほかに結えば、何事ぞという感じをふりまく髪であった。それも若ければまだいい、すでに結婚に後《おく》れかけているげんのような齢ごろの娘だと、すぐに悪口の種にされる。催促島田とひやかされるのだ。結婚の後れているのは当人にとって痛いことなのに、島田に結えばあえて傷口を曝《さら》すにひとしい。縁のない娘があてなしに島田に結って、結婚を催促しているという謂《いい》なのである。げんは当然からかわれていやな思いをすることを承知の上で、道化ようとした。ことにいまは秋なのだった。縁は秋から初冬へかけて多く結ばれ、その季節に結婚式が多いのだ。てっきり結婚と人に思われるようなまねを、道化でやってのけようというのである。腸も喉も蝕まれてじりじり追いつめられて行こうという碧郎へは、突飛でも何でも云うなりにしてやりたかった。

島田に著るために紫御召《むらさきおめし》の一張羅《いっちょうら》をうちへ取りに行くと、父親はさすがにこたえたらしかったが、母親は、「いい加減にしておかないと、はた眼にみっともないでしょ」と反対意見を示した。はた眼なんか構うもんか、弟だから姉にこんなことを云い、姉だからこそ弟の気もちを汲《く》んでやるんだ、という気だった。紫の著物の袖の長さが感傷的に見えた。島田は上手な結髪師の手にかかって、似あうように結いあげられ、著物も若々しく襟《えり》をあわせて著た。かもじの入った頭は重かった。母への反撥《はんぱつ》や催促島田への抵抗や、弟のあわれさなどの上へ乗った、この大きな髪がたはほんとに重かった。それにげんは大柄《おおがら》だったし、道を行きあう人が皆ふりかえる。曝されているせつなさに負けないうち、大急ぎで病院へ駈《か》けつけたいのであった。

とうとお

碧郎は無言で見つめた。まじめな顔で、むしろおこっているような眼で、じろじろと見た。げんは情なさにこらえられなかった。「どう？ 私の勝でしょ。」

「うん。」

看護婦さんが無条件でと云うように、賑《にぎ》やかに褒《ほ》めてくれた。そして小声で同情を洩《もら》した。

「よくまあ思いきってなさいましたね。でもそれでよかったんですよ。ほんとに結って来るだろうかって、碧郎さん待ってらしたんです。」

しばらくしてからやっとほぐれて、碧郎が評をした。「ねえさんの島田は、かわいいって形容する島田じゃないけれど、りっぱって云えるよ。取っつきにくいんで驚いた。でも下品じゃないよ、りっぱだよ。りっぱすぎるくらいなんだから安心していいんだ。ただ忠告しておくよ。ねえさんはもう少し優しい顔するほうがいいな。りっぱと愛敬《あいきょう》とどっちがいいか知らないけど、気楽に口が利《き》けるような顔をしていてもらいたいな。島田ってのは凄《すご》い威力だね、おどろいた。」

隣室からも附添が見に来たりして、碧郎がお茶をおごった。

「重いからもうこわすわ。これつけていちゃ今夜睡《ねむ》ることできないもの。」

「あら勿体《もったい》ない、あんまり早いじゃありませんか。折角だからちょっとみんなにも見せましょうよ。病院ではお正月でも日本髪はめったに見られないんです。」

看護婦はしきりに眼まぜをして寄こした。何かあったなと察して部屋を出た。きょう、しろうと眼によくわかるまでに腸の変化が形をとってきた、と聴かされた。どんなふうに形をとってきたかと詳しく訊《き》く気はなく、それより、ああよかった、きょう島田に結っておかなければあしたではもっと辛《つら》い思いをしたろう、と思った。

腸の変化がひどくなるとどんどん営養は摂《と》れなくなるという。いままでも病院食のほかにげんの手で調えた副食物を添えてはいたが、もっとそれを強化することにした。二階の配膳室はげんの料理場化した。献立は一々医局へ出して許可を取った。げんはただ営養の補給のことだけに心をおいてそうやっていたのだが、「喉頭《こうとう》結核がはじまればたべられなくなるものねえ、今のうちにせっせとたべさせておくんだよ。たべさせ納めだよ」と云う話し声を洗濯《せんたく》場で聴いた。はじめは誰のことかとちょっと考え、碧郎のことだとはっきりし、時間に迫られていることを知った。看護婦さんは絶対に便器や痰壺《たんつぼ》の掃除をげんにさせないようになった。「職業にかけての誇り」だと云って厳しくげんの助力を拒むのだった。看護婦のすべき処置がだんだん多くなってきているし、げんはげんで朝から食事ごしらえに頭をつかい、あとの時間は少しでも余計に枕《まくら》もとにいてやろうとすれば、手が足りなかった。

そろそろ碧郎は病気に負かされてきた。その証拠におこりっぽく、愚痴っぽく、疑いっぽく、その反面またばかに大人っぽく、納まりかえっているところも出て来た。院長の云う看護のもっともむずかしい時期へかかって来たらしかった。こちらも心身ともに疲れてきているとき、病人もまた峠へかかるというのだ。

「どこもかしこも肉体がおれに反抗しやがる。ねえさんも聴えるだろ、おれの胸のくせにしておれに楯《たて》つきやがる。ほら、こんなにぶつぶつ鳴ってやがる。よせよ姉さん、気休め云うのは。おれちゃんと知ってるんだからね、これただの腹下しと違うんだろ？ おれの腸じゃないんだよ、こいつはもう結核と結託して、あっち側の家来になりやがったんだ。」ぎすぎすと悪たれ口をついた。それがいやに大人っくさく聞えて、げんは哀《かな》しくさせられる。その点、看護婦さんは鍛えられていた。感情は動くのだろうが決して波立たない。

「また検温か！ 結局は無意味なことじゃないんですか？ あなたは無意味なことでも平気でやって、月給取るんだな。」下品なことを云う碧郎にとりあわず、彼女は蔭《かげ》でげんに教える。「御病人がまえから持っているだけの悪たいをつかしておあげするのが、この職業だという気がするときもあります。洗いざらい云いつくさせてあげて、そのかたからすっかりいやなことばを抜いて、お見送りするんです。おねえさんも折角こんなにしておあげになってるんですから、気を平《たいら》にして聞いておあげなさいまし。」

　碧郎をよく見ていると、なるほどこれまでの生涯《しょうがい》にした経験が、ちゃんぽんにまぜあわさって見えているといった感じだった。子供のころのことば癖もあったし、不良少年のしゃべりかたも、優しい弟としてのアクセントも、学生気風のものの言いかたも、父にあまえていたのんきなところもみな指摘できた。それらが感情のままにいろいろな現われかたをしていた。「悪い縁だと思ってかんべんしてください。云っちゃったあとでほんとにいやな気もちなのに、なぜああ意地悪く云いたくなるんだか？ぼくいま気もちが鎮《しず》まってるから、こんなときにお詫しときます」などとも云う。

　おなじ「ねえさん」と呼ぶ呼びかたも幾通りあるか、げんは神経を立てて、「ねえさん」の一《ト》言だけですべてを悟ろうとする。「ねえさん」と呼ばれて「え？」と返辞をする、その「え？」の調子一ツで碧郎は機嫌《きげん》をかえた。つまり病気は碧郎をあやつり、げんをあやつり、病室を支配するようになった。もうこのごろでは碧郎は、「起きて歩きたい」とあんなにうるさく云っていたせりふを忘れていた。起きることなどもう念頭になくなって、いかに楽に横たわっていたいかのみになったらしい。褥《じょく》瘡《そう》が肩にも肘《ひじ》にもあって、大小いくつもの円座に支えられていた。

「爪《つめ》、切ってくれないか」と云《い》った。爪きり鋏《ばさみ》の少し弧になった刃に挟《はさ》むと、縦皺《たてじわ》のついた爪は弾力なく折れて落ちる。「ひとに爪切ってもらうの、いやな感じだな。」

さぞそうだろうと察しるが、それはまるで老人に云われているような錯覚を起させた。いわば先の寿命を宣告されているかわいそうな弟なのである。ずっと長く、小さいときから世話を焼いてきた弟なのである。いつもげんが何とかかとか心をかけてきた弟なのだ。げんはいつも姉だった。それだのにここへ来て碧郎は、以前の弟というものとは少し違った人になってしまったようだった。げんに太刀打《たちうち》ができなくなった部分が生じていた。弟が背高く思われて、自分が背低く見え、姉の位置からずった気がしてたまらない。適当な返辞のできないことがしばしばだった。そういうとき、げんは考え沈む。なぜきょうだいが一緒にいて、自分だけ取り残されたように思うのだろう。碧郎は現在まだここにいるのに、なぜこう離れたと感じるのだろう。げんは置いてきぼりにされ、一人にされている気がする。別れもしないのに、もはや別々になったと思う。しみ入るような寂しさ、泣く気も起きない寂しさだった。

とうとう碧郎は、「なんかたべるとき喉のところが気もち悪いんだ。扁桃腺《へんとうせん》が腫《は》れてるんじゃないか、先生に訊いて来てくれ」と云いだした。院長のところへ訊きに行くまでもないことだった。だが彼ほど勘のいいものが、喉が侵されてきたと感づかないのはふしぎだった。とぼけて云っているのではない、ほんとにかぜでもひいたかと思っているようだった。天の恵みということばが浮ぶ。先生は自分がうまく話してあげると云った、それは所詮《しょせん》彼をだますことなのでしかなかったが。

「ああ、少し炎症起している。こういうの、かぜは大したことなくて喉がかえってしつこくやられることあるんだよ。ルゴール塗ってもらったことある？　あれ、いやがる人はよく吐いたりするけれど、君はどう？　大丈夫？　じゃあいいね？　あとで専門の科の先生を頼んであげるから、塗ってもらおう。うちでもできるけれど専門のほうがうまいんだ。ちっとしみるかもしれないよ。」

そしてそばに立っているげんへも聴かせた。この性質の炎症はしつこいから気長に療治をするように、と。たまらなかった。あわれな弟は院長の云うことを疑っていなかった。信じるものの弱々しさ、すなおなものの傷々《いたいた》しさ。碧郎は誰《だれ》がなんと云っても「いい奴《やつ》」だった。「弟」だった。そしてやっぱりげんは「姉」だった。

父親に喉のことを報告した。「喉へ来ようとどこへ来ようと、おれはできるかぎりのことをしてやりたい。しかしおまえはだんだんと疲れたろうし、看病もこれからがえらかろう？」

鉄色無地の著物《きもの》を著て、父親は骨太のからだをひっそりと坐《すわ》っている。げんはこの骨の太さを受けついで無事息災であるのに、弟の骨骼《こっかく》はか細かった。げんは、自分はちっとも疲れていないから看病は平気だと云い、座を起《た》った。病院へ持って行く必要品を揃《そろ》えていると、父親が呟《つぶや》くのを聴いた。「ふたりの子か！」というように聞えた。覗《のぞ》くと父は障子に嵌《は》めたガラスから外を見入っていた。

「何かおっしゃった？」

「いや、――」とだけだった。

その日を境にして看病はぐんとやりにくくなった。碧郎の神経は喉へ集まってぴりぴりしはじめた。耳鼻科の先生は見た眼《め》には至極簡単に薬を塗って帰る。薬は碧郎に意外なほど、塗ったあとが楽だったらしい。病気は徐々にやって来ていたので碧郎も馴《な》れっこでさほどとも思わなかったものが、薬をつけてみるとつけないまえの不快さがかなりのものだったとわかる。だまされていた神経が目を覚まして、気持わるさだの痛さだのを捜しまわって文句を云うような結果になった。ほんとは不快や痛みを鎮めるためのコカインの処置であったが、逆に不快や痛みを意識させることになったのである。

それでもまだ扁桃腺の炎症だと思っていて、「なぜ耳鼻科の先生は来ないのかな？さっさと続けて治療をすれば早くよくなるのになあ」と云った。

しかし先生はコカインはなるべく避けようとしていた。三日目にまた来てもらったが、急速に悪化して行くようだった。塩分が刺戟《しげき》して痛がらせ、つぎには酸類がしみた。そして耳鼻科の先生が薬を塗ると塩分も酸もしみなくなる。その先生はよほど上手に患部へあやまたず塗薬するらしいのだが、度重ねているうちに多少患部からはみ出しもした。

すると碧郎のぴりぴりしている神経は、それが痺《しび》れ薬であることを見のがしはしなかった。

「おかしいんだ、痺れているんだ。ねえさん何か知ってるんじゃない？　扁桃腺じゃあ麻痺剤《まひざい》つかうまい？」

げんは心を鎮めておちつこうと努力した。喉頭結核というものを碧郎が聞き知ってないはずはない。しかしどの程度に知っているか知らないか。もし知らないなら、知らせて苦しませたくはなかった。われながら卑怯《ひきょう》だと赤面しつつげんはごまかした。

「先生に訊いてみようか？」

「うん、……喉頭結核でもなおりますかって訊くんだ。いのち取りになりますかって訊くんだ。」

げんはぐっと詰った。返辞に詰っている姉を、碧郎はすさまじい眼で見ていた。意地がわるい眼つきなどと云ったのでは力が足りない。敵《かたき》にされたような、わなわなさせられるものがあった。こちらも立ち向って行かなければ、とても我慢のできないような衝動のあるものだった。

「いいよ姉さん、訊きに行ってくれなくても。頼まないよ。おれが訊くからいいんだ。院長呼んで来てくれ。」

院長がはいって行ったとき、碧郎はあんな恐ろしい剣幕だったことは嘘《うそ》だったように、にこにこしていた。こんなときに芝居ができるものだろうかと疑う。——「どうしたね？ 興奮しちゃいけないね。」

「ふふ。興奮したのはねえさんなんだ。ねえ先生、まえにはたべちゃいけないものもあったけど、このごろはぼく何たべてもいいんでしょ？」

「そう、度を過さなければ大抵なものいいね。」

「なぜなのかな、このごろになって何でもいいっていうのは？」

「そのときの病気の状態によるんだ。」

「そんなら、何を訊いてもはっきり返辞してもらえるっていう状態もあるわけだな。」

げんはあっと思ったが、先生は馴れていた。「ははは。病気が長びいてくると、どうも医者はしょっちゅう患者に負かされるんで困るんだ。」

「先生、ぼくの喉どうなるんです？」

「なおるさ。心配か？」

「はっきりと嘘をつくね、先生。」碧郎の作り笑顔はあわれに崩れて壁のほうを向いた。

「そう神経を立てちゃいけない。今が悪い状態だってことは確かだが、実は君がよけい昂《たか》ぶっちゃいかんと思って黙っていた。でももう峠は越しちゃったんだ、君の知らないうちにね。」

「……いやだなあ、ほんとのこと云ってくれないんだ。医者は是非ほんとの返辞をしなければいけない時期ってものがあるのになあ。」

「碧郎君。誰でも医者を信じてくれなくなる一時期があるんだ。医者も患者もその時期がもっとも大切なんだ。」

「もういいよ、なんにも云ってくれなくても。おれはね、もうむずかしいんだって云ってもらったほうがいいんだ。」

「そんなことないんだ。君はなおるんだ。」先生は激しく云った。

碧郎が先生へひたとあてていた眼を閉じた。「先生、も一ツ訊きます。喉切って取っちゃって、人工的に食物送ることができるっていうの、ほんとですか？」

「ほう、知ってるね。どこで聴いた？　できるんだ。ただし、薬品の利くかぎり痛い思いはいけないな、消耗が大きいからね。」

「広島だか岡山だかでやったって話を聴いたけど。」

「やる勇気あるかね？」

「……薬が利かなくなったらね。でも、とにかくそういう手段がまだ一ツあるってことは、まさか嘘じゃないでしょうね？」

「すっかり信用がないね。」

先生は、近来有能な医者がいかに結核の征服に情熱をかけて、めきめきと新しい成績を挙げているかを手短かに話し、碧郎の気分を転換した。げんも半信半疑ながら気もちは明るくなっていた。ふと隣室を見た。附添の看護婦が椅子《いす》にかけ、胸に腕を組んだ姿勢でがっくり頸《くび》を落して寐入《ねい》っていた。ゆえもないそれだけのことなのに、げんにはそれが、先生の話は役に立たないと断定しているように受取れた。

碧郎はわりに明るく、つぎの食事のときにもいやがらせなど云わず、耳鼻科の先生を迎えた。

「手術はいいなあ。おれみたいな面倒がりにとっちゃ、一かばちか一《ト》思いにやっちまうほうが気もちがいいや。」彼は手術に望みをもったようだった。

天気も晴れる日降る日がかわりがわり訪れた。碧郎の気分もよくなり悪くなりした。天気より碧郎の気分は早く動き、そして激しかった。少しずつ声が嗄《か》れてきた。かすれた声で腹を立て、人を罵《ののし》り、意地悪を云い、疑い、そして素直に優しいことも云った。多くしゃべるのが苦労になってきたかして、短いことばで突き刺すように云うのである。「うちへ帰ってくれ。肉親にいられると邪魔になるんだ。」「うん、あたし外へ行って来る」とげんは逆わず病室を出て、さて行き場はなかった。「何のためにおれに飯食わせるんだ」と云われればげんは笑って、手をつけないお膳《ぜん》をさげる。痩《や》せて、検温器は腋《わき》に挟《はさ》んでも浮いてしまうようになった。手の甲に皺が寄った。足は介添なしには曲げることもできなくなった。腹を立てても意地悪や皮肉を云っても、こんなにせつなくからだが衰えてきては、無理もないことだと思われた。げんが無抵抗になればなるほど、碧郎はつむじを曲げるかのようだった。「碧郎さんの持って生れている、あらゆるいやなものを吐き尽させて、聴いてあげて、きれいに浄《きよ》めてお見送りしてあげてください」と云った看護婦さんのことばが身にしみていた。

碧郎はある朝、「ゆうべ夢だかほんとうだかチャルメラの音を聞いたけど、鍋焼《なべやき》うどんがたべたかった」と、久しぶりに食欲がありそうに話した。けれども彼の食事は養ってもらってたべるのである。うどんや蕎麦《そば》は長さにうまさがある。熱く煮た鍋焼うどんをどうやってたべさせるか。ぶつ切りにしたうどんを匙《さじ》ですくってやるほかない。それではきっと見た眼にもまずそうで、おそらく癇癪《かんしゃく》を起すだろうと思う。ロースを入れて、葱《ねぎ》を入れて、蒲鉾《かまぼこ》を入れて、車海老《くるまえび》を入れてこしらえてくれと云っている。ほんとに久しぶりに、「望まれたたべもの」をげんはこしらえるのである。薬はもう大ぶ利《き》かなくなってきている。うどんのできあがる直前に先生を呼んで、薬を塗ってもらってただちにたべさせなくては、たべ了《お》えるまで保《も》つかどうか心配だった。食事の終るまえに薬の利き目が切れてはたまらないのである。げんはその点、これまで一度もへまをしていない。それだけに神経の傷《いた》むことは相当であって、無事にお膳をさげて行くときはぐったりくたびれた。それもきょうは、吹いてたべるような熱いうどんを望まれていた。げんは蕎麦屋から鍋焼の鍋を譲ってもらって、彼の描いた食欲とそのイメージに応《こた》えようとしていた。

さっと時間に先生が来て、さっと薬を塗って、さっと煙の立つ鍋を運んで行った。

「さ、碧郎さん、どう？」

「うん。」枕のわきへ運びつけられた鍋を、窮屈な眼の位置から眺《なが》め、ことさら鼻に嗅《か》いでみている。にやあっと笑った。

げんはごくっと嬉《うれ》しさを嚥《の》みこんだ。考えておいたのである。うどんは五寸くらいの長さに切ってあった。それを勢《いきお》よく鍋から箸《はし》で眼の高さまで引きあげる。煙がつれてあがる。さも熱そうなそれを匙に取って養うのである。鍋からじかより、それだけのことで温度が緩和されるのだった。熱いものはたべさせたくなかったのであるが、熱そうにしなければならなかった。

二ヶ匙三匙、碧郎は満足げにたべた。それからふっと疑わしげな眼つきになると、げんを見つめた。「ねえさんおあがりよ。」

「え？　なぜ？　もういやになったの？」

「そうじゃないんだ。いいから、そっちのはじからおあがりよ。」

「だって、……どうしたのよ？」

「……ねえさんに一緒にたべてもらいたいと思っただけなんだ。」

かつて姉と弟とで一ツ丼《どんぶり》一ツ器のものを両方から突つきあったことなどない家庭である。父と母がそうしていることも絶えてなかった家である。そっちのはじからおあがりと云われても、何のことか呑《の》みこめないげんであった。鍋焼うどんはお新香鉢《しんこうばち》の香の物とは違う、取り分けてめいめいにたべられるものではない。一ツ鍋の向うとこちらから口をつけろと云われても、げんには理解が行かなかった。ことに病院の生活がはじまってからは飲食は厳しかった。患者は一人でたべるもの、附添は別室でたべるもの、医局の許しのないかぎり病室でいっしょに食事を取ることは禁じられていた。再入院ののちは碧郎は起きて食事をしたことがなく、げんは碧郎に養ってやることがもう習慣になっているのだ。何とも思っていないのだ。碧郎が一人でする食事は当然のようになっていた。が、碧郎からすれば一人きりでたべる食事は当然であったろうか。彼はもと家庭の一員であって、家族とともに食事をする習慣だった。そしてそれこそが当然であり、いまの一人の食事は本来から外れたものなのだ。鍋焼と云われれば、意に添ってやりたさから蕎麦屋に鍋を譲らせるほどにも気をつける姉だのに、患者とは三ツしか年齢の違わぬ若い娘のかなしさに、弟の心の底までは測りきれないのである。「一人でたべる味気なさ」が計算できなかったのである。しかも結核という業病のさせる一人の食事なのだった。彼は複雑なわびしさで一人の食事にこれまで堪えてきていたのだった。

彼は鍋から顔をそむけて空《くう》を見つめていた。哀《かな》しく優しい眼になっていた。弟の眼色ばかり読むようになっている姉は、そうと悟ればもうどうしようもない。

「ごめんね。私よくよくぼんやりものだ。いっしょにたべよう。」ごまかそうという調子と正直本心の調子とがぶつかって、ごまかしが負け、その証拠に声が湿った。

「いいんだよねえさん。」かえって碧郎のほうが、もう気の鎮《しず》まった声だった。

それを聴かされると、反対にげんはたまらなくなる。「かんにんしてよ碧郎さん。ほんとに済まない、私がばかだもんだから、わからなくて。」

「いいんだってば。もう試験は済んだようなもんなんだ。――ねえさんて人がいいんだね。それに較《くら》べるとおれは悪党だ。肺病が悪党なんだ。」

碧郎は、かんにんしてくれと詫《わ》びるのは自分のほうだ、からりとしてくれとげんに頼んだ。なにか非常にげんは快かった。うどんは散々《さんざん》であったが、弟の真底《しんそこ》が摑《つか》めたようだったし、結核の看病というしごとの真底がわかった気もした。兄弟も親子も夫婦も親友も医師も、すべて何等《なんら》かのテストを通過してからでなくては病人に許されないのだと思う。そのテストはその人にもより、その病気の軽重や病生活の長短にもよるようである。軽症で退屈ならその退屈でテストされ、もっと重症でしかも金の心配もあれば、金と病気とでテストされ、生死の域にまで来ているものなら生死でテストされ、碧郎の場合は、伝染という恐ろしい幕を楯《たて》に取ってげんをためしたのである。なぜそんなテストなんかする？　患者はほとんどがみな、愛を確認して安心したい一心なのである。かわいそうな碧郎！　結核菌のなんという憎たらしさ！

「私は結核なんか伝染《うつ》るもんか、うつってやるもんか。絶対に拒絶する。でも、――碧郎さん、信じなさい。私はあんたを看病しているんだ。いやがっちゃいないんだ。

ねえさんはきついっていつも云《い》うじゃないか。」げんは闘いだす気である。たたかうである。ひっぱたきたい猛々《たけだけ》しい気であった。が、遅かったとくやしい。すでに遅きに過ぎたと、この事件で急にそう思う。彼はうどんで姉を試み、そして死んで行くのだろうか。そんなことは父にも云えないではないか。うどんは台処《だいどころ》で、台処はげんなのだ。ひっぱたきたいのだ。どこを、だれを？　碧郎はもう助からないと、げんは思った。――「ああ、愛情が遅かった。姉なんてなんだ。役にゃ立たないんだ。」

うどんを境にして、碧郎はげんに対してはもうまるきり素直になった。そう素直になられてみると、いままで自分たち姉と弟の間はどんなにたくさん素直でないものがあったかがわかる。これまでは優しくしあうのはてれくさかった。あまり行届きすぎると弱点を見られたように腹を立てた。それがいま碧郎はすらすらと、「そんなに優しくしてもらっちゃ済まないな」と云い、「ねえさんありがと」と云い、「むかし、ほら、子供のとき姉さんこんなことしてくれたろ、あれ嬉しかったな」などと話した。げんは競争の思いである。碧郎の素直さ優しさにならんで走ろうとするのは骨が折れる。そして、自分一人でこのいい碧郎を見ていたんじゃいけない、父にも母にも、――そう、母にもだ、見せなくてはいけないと考えた。そこがげんにとって重荷だった。母と碧郎とはむずかしいと思えた。

碧郎は父親の好きなことを話題にした。釣《つり》だとか球《たま》つきだとか。父親は碧郎の好きな映画のことを話した。機嫌《きげん》よくほとんど父親が一人でしゃべって彼を笑わせた。帰りに、「大層いいようだな。ま、よけりゃいいように、……もっとよくしてやりたく思うんだが、何でも好きなようにしてやってくれ。心残りのないようにな、あれにとってもおれたちにとってもね」と云った。

母は案の定、ひどくぎごちなくはいって来た。碧郎もふっと固くなった。げんははらはらする。

「足が悪いのに、わざわざ大変だったね。ぼくずっと調子いいのに。」

「そうだってね、おとうさんそう云ってらした。果物少し持って来たけど、気に入るかどうか。」

「やあどうも。何買ってくれたの？　ねえさん明けてよ。あ、舶来の桃缶《ももかん》だね。すぐ冷やしといてよねえさん。」

気丈なひとだが母はのぼせて、額ぎわに汗が光るほど神経をつかっているようすだった。何気ない、平安な母らしい会話をしている努力が見えていた。この母も優しくすることが不器用であり、恥しがりであった。そのくせ部屋を出て廊下を曲ると同時に、ハンケチを出して立ちどまってしまった。「あたしはきょう決心して来たんだけど、……碧郎さんに信仰を勧めようと思って、……信者にして天国へやりたいと思って。……でも、もうあの子いい子になってて、……お祈りもいらなくなってる、……私よりイエス様のほうがさきにあの子を救ってくださって。……」

げんはぐらぐらして、「ありがとうございます」と云い、泣いている母に感動した。すべてが好転しているのに、これで終りが来るというのはなぜだ？ と思う。

肉親の心がこんなふうに集まってきた間に、病院側も碧郎へ心配りをしてくれていた。看護婦長はじめ顔見知りの白衣の人たちがつぎつぎに来るのだ。「いま花買ったの」と菊が一本である。「氷ある？ ついでだったから」とコップ一ツである。「ね、これ名画なんだって」とコローの風景の絵端書一枚である。さすが看護婦である、賑《にぎ》やかにしてかつ病室を護《まも》るこつを心得ていた。そしてその看護婦たちに引っぱられて来るというかたちで、医局の人々も絶えず覗《のぞ》いてくれた。知ってか知らずか、碧郎は多くものを云わず、ただ愛敬《あいきょう》よく笑うだけを挨拶《あいさつ》にした。喉《のど》は水もしみはじめて来、熱も上下するのだが、ふしぎに彼はそう苦しげではなく、睡《ねむ》った胸に汗が噴出《ふきだ》して肋《ろっ》骨《こつ》に溜《たま》るほどでも、覚めてこまかく呼吸を喘《あえ》いでも、苦しさは苦しさでもからだだけのもの、といった静かさがあった。

「ねえさん」と呼んだ。寐言《ねごと》かと思った。眼をつぶっていたからだ。「ぼくにはわからないんだがね。ねえさんてひと、誰《だれ》か好きになったことあるの、ないの？」

はっとした。急いで答えた。「ないわ。」

ないということが、なにか大層いいことの証明のようでもあり、奇妙に恥かしく身がひけるようでもあった。「なぜ？　なぜそんなこと訊《き》くの？」

「なぜってこともないけど、……ほんとにないの？　あったような気もするんだけどね。」

「ない。」慌《あわ》てて答える。あったような気もする、けれどもないのだった。

「そうか。ないとすれば、――」

「なにさ、ないとすればどうなのよ？」

「つまんないな、ねえさんもおれも。」そこで彼は眼《め》を明けると、少し額を動かしてげんを見、ありとしもないかすかな笑いを口もとへあげた。

秋晴れの午前の病室はあまりにもみごとに明るかった。碧郎は眼を移して、白い壁から天井を順々に見て行った。げんは碧郎の心のうちを測りかねて一しょう懸命に、知っているだけの彼の女ともだちを数えた。あったような気がしていて、突きつめてみるとみな雲になって消える人たちであった。そして又、自分が行届かない姉、役に立たない姉、後手《ごて》に廻《まわ》ってばかりいるまぬけな姉だとがっかりする。――「碧郎さんがもし好きな人いるんなら、あたし連れて来ようか？」

「そんなの、いないんだ。いるような気もするけど、やっぱりいないんだなあ。よくわかんないや。」

げんは紺絣《こんがすり》の匂《にお》いとリボンの色とを想《おも》いうかべたが、手がかりない。もちろん父親は知るまいし、――だが、彼の友人にならあるいはと思い、それとなく一存で古い幼友達へ病状の電話をかけておいた。けれども結果は、何人に訊いても知らないと答えた。

病人の気もちは平穏が続いていたが、病状は最後へ来ていた。半徹夜が続いてげんも看護婦さんも、しっかりしているつもりがぼけはじめた。も一人頼もうということになったとき、他《ほか》の看護婦たちが云うことをきかなかった。病人があんなにはっきりしているのに、いま新しい人を一人入れれば予告するも同じであまりに心ない、自分たちが手都合をして助け通すから、「御最期《ごさいご》までこのままの気の合った同士で、気もちよくおみとりしましょう」とがんばる。

「そう云っちゃなんですが、おしまいまですっきりした看病というのは少いんですよ。この患者さんのようなの、私たちとても気もちがいいんです。だからほんとにお手伝いしたいんです。」――そういうものかと思う。またここに後手があった。

父も母もこのごろは始終、間を見ては来ていて、父は病人に気づかれないように、あき病室に泊って行ったりした。夜の急変を案じるからだった。碧郎の容態はどっちみち徐々に押しつめられてきてはいたけれど、きょうあすにというのでもなく、わりあいに平らかだった。たべるものも減っているし、口数も利かないし、すでにそれとなく親類うちの数人は最後の見舞を済ませていた――という状態なのだが、欲目にはこれで持ち直すのではないかとさえ思える平安さであった。

その日は晴れていた。気温が下って風が少しあった。終日碧郎は窓の外へ眼をやっていた。窓のすぐ外の梧桐《あおぎり》の幹を見ているようでありながら瞳《ひとみ》はもっとずっと遠く、何もない空を見ているのだった。そうかと思うと眼を戻《もど》して、壁から扉《とびら》から天井へと、とめどなく見まわしていた。それが長患《ながわずら》いの人によくある見納めというものだと、げんは後に知ったが、そのときは疑う気は起きなかった。午後遅く彼は、「晩御飯はいらない」とことわり、そのかわりパンジューをたべると云いだした。餡《あん》パンと饅頭《まんじゅう》の合の子のようなものである。それは四五町離れたところまで行かなくては、売っている店がないのだった。料理場の下働きをしている青年が買いに行ってくれた。使が帰って来ると碧郎は見ただけで、たべたくないと云った。廉《やす》い菓子なので量はかなり沢山あった。

「みんなにたべてもらえないかね？　ねえ、ぼくこのごろ十二時っていうと眼が覚めて、ちょっとの間睡れないんだ。そのちょっとの間がとてもいやなんだ。どうだろ、きょう十二時にみんなに来てもらって、そこいらにあるありったけの果物や缶詰《かんづめ》持ち出してお茶を飲もうか？」

　実際そんな思いつきもおもしろいと思われたし、げんにすれば看護婦さんたちみんなの日頃《ひごろ》の好意も幾分かの形がとれると思った。

「いま睡いんだ。十一時半まで睡ろう。姉さんも睡いにきまってる、十一時半に起きてくれる？」

「起きられないと困っちゃうな。」

「ねえさんの手をリボンで縛って、ここへ繋《つな》いでおいたら引っぱるよ。」

　看護婦がおもしろがって、見舞の果物籠《かご》について来たリボンをいくつも繋いだ。ちよっとはしゃぎ心が出る催しごとだった。隣室のテーブルの上に茶話会のように菓子や果物を盛りあげ、料理場から紅茶茶碗《ぢゃわん》を借りて来、薬缶《やかん》には水まで張って、ガスに点火しさえすれば済むようにして、げんは床《とこ》に就いた。床はリノリュームの床《ゆか》の上へござを延ばして蒲団《ふとん》を敷くのである。弟はベッドの上に三尺も高く、げんは床に寝て右手の頸《くび》にピンクのリボンを結んだ。著《き》たなりで横になるが早いか、とことこと石段を降りるように寐入《ねい》って行くと意識して睡った。

引っぱられたように思った。はっとしてどきっと起きあがると、碧郎はまだ睡っていた。看護婦は碧郎の足もとに突っ伏している。ほっと安心すると同時に、「起きたの姉さん？」と云われて又どきっとした。

「引っぱった？」リボンを解く。

「いや、引っぱろうと思ったら、とたんにねえさんが起きた。」

「じゃ、さきへ起きてたのね？　何時かしら、誰も来ていないけれど。」

「いま十二時鳴った。ちょっと遅かった。間に合わない。」

へんなことを云うな、と思った。

「みんなにあげて。――」

「そんなこと！　碧郎さんたべなくちゃつまんない。いま大急ぎでするし、みんなも呼んで来る。」

看護婦がまだ覚めないのを揺ぶっておいてテーブルへ行き、水のはいった薬缶を取り、ガスへ行こうとしてテーブルの角へぶつかった。茶碗どもがひどく音を立てた。看護婦がひゅうと云いながらげんを突きのけて駈《か》けて行った。とっ、と、急がわかった。

「碧郎さん！」――碧郎は長い長い溜息《ためいき》をして、眼をつむってい、それからいきなり切迫した呼吸に変った。

宿直医が来て、ためらいなく瞼《まぶた》を押しあけ、ライトを向け、婦長がガーゼをかぶせた注射器を持って駈けこんで来た。「お宅へ電話」と云われた。碧郎は意識を戻してきた。父の来るまでげんは碧郎の脈を放すまいとして尿意《にょうい》をこらえ、ついに顫《ふる》えた。「よろしゅうございます、そこへなさいまし。」看護婦はげんの足の下へ坐蒲団をすべらせてくれた。

お茶に来なかった白い人の群が、いまや重なりあってベッドを囲った。近くに住む院長が来て検診し、心臓部へことに長く聴診器をあててい、それから胸を掻《か》きあわせてやり、彼の顔をしばらく見ていた。自動車のタイヤが音を消して、憚《はばか》り多くはいって来た。父が来たのだ。白い人たちが目礼してすっと退《ひ》いて行った。父は黙って彼を見おろしてい、身をかがめ、彼の髪に手を置いて、「碧郎や」と云った。思いがけず彼は、「うん？」と答えた。

「お、どうだな？　わかるか？」――彼は眼を明けた。

「おとうさんだろ？」ひどくしわがれた声だった。

枕《まくら》もとに氷の吸飲《すいのみ》があった。「水飲むか？」

うなずいた。父は先生に眼ませした。先生もうなずいた。ほんの一ト口含んで、ごくりと飲みおろし、じいっと父を見た。電燈《でんとう》が半分だけ遮閉《しゃへい》されているため、父の顔は暗がりになっていた。院長がぽっと懐中電燈で父を照らした。父親は柔和に照らされながら息子へ向き、息子はやがてまた眼を閉じ、ちょっと唇《くちびる》がつれた。笑ったとも泣いたとも取れる表情だった。母親はどうしたかとげんは小声で訊いた。

「すぐ来るだろう。あれは手足が悪いから身じまいも早くない。追っかけ来るだろう。」——父がどんなに急いだか、そしておそらく母へ心遣いをして、「持病があるのだから、深夜の外出にしいて急ぐことはない。間に合わなくてもいいからゆっくり来い」と遠慮をしたのだろうと思えた。げんにも言いぶんはない。碧郎もそれでよかろうと思う。

座を外していた院長と父が帰って来たとき、碧郎はううと片手を持ちあげた。その手はげんが脈を取っていた片手なのだが、不意にふりもぎるような力で持ちあげてしまったのだ。でもすぐもとにおろした。用意されていた注射がされた。母が待たれた。

碧郎はまた正気づいたらしい。ほかっと眼を明いて、「ねえさんがいる」と云ってにこっとした。鼻で喘いでいた。その喘ぎだけが聴えていた。

たっ、と、たっ、と、と母のリョーマチのびっこが焦《あせ》って歩いて来るのを、院長と看護婦だけが頸をあげて迎えた。母は息を切ってはいって来た。すでに涙で浸されていた顔である。「碧郎さん、あたしよ、かあさんよ。」

碧郎は黙っていて、身動きもしなかった。ううっと母はこみあげ、父が制した。院長が電燈の遮閉を取れと命じた。医局員がそれを外した。

「碧郎さん碧郎さん！」母は夢中のように呼んだ。生《な》さぬ中の母と呼ばれてきた人の、いまここに極まった悲しみが、げんの胸にびんびん響いた。碧郎はもうわからないのだろうか。何か一ト言母へはなむけに残してやってくれないものだろうか。碧郎の沈黙はこわいような沈黙だったし、母も切羽《せっぱ》つまったようすであった。ただ一ト言、かあさんと最後に呼んでもらいたいのである。

げんはこらえられず、父もやりきれずに云った。「もうそんなに呼ぶのはよせ。いいじゃないか。」

しかし母は身を乗りだしてやめない。「碧郎さん！」

ふと碧郎の耳が母を捉《とら》えたらしかった。だがもう視力はないらしく、声のほうへと定まらない眼をうろうろとさせ、口ももう動かなかった。しかしそれは母を確認したものとして、はっきりしていた。ぐうっと喉が鳴って、頭がゆらりとかしいだ。そして呼気も吸気も戻らなかった。

「御臨終です。お悼《いた》み申しあげます。四時十分でした。」

こんな、そぼんとした、これが臨終だろうか。死だろうか。見るとみんなが立っていて、母だけに椅子《いす》が与えられていた。父は合掌し、母は祈りの姿勢をしてい、誰も動かず、ざわめきもあり、しんともしていた。これが死なのだろうか、こんな手軽なことで。——碧郎の指は冷えていたが腕は温かった。もっとよく納得行かしてもらいたかった。父のいる側へ廻って行こうとし、げんはふらりと二三歩あるいた。窓かけを引かない大きなガラス窓から、暗い暁《あけ》の空が星をちりばめて見えていた。その星がつうと一ツ流れて尾を曳《ひ》いた。つうつうと二ツ三ツ、四ツ五ツ、ばらばらばあっと、みんな線を描いて落ちだし、そのへんががらがらと大きな音がした、——と思ってげんはわからなくなった。

*

過労のせいの脳貧血だから、いまはもうゆっくり休むようにと云われても、げんは二時間休んだだけで、さっさとエプロンをかけた。そして心のなかでは、星の流れた時、物の音のした時が碧郎の霊がからだを離れたのだ、と思っていた。母の云う天国が実在ならば、彼は星のあかりをもって迎えられたのであり、あの音は天の御国《みくに》の戸のあく音だったのだろうかと思うのである。弟の最後のお浄《きよ》めをしてやろうと、げんは腕を捲《まく》りあげて、看護婦たちといっしょに脱脂綿をちぎった。

「およしなさいまし。私たちがいたしますから、お休みになっててくださいませんか？　あのときおとうさまがそれこそおろおろなさってね。脳貧血だとわかってから、一度に二人の子を取られたと思った、とおっしゃってました。お休みになったら？」

――でもどうして休んでいられるだろう、父も母もその息子を失っているのだ。そしてげん自身は残った娘なのである。

碧郎には新しい水色の単衣《ひとえ》を左前に著せ、髪には油をつけてやった。鼻が細く高く、しかし安らかに事終った顔である。彼の敷蒲団の下から出てきた扇子が一本、それは真赤に罌粟《けし》の花がぼとりとかいてある、いつかの扇子だった。秋の扇は捨て扇だけれど、げんはその真赤な花を描いた扇を捨てまいと思い、清掃した白い部屋に白い布をもって蔽《おお》った弟のそばに立っていた。

看護婦たちが、ごわごわと音のするほど糊《のり》の利《き》いた白衣に著換えてお焼香に来、匂いの高い菊を手向《たむ》ける。外はしきりにわくら葉が散って、ころがって行った。

（昭和三十一年一月）

解説

篠田一士

『おとうと』ははじめ『婦人公論』（昭和三十一年一月――三十二年九月）に連載小説の形で発表され、完結と同時に、一本にまとめられ、中央公論社から刊本された。

これより二年前、昭和三十年には著者の最初の長編小説『流れる』が発表され、『おとうと』は二番目の長編小説にあたる。ほかに、同じく昭和三十年には創作集『黒い裾』が刊行され、第七回読売文学賞を受け、さらに『流れる』が翌三十一年の第三回新潮社文学賞と同年の第十三回日本芸術院賞を併《あわ》せ受け、まさに作家幸田文は出発と同時に、栄光の絶頂にあったのである。

もともと幸田文は若くして作家を志し、職業的文学者の道を歩んだひとではない。年譜を一読すれば、彼女が世間一般の女性の人生コースをたどってきたことは、だれにもすぐ納得がいく。ただ、幸田文は幸田露伴《ろはん》の息女で、彼女が不幸にして婚家を出て、父露伴のもとに帰り、その不遇な晩年に親しく侍《じ》したことは注目すべきであろう。

そこに幸田文の文学的出発の因縁があったからである。

露伴の死の直前から文は父の言行を記したかずかずの文章を書きはじめ、その情意兼ねそなえた名文によって一躍エッセイストとしての存在を世にあきらかにした。ひとびとは露伴への敬愛に誘われて、彼女の文章を読みはじめるが、一編、二編と読みすすむにつれ、たちまち、彼女自身のキメ細かい文章の魅力の擒《とりこ》となり、また、そこに読みとれる作者の不抜の人生観照に生きることの勇気と慰めを見出《みいだ》したのである。だが、率直にいって露伴の影が失《う》せたわけではない。ここに『流れる』の冒険が敢行されたのである。それは幸田文の文学への賭《かけ》であると同時に、また、彼女の一世一代の人生の賭でもあった。賭はみごとに成功した。このとき幸田文は五十一歳だった。

『おとうと』はこういう書きだしではじまる。

「太い川がながれている。川に沿って葉桜の土手が長く道をのべている。こまかい雨が川面《かわも》にも桜の葉にも土手の砂利にも音なく降りかかっている。ときどき川のほうから微《かす》かに風を吹きあげてくるので、雨と葉っぱは煽《あお》られて斜になるが、すぐ又まっすぐになる。ずっと見通す土手には点々と傘《からかさ》・洋傘《こうもり》が続いて、みな向うむきに行く。朝はまだ早く、通学の学生と勤め人が村から町へ向けて出かけて行くのである。」

思わず嘆声のでるような、すばらしい描写である。雨に煙る四月の、ある日の風景が遠くの方から目のまえにあざやかによみがえってくる。川も、土手も、桜の葉の一枚一枚まではっきり見えるような文章で、しかも、ようやく晩春を迎えようとする季節特有の、なんとなく物懶《ものう》い感覚が知らぬまに読者の心をとらえてしまうのも心憎いかぎりだ。いまぼくは「遠くの方から」と書いたが、それは目前の空間の距離ではなくて、むしろ、ぼく自身の心のなかの距離、つまり、はるかな遠い昔の追憶をよみがえらせたのかもしれぬ。年少の頃《ころ》、雨降りの日には学校へ行くのが、なんとも嫌《いや》だった。煩《わずら》わしいというよりも、心が妙に滅入《めい》ってやりきれなかったのだ。そうした気持を過不足なく、みごとによびおこしてくれるのが、この書き出しの一節だ。

太い川が隅田川《すみだがわ》で、この土手が向島の土手でというような詮議《せんぎ》はどうでもよろしい。いや、どうでもよろしいというよりも、読者にそういうことを決して許さないような文章の書き方がしてあるのだ。表面上は観察がよく行き届いたリアリスティックな描写をほどこしながら、その内側には、あえて童話的といってもいいほど、現実離れした、なつかしい情緒がなみなみと湛《たた》えられているのだ。だから、読者がもし現実還元をしたければ、わざわざ手元に東京地図などをひきよせる必要はなく、おのがじし、心のなかに眠っているはずの、あの川や土手、さらに、あの四月の雨の朝の感覚を思いおこせばいい。

なぜ、こんなに書き出しの一節に拘《こだ》わるかというと、ここには、いみじくも『おとうと』全編をつらぬく基調がかがやかしく打ちだされており、また、この基調こそ、幸田文の小説が誇る独自の魅力の源泉ともなっているからである。

ある土地特有の雰囲気《ふんいき》を非常に大切にして、それを描きだすことに至芸の腕をふるう作家がいる。たとえば久保田万太郎はこの種のすぐれた作家のひとりだった。彼の小説の多くは浅草一帯の土地や風俗にまつわる雰囲気をある強烈な情緒にたかめ、そこに狭いながらも、犯しがたい文学の独創を形づくっているのである。ところが、幸田文の場合、たとえば、『おとうと』には向島界隈《かいわい》、『流れる』には柳橋といった具合に、それぞれ特定の土地の名前が思いおこされ、それを手掛りにして作品を読みすすめてゆけば、たしかに、そこ、ここと、読者の予感を裏付けてくれるような、みごとな描写なり、情緒なりを見出すことはできるけれども、こうしたものは、もともと、幸田文の文学の身上《しんじょう》だとはいえまい。そういう読まれ方をされたら、第一作者自身が困るだろう。その証拠に、作者はできるかぎり固有名詞の使用をさけ、特定の土地にまつわりつく、あえて言うならば、地方的な情緒によりかかって作品の世界を構築することをみずから堅く戒めているのである。

このことは、地方的、あるいは私的なもののなかに全面的に溺《おぼ》れこむことを、あたかも至上の文学的行為と錯覚してきた、わが近代の「私小説」的文学風土においては、とくに注目すべき事柄《ことがら》であろうし、さらに、ときおり、幸田文の文学に、下町情緒の美しい体現であるかのような讃辞《さんじ》が与えられているのをみるにつけ、ぼくとしてはこの点を一層強調しておきたいのである。幸田文の小説には、まことにつややかな情感がみなぎっている。だが、それを下町的な情緒だろうと見当をつけることは、作者の真意を傷つけるばかりか、肝心の作品それ自身が志向する、よりひろやかで、より普遍的な、人間同志の関《かか》わり合いの世界をいたずらに特殊化する結果を招くだろう。

ここには、姉と弟がいる。そして、彼らの父親と、それに義母がいる。この四人の関わり合いが作品の骨組になっている。いまかりに、姉と弟とのあいだに交される愛情だけに焦点をあてて読めば、そこに感動的な姉弟の愛の物語をたどることができるだろう。

「『どうせおれなんか、いたって役に立たない人間なんだろう、一度ぐれたんだから』とよく云う。げんはその腑甲斐《ふがい》なさを詰《なじ》る。すると彼は、『ねえさんは健全な女で、ぐれっこないだろうよ。知らないんだ、こんななんにもしないやつのつまらなさやしみったれさ加減は！』と云った。

『ねえさん、こんな景色考えたことない？　自分が丘の上にいて、その丘は雲の下なんだよ。うす寒い風が吹いてるんだよ。眼の下には港があって船と人とがごたごたしてる。入江がぐうっと食いこんでいて、海は平ら。あちらの岬《みさき》に人家がならんで見えて、うしろは少し高い山。海は岬の外へずうっと見えている。陽《ひ》は自分のいる丘だけに暗くてあとはどこもいい天気なんだ。平凡だよね、平和だよね。どこにも感激するような事件というものはない。でもね、そういう景色うっすらと哀《かな》しくない？　え、ねえさん。おれ、そのうっすらと哀しいのがやりきれないんだ。ひどい哀しさなんかまだいいや、少し哀しいのがいつも浸《し》みついちゃってるんだよ、おれに。癪《しゃく》に障らあ、しみったれてて。――』よくはわからない。けれど、陽のあたっているあちらに平常の世界があって、自分は丘の上にひとりすかすかと風に吹かれているという景色はよくわかる。皮膚が油気もなく乾いているのに、背骨はじとじとと湿っている……おもしろくなさ。弟にそう云われれば姉にも通じるものはある。やりどころのないつまらなさである。寂しい家庭であった。」

現実の姉と弟との付合いならば、もちろん、そこには、なにがしの形というものがあるだろう。しかし、その姉と弟とのあいだには、両親をはじめ、さまざまな人間関係の雑音が絡《から》み合って、それほどすっきりとはゆかないものだ。それにくらべて、この姉と弟の遣《や》り取りはどうだ。なんとこれはすばらしく爽《さわ》やかな音色をたたえた楽音の響きを聴かせるではないか。ここには、生きることの寂しさというものが日常的な猥雑《わいざつ》さを拭《ぬぐ》いとって完全なひとつの形に昇華させられている。

この形の十全な実現こそ、幸田文の小説の勝利にほかならない。同じように、ここには、父と娘のあいだ、あるいは、もっとはるかに陰微な関わり合いで、娘と義母とのあいだにも、現実にあった、いや、あるべきはずの姿よりも、もっと截然《せつぜん》たる形をもって、人間の付合い、遣り取りが描かれる。だが、姉と弟、父と娘、娘と義母という組み合せは、それぞれ、あざやかではあるが、それらがひとつの、より大きなものに拡大し、変形することはない。姉はいる、娘はいる、義子はいる。しかし、それを小説の読者は女主人公という、審美的な文学用語で統一するしかない。小説作品の側からいえば、なんの不足もないけれども、読者としては、やはり拭い去ることができない一抹《いちまつ》の寂しさを感じとるのだ。

寂しさは家庭のせいだ、と女主人公は考えようとするし、もっと突きつめて言ってしまえば、姉と弟のふたりの関わり合いこそ、その具現にほかならないことを作品はぼくたちに嫌というほど思い知らせてくれる。ただ当事者のふたりがこのことを知ろうとしないのだ。知りたくないばかりに、いろいろと事件をひきおこし、また事件のなかに身を挺《てい》する。そこにこの小説のロマネスクなにぎやかさがあるが、そのにぎにぎしさも一枚皮をはげば、やはり寂しい。

（昭和四十三年三月、文芸評論家）

この作品は昭和三十二年九月中央公論社より刊行された。

有吉佐和子著

紀ノ川

小さな流れを呑みこんで大きな川となる紀ノ川に託して、明治・大正・昭和の三代にわたる女の系譜を、和歌山の素封家を舞台に辿る。

有吉佐和子著

香（こうげ）華

小説新潮賞受賞

男性遍歴を重ねる美しく淫蕩な母、母を憎みながら心では庇う娘。肉親の絆と女体の哀しさを、明治から昭和の花柳界を舞台に描く。

有吉佐和子著

華岡青洲の妻

女流文学賞受賞

世界最初の麻酔による外科手術――人体実験に進んで身を捧げる嫁姑のすさまじい愛の葛藤……江戸時代の世界的外科医の生涯を描く。

有吉佐和子著

一の糸

十七歳の時に聞いた三味線の響に、女は生涯の恋をした――。芸道一筋に生きる文楽の三味線弾きと愛に生きる女の波瀾万丈の一代記。

有吉佐和子著

複合汚染

多数の毒性物質の複合による人体への影響は現代科学でも解明できない。丹念な取材によって危機を訴え、読者を震駭させた問題の書。

有吉佐和子著

悪女について

醜聞にまみれて死んだ美貌の女実業家富小路公子。男社会を逆手にとって、しかも男たちを魅了しながら豪奢に悪を愉しんだ女の一生。

白洲正子著

日本のたくみ

歴史と伝統に培われ、真に美しいものを目指して打ち込む人々。扇、染織、陶器から現代彫刻まで、様々な日本のたくみを紹介する。

白洲正子著

西　行

ねがはくは花の下にて春死なん……平安末期の動乱の世を生きた歌聖・西行。ゆかりの地を訪ねつつ、その謎に満ちた生涯の真実に迫る。

白洲正子著

白洲正子自伝

この人はいわば、魂の薩摩隼人。美を体現した名人たちとの真剣勝負に生き、ものの裸形だけを見すえた人。韋駄天お正、かく語りき。

白洲正子著

両性具有の美

光源氏、西行、世阿弥、南方熊楠。美貌と知性で名を残した風流人たちと「魂の人」白洲正子の交歓。軽やかに綴る美学エッセイ。

白洲正子著

私の百人一首

「目利き」のガイドで味わう百人一首の歌の心。その味わいと歴史を知って、愛蔵の元禄時代のかるたを愛でつつ、風雅を楽しむ。

白洲正子著

ほんもの
―白洲次郎のことなど―

おしゃれ、お能、骨董への思い。そして、白洲次郎、小林秀雄、吉田健一ら猛者と過ごした日々。白洲正子史上もっとも危険な随筆集！

おとうと

新潮文庫　こ－3－3

昭和四十三年三月三十日 発行
平成二十七年二月十五日 七十七刷改版
平成三十年四月十日 七十九刷

著者　幸《こう》田《だ》文《あや》
発行者　佐藤隆信
発行所　株式会社新潮社
郵便番号 一六二―八七一一
東京都新宿区矢来町七一
電話 編集部(〇三)三二六六―五四四〇
読者係(〇三)三二六六―五一一一
http://www.shinchosha.co.jp

価格はカバーに表示してあります。

印刷・株式会社光邦　製本・憲専堂製本株式会社

ISBN978-4-10-111603-7 C0193